海燕

姚鄂梅

著

人民文学出版社

害怕打雷的女孩

很多人都还记得她小时候的样子，小圆脸，大眼睛，毛发浓重，睫毛尤其发达，睁眼看人，双瞳如立伞下，大太阳底下也不必眯眼。

没有人接得住她持久的凝视。他们说，这孩子，怕不是青光眼吧？当然不是，在同龄孩子纷纷戴上近视眼镜时，她仍然拥有一双黑森森的大裸眼。

因为哥叫林海鹰，她就叫了林海燕，小名燕子，其实他们这一代并不是海字辈。一般人家都更疼爱女孩，他们家相反，哥才是含在嘴里怕化了的镇家之宝，哥长得俊，会读书，人缘也好，走到哪里都有几个好兄弟屁颠屁颠跟着、捧着，小头领一样。父母都跟着沾光，路上遇到学校老师，居然是老师笑眯眯先打招呼：看起来您也就是一般人嘛，怎么就养出了林海鹰那样的孩子？这话成了爸的勋章，一喝酒就拿出来反复念诵。跟哥相比，她相差甚远，不说别的，哥什么都不怕，她却连下雨和打雷都怕。夏天傍晚，晚饭桌边，冷不防一道闪电劈来，银色极光唰地刺过瓦片，照瞎人的眼睛，不等人反应过来,跟着又是叭的一声炸雷,震得人头顶几乎裂开,回头一看,只见她双目圆睁,声息全无,饭菜从嘴里接二连三滚落,要等雷声恨恨远去,才哇的一声大哭起来。

哥很得意:怕打雷的人,肯定是上辈子做了坏事、做了恶人。

她瞬间低矮下去,难怪什么都不如哥,原来她跟哥从上辈子开始就不是一样的人。

三年级开始写作文,第一篇《我的妈妈》。老师拿着她的作文本走上讲台。

给你们念一篇作文。我的妈妈。我的妈妈长着两只眼睛……

全班哄堂大笑,以后好长一段时间里,同学们一见到她就说:哎,你的妈妈真的长了两只眼睛吗?隔了两个星期,又要写《我的家庭》,她牢记上次教训,尽量减少肖像描写,她写道:我的哥哥是个男孩。再一次遭来无尽嘲笑。

消息传到家里,妈骂她丢人,爸也说她聪明面孔笨肚肠,当即在饭桌上形成决议,当哥哥的必须接下辅导妹妹作文的任务。哥答应得好好的,却什么都没做,就扔给她一本翻破了的《文笔精华》,她逐页逐页看了,发现书中所写的跟她从生活中认识的完全不一样,根本没有"滴溜溜的大眼睛,像荷叶上的露珠",她所见过的眼睛都不大,也不太黑,更不像露珠,因为露珠通常都是不一样大小的,而人的两粒眼珠绝对大小相同。她把书还给哥,说出了自己的想法,哥鼻子里冒冷气:你搞清楚,是作文,不是照相。算了,看来你不是这块料,将来不学文科就是了。

小学四年级时,哥去了寄宿中学,她长舒一口气,头顶乌云总算划开了一道口子。

但父母宁可把攒了一星期的笑容统统释放给哥,也不肯每天给她匀一点。她总是犯错,擦桌子会打翻水杯,扫地会漏掉一两个角落,让她洗鞋,鞋尖里刷子碰不到,总是藏着一团污泥,就连睡觉也出错,每天早上都要去地上捡被子。说到底这都是小事,最大的毛病是不会看脸色,有人来借钱,妈羞愧得要命:你真是找对地方了,昨天买煤,我还在找别人借。她在旁边来了一句:昨天没有买煤呀。

妈发脾气有个特点,第一句话,眉毛会竖起来,第二句话,头发会遭到电击一样岑开,连夹在耳后的头发,也会蛇一样窜出来,嗖地指向空中。她一见到那样的头发,就吓得不敢说话。

后来爸遭遇工伤,断了一条腿,拖去医院,无能为力,只有截肢,工厂迅速算出赔偿金额,但妈不满意,她借来一辆小三轮，驮着爸一天去一趟工厂，开始还有人接待，后来人家远远地就躲，再后来干脆找不到人，找了一年多，厂长换了，新厂长客气又体贴，今天指点她去找这个，明天暗示她去找那个，一找又是一年多，总算有了结果，他们带爸去定做了一条假腿。试戴那天，妈妈再三叮嘱，不要被一条假腿打瞎眼睛，假腿可以拿，字不要签，但爸一眼相中那副假腿，对着镜子脱口而出：做得真好，站着不动完全看不出来。妈顶着一头岔开的头发，一脚踢翻三轮车：跟你的假腿去过吧。

爸没受伤时嗓门就比她低得多，那以后更是像说悄悄话。晚上吃粥还是面条？妈不吭声，爸瘸着腿转身：那我下面条吧。这时妈突然一声吼：我说了要吃面条吗？爸停顿两秒：那我煮粥。

直到爸找到另一份适合他的工作，她的声音才恢复正常，但仍然特别容易激动。因为家在城乡结合部，农田早已被征用建了工厂，菜园子只剩屋旁窄窄一条"裙边"，种点青菜萝卜，原本爸可以继续在机械厂做，但他出了工伤后，根本不敢再看齿轮和切刀之类，只好退出。一瘸一拐在街上转了几个月，终于找到了自己的新方向：在长途汽车站附近卖卤菜。两只大锅，一只空油桶改装的燃得通红的煤炉子，外加装调料用的小柜子，一起装上特制小拖车，从家里到汽车站，有近三里路，鉴于他的步态，为保持拖车平衡，让汤锅里的汤不要洒出来，浇灭烧得通红的蜂窝煤，只得把拖车套在脖子上，车把手压到跟地面平行，并尽量用好腿走路，假腿仅作瞬间换步支点，远远看去，仿佛在用一条腿行走。他的卤品有莲藕、海带、土豆、豆腐、百叶、香菇、鸡蛋、火腿肠，如果他七点出摊，四点多就得起来洗洗切切，一签三到五片，用竹签穿好。他会在路上把炉门微微打开，行走搅动起气流，稳稳灌进炉膛，煤球燃出绯红色，正好边走边煮。

中午，妈从她工作的地方跑出来，去爸的摊边吃几串卤品，权当午饭。爸夹给她鸡蛋和火腿肠，她愤怒地拣出来，扔回汤锅里。要靠这东西赚钱的！她意思是这两样东西差价大，自己吃太浪费。爸让她中午不要出来了，就在妇幼保健院吃食堂，吃完还可找个地方休息。她抬起脸，怒视远方：我一个清洁工，我的工资连她们的三分之一都不到，我不配跟她们吃一样的饭！

下午四点多，燕子背着书包从学校跑过来，她喜欢帮爸卖卤品，喜欢把东西递给别人，再从别人手上收钱的动作。有天爸突然说：燕子啊，你站在摊头的样子，不像个新手，像是卖了两三年的老手。她不知道这是表扬，还是批评。哥也来帮过忙，爸对他则是另一番评价：你还是走吧，你戴个眼镜，站在这里不像那么回事。哥一听，扭身就走，他本来就不喜欢这个摊位，也不喜欢爸卖卤品这个点子。一串赚五分！搞到地老天荒也赚不到几块钱。

哥初中毕业，顺利考入当地一中。学校一共只有三个人进了一中。妈妈高兴得走进走出，坐立不安。我们医院今年也有两个中考的，都只考了个二中。余光瞥见燕子，过去狠拍一下她的脑袋：跟你哥学着点，他像你这么大的时候，第二名都没考过，从来都是稳拿第一，不像你，考个第十名还恨不得要个表扬。

她小声为自己辩解：小潘还考过倒数第五呢。

跟小潘比有什么意思？我们家的人，永远只能跟比你强的人比。

小潘从没进过林家的门，尽管他们家与林家相距不到两百米。

有一次，他差一点就进去了。

他去林家送一块加工好的窗帘，一只脚已经跨过了门槛，燕子妈从侧面冲过来，拦住了他：给我给我！就那一眼，他瞥见了林家屋里的陈设，并没什么特别，只是特别干净整洁，像刚刚打扫完毕，迎接卫生大检查，茶杯亮晶晶地倒扣在茶盘里，茶盘下面垫着好看的布垫，沙发上搭着钩织的白色方巾。把家里弄得那么整齐干净多不容易，所以燕子妈才生怕别人到她家去了。他是这么想的。

我看看，哎呀！你妈的手艺真是越来越好了，完全可以去开店了。因为要借用外面的光线，燕子妈一步一步把他逼到了门外。

妈有一台缝纫机，有时会帮别人做一点简单的来料加工，他猜她只是暂时不收钱，等她的手艺得到大家认可后，她还是要收钱的。他见过她在家里苦练，把一幅破床单裁来裁去，缝来缝去。

小潘等下。刚走到院子里，燕子妈从后面追了过来，递给他一包萨其玛。带回去跟你妈一起吃。他没客气，大家都这样，人家帮了你忙，总得给人家一点回报，哪怕只是从菜园子里摘两条黄瓜。

他学名叫潘祖云，这里人却只爱叫他小潘，他的个头很小，跟他同龄的林海燕，还是个女生，都比他高半头。这不能怪他，他爸妈也都不高，附近那些人背地里叫他们"一窝麻雀仔"。还不能生气，生气人家会说你小气，那就只剩下不回应的自由，所以他从不回应小潘这个称呼，无奈他们照喊不误，根本觉察不到他的不高兴。

只有燕子从没当面叫过他小潘，他们是同学，她本可以把小潘这个名字传播到学校去，但她没有，学校至今无一人知道他还有个别名叫小潘。好人是天生的，换作她哥做他同学，学校里肯定全都知道了。

燕子家门口那条小路是他上学的必经之路。他通常会在她家门口停下来，跟她家的狗和猫玩玩，这是他们家没有的，以前有过一条狗，后来不知怎么死了，现在唯一的宠物是他逮到的一只老鼠，锁在抽屉里，有空就从锁眼往里塞吃的，但老鼠还是一天比一天瘦。

他总觉得燕子家的狗也在心里叫他小潘，看到他，那狗不叫，也不摇尾，满不在乎地躺到地上喘气。猫也一样，见他过来，毫不避讳地举起一条后腿，细细舔它的腿根。

将狗挼到一半，燕子背着书包，擦着嘴角的饭粒走出来，既不朝他看，也不朝狗看，就像院子里根本没有这两样东西，小潘天生知道如何读懂她，她不爱说废话，也没什么多余的表情，其实她人比谁都好。有个周末，小潘又被爸揍了。老规矩是，一旦被揍，接下来的这顿饭他就休想吃了，除非爸已经外出，不会在饭桌上见到他。但那天爸一直不肯出门，他只好躲到枇杷树的阴影里。那棵树在两家中间，可惜枇杷刚刚长出来，还没有蚕豆大，否则他就摘枇杷充饥了。越是这么想，肚子就越饿，挨打的地方就越疼，心里越委屈，就在这时，他看见燕子手里拿了个东西，朝他这边不慌不忙地走了过来。路过他身边的时候,燕子并不看他,身子微微一蹲,放下手里的报纸包,起身就走,整个过程流畅、快捷,没有半个多余的动作,连眼睛都没朝他瞟一下。等她走了,他展开报纸一看,是一个大大的煮玉米棒子,足有小臂那么长,一口咬下去时,他的眼泪像刺破的水袋一样飙射出来。他挨打不止那一次,燕子送饭也不止那一次,除了玉米棒子,她还送过煮红薯,夹着腌萝卜干的手掌大的锅巴,带着一层毛的桃子。他们有个默契,从来不提那些食物,也不提他挨打的事,她对他仍然不理不睬,他对她也没有格外的热情。

她不紧不慢沿着马路往学校走,等她走出十来米远,他才依依不舍从狗子身边站起,望着燕子的背影往学校走。一路上他走得吊儿郎当,先是噘起嘴,用手捧着,有节奏地吹,一会儿是布谷鸟的声音,一会儿是杜鹃的声音。然后就踢石子,路面上大大小小的石子土块踢光了,就踢团成一个小球的废纸,一根掉在路上的枯树枝,有时候,他什么也没踢着,只踢了一脚空气。他知道她听到了他所做的一切,但她就是不回头,他也没指望她回头看他一眼,两人就这样,不远不近地陪着,从家门口到学校,不论天晴下雨。

在学校里他们更不说话,学校里男女阵营分明,课桌上都画着"楚河汉界",谁要是过了界,就会遭到"对岸"的严厉打击。但这一点都不妨碍他对她的关注。

有天放学回家，遇到下雨，有伞的人自然是得意地撑伞回家，没伞的人就只能眯着眼睛冒雨狂奔。小潘有伞，但他没有撑开，望着前面一脸紧张地走，直到燕子抱着脑袋的身影出现在他视线里，他才飞跑起来，经过她身边时，假装不经意地用伞碰了她一下，她也不客气，一把接过还是干燥的雨伞，撑在头顶。他退到路边屋檐下躲了一会，直到燕子快要看不见了，才跳出来猛冲一阵。就这样走走停停，直到看见燕子快要到家了，才一鼓作气直追过去。

他的伞，燕子给他撑在屋檐下干燥处，手柄向着他路过的方向。他浑身透湿地跑过去，没怎么看清他的动作，伞就像随风起舞一样飘到了他头上。

当他大一些时，周围的人开始谈到默契这个词，他立刻想到燕子，他想你们那些算什么，我和燕子的默契才叫真的默契，不需要说半个字，不需要半个眼神，就知道对方是怎么想的，会怎么做。但他不能说出来，说自己跟一个女生有默契，他会被人嘲笑的。

就算是自己家的大人，也不理解他们的默契。他听到过妈和燕子妈在菜园子里偶遇时发生的对谈，事情的起因是她们再一次回忆起那团著名的艾蒿汁。

那事发生在他们四五岁的时候，附近几个孩子一起去河里抓螃蟹，燕子兄妹俩去了，他也去了，螃蟹在浅水里游走，动作并不快，按说应该很好抓，其实不然，看到有人来，它们躲到了石头底下，与其说孩子们在抓螃蟹，不如说他们在搞搬石头比赛。也不知是谁搬开的一块石头，端端正正砸在燕子的赤脚上，燕子大哭。哥走在最前面，听到妹在哭，回头望了两眼，大声喊：你先回去！赶紧回去！几个小一点的围过去看她的脚，血线呈菊花状顺着石头往下流。他说：艾蒿是止血的。左右看了看，岸边真的有一簇簇艾蒿，粗厚的叶片上覆盖着一层白绒状的东西。他冲过去，捋下两大把叶子，使劲往嘴里塞，边塞边嚼，嘴角流下浓绿色的液体，又腥又苦的味道扑面而来。

他把嚼成绿饼的艾蒿吐出来，敷在燕子的脚背上，靠近趾根的部分还特地按了按，敷得严严实实。

还疼不疼？

不疼了。这以后她就从抓螃蟹大军里退出来，抱着一只伤脚老老实实坐在河边。当晚回家，她跟妈说了脚上的伤，又说了嚼艾蒿的小潘，妈扒开艾蒿检查伤情，找了好一会，才发现小潘敷错地方了，伤口在脚板，他却敷在脚背。

燕子妈激动地出来找小潘妈，正好小潘妈就在菜园子里，两人就站在蔬菜中间咋呼起来。

可怜的小潘,是艾蒿啊,多苦啊,他怎么嚼得下去?吃了这么大的苦,还敷错了地方,关键是,我们家那个还觉得马上就不疼了,这两人可真是……

小潘妈也叫起来:我的儿哪!他从哪得来的这个偏方?我都从来没听说过。

你将来要享他的福的,从小就懂得照顾人。

哪里,他愿意照顾谁,谁才享他的福。

两个妈妈笑得前仰后合。

但林家对他的好感终究还是脆弱的。进入五年级以后,学校有了家长会。那一次,学校刚刚结束期末考试,密密麻麻两张海报上写满了学生的名字,第一张是红榜,燕子的名字挤在红榜前面,潘祖云的名字写在白榜尾巴上。

第二天,爸去林家借斧子,很快就两手空空地回来了。

你们给我记好,再不要跟这家人来往了!那女的说:早就锈死了,不能用了。没想到她家姑娘出来打了个补丁:你昨天还用它砍了一根牛尾巴的。就一把斧子,又不会给她用坏,至于吗?

爸的斧子是他藏起来的,在床底下,靠近墙角最黑暗的地方,因为他听见爸说:下次只要我听到一丝丝动静,就砍下你一条胯子来,你别以为我不敢。

他们因为"那个人"吵过好几架了，爸所说的"那个人"到底是谁，他不知道，也不敢问。妈对所有的指责一概不予承认：随便冤枉人，烂嘴烂舌头，不得好死。

有时候，战火会涉及他。

你看他那个鼻子，我的儿子不会有那种鼻子。

我要是你，才不会抓起鸡屎往自己脸上泥。

有天早上，他一睁眼，爸的脸倒悬在他上方，吓得他一声惨叫。叫什么叫？老子又没打你。

他把这事告诉了妈，他俩又吵了一架。妈说：你敢动他，你就是死路一条。

他悄悄问过妈：爸为什么要讨厌我？

妈说：他不是讨厌你，他是在找我的茬。妈放下手边的东西，摸摸他的脑袋。快点长大吧，长大了，就谁都不怕了，长大了就该别人怕你了。

他为什么要找你的茬？

他自己活得不顺心。

爸原先是泥瓦匠，后来进了集体所有制的建筑公司，仍然干着泥瓦匠的活，而有些跟他一起进公司的人，后来都不上工地了。妈有时候有工作，有时候没工作，因为她是从山区嫁过来的，她嫁过来的时候，什么都没有，除了一张好看的脸，又白又细的皮肤，穿什么都好看的身材，以及还没来得及出师的裁缝技能。她本来可以做一名真正的裁缝师傅，当她学到第三个月的时候，媒人领着她跟爸见了面，见第二次面的时候，谈的就是彩礼、结婚日期之类，听说同一时间跟爸竞争的人大有人在，所以爸不得不加快进程。妈的裁缝事业因为结婚半途而废，因为爸说，我们这里不比你们山里，我们这里早就没人学裁缝了，买一件衣服比做一件衣服便宜得多，样式还更好看，谁还要做衣服呢？不管怎样，她的缝纫机没有作废，对缝纫的爱好以及学艺三个月的功夫也没有作废，她只是把缝纫机罩上罩子，挪到了墙角。

刚开始，她也想跟着爸去建筑公司干，但人家说，一家只有一个工作指标。后来有人介绍她进了一家餐馆，有工作制服的那种餐馆，金黄色立领小上衣，红色阔腿长裤，妈节省惯了，锁起自己的衣箱，从早到晚穿着不花钱的工作服，骑着自行车来来去去，为免过于宽大的裤腿绞到自行车链条里去，她在裤脚上套了一个扎头发的皮筋。

有一天，妈回来说：老板给我涨工资了，他说我每天穿着制服穿街过巷，等于给他的餐馆做了活人广告。

爸似乎对这个消息很有意见。他凭什么对你这么好？肯定还有别人也是穿着制服上下班的，我就见过，为什么就给你一个人涨工资？

你是疯了吗？给我涨工资还不好？你跟钱有仇？

因为离家不远就是菜农的大棚，餐馆委托妈送餐馆的订单，有时妈也带着餐馆的人亲自过来挑选，大多数情况下，是一个梳着大背头身穿中式服装的中年男人过来，他有一辆又黑又亮的大摩托，妈穿着金黄与红色搭配的制服，坐在黑亮如舰艇的摩托车上，坐在戴墨镜的大背头的后面，沿途十分引人注目。

爸问她：骑摩托车的家伙就是给你涨工资的家伙，是不是？

人家是老板，不是这个家伙那个家伙。

餐馆那么多人，没看到哪个要老板骑摩托车送她上下班。

人家来看菜，我搭个便车。还骑摩托车送我上下班！亏你想得出来。

你知道个屁，我是男人，我知道男人心里是怎么想的。

你以为都像你！

没过几天，家里的狗吃错了东西，中毒死了。这事让他们又一次吵翻了天。肯定是你们把它搞死的，因为它会坏你们的好事。

有一年你把拌了老鼠药的饭洒给鸡吃，把十几只鸡全都药死了，那也是怕鸡坏你的好事？妈一点都不示弱。

妈每次吵架都能小赢，但这次她使出全身力气，还是看不到赢的希望。不仅如此，爸还剥夺了她工作的权利。你敢再去那个餐馆，我就敢去搞得你待不下去！

一个阴雨天的早上，爸要出去上工了，突然发现没衣服可穿，因为连日下雨，所有洗过的衣服都没有干，沉重地挂在墙边的晾衣竿上，散发着一股沤出来的馊味。爸砰砰打开柜门，重重扯开所有抽屉，又狠狠地合上。

老子天天做牛做马，到头来衣服都没得穿。

天气不好，洗了没干，这也赖我？

一定要晒干？就不能烤干？

我来烤我来烤。你挣钱你最大。

现在才烤还来得及？马上要迟到了。

到底要不要烤嘛？妈妈从晾衣竿上扯下一件，扔给他：这件差不多了，穿出去风一吹就干了。

爸接过来，放鼻子底下闻了闻，突然把衣服团成一团，朝妈狠狠扔过去。

你他妈个臭婆娘，老子这么辛苦，你就让老子穿这种臭衣服上班？

反正穿上身一会儿也变臭了。妈刚刚咕哝了一句，爸就脱下一只鞋朝她扔过去，鞋砸在妈身上，意外地弹起，碰翻了茶几上爸准备带出去的水杯，满满一杯茶水全部泼洒出来。爸索性脱下另一只鞋，再次朝妈扔过去，这下妈也恼了，随手取下挂在墙上的雨伞扔过去，直接命中爸的面门，没等妈反应过来，爸一步冲过去，将她撞倒在地。大战瞬间爆发。

他吓得躲在门后,不知道是该继续躲,还是假装没看见,径直去上学呢。他想起妈以前说过,大人吵架,跟你不相干,你不要管,你该做什么就做什么。

既然妈说过这话,那他就不要管了。他从两个气咻咻的大人中间穿过,硬着头皮往外走。一只搪瓷茶杯砸在地上,哐当哐当跟了他一会,最终被他甩在后面。

这天是个转折点,以前他们吵过打过之后总能和好,这天之后,他们似乎同时决定破罐子破摔,进进出出,不是目中无人,就是仿若仇人相见,而他只要看到他们俩同时在家,就忍不住想要躲起来。

妈再也没去过餐馆,因为餐馆老板带话来,叫她别去了,不然他的餐馆将没法开门。妈只好骂骂咧咧从墙角拖出缝纫机,准备重抄旧业。

哥出发去县城上学,燕子跟在后面鼓起勇气问他:你觉得我到时候会考上一中吗? 哥头都没回:难说。

但是哥心里终究还是有她这个妹的,周末回家,至少给她带回两本从学校图书馆借出来的小说。书有点旧,可见借阅的人很多。哥说:看得多了,自然就会写了。这事得到了大人的支持,所有不花钱的事情大人们都支持。

她看得很认真，碰到有写人物的地方，忍不住把它抄下来，因为哥说，书上不可以划线，不可以有污损和折痕，更不可能有缺页，否则他要赔钱的。涉及钱的事情都是很重要的事情。

于是她开始了疯狂的摘抄岁月。

　　四十五岁了，却偏爱当个老来俏，小鞋上仍要绣花，裤腿上仍要镶边，顶门上的头发脱光了，用黑手帕盖起来，只可惜官粉涂不平。

　　年轻的小芹长得漂亮，青年小伙子们有事没事总想跟小芹说句话，小芹去洗衣服，马上青年们也都去洗，小芹上树采野菜，马上青年们也都去采。——《小二黑结婚》

　　一个陌生女孩站在那里，手扶着柳枝，身子低低地俯在水面上，她穿着领子上有蓝条纹的白色水兵服和浅灰色短裙子，一双绣花短袜紧裹着晒黑的匀称小腿。脚上穿着一双棕色皮鞋。拿钓竿的手微微抖了一下，鹅毛浮子在平静的水面上动了动，荡出一圈圈波纹。——《钢铁是怎样炼成的》

　　他已经病了很久。但是把他拖垮的，不是可怕的苦役生活，不是干活，不是饮食，不是剃光的头，也不是用碎布缝制的囚衣，这些艰难困苦对他来说又算得了什么！相反，他甚至还喜欢干活，干活干到筋疲力尽之后，他至少可以得到几个小时的安眠。漂着蟑螂的素白菜汤对他来说又算得了什么？过去当大学生的时候，他连这种菜汤也没有。他的囚衣很暖和，适于他目前的生活方式，他甚至感觉不出自己戴着脚镣……他引以为耻的并不是那剃光了的头和他的脚镣，他的自尊心深深地受到了伤害，是他受了伤害的自尊心使他生了病。——《罪与罚》

天真的弗洛伦蒂诺·阿里萨开始了他孤独狩猎者的秘密生涯。从早上七点起，他就独自一人坐在花园中一条不易被发现的长椅上，在杏树的树荫下假装读一本诗集，直到看到那位可望而不可即的姑娘走过。她身着蓝色条纹校服，带吊袜带的长袜一直拉到膝头，脚下一双系着交叉鞋带的男士短靴，一条粗粗的辫子从后背垂至腰间，辫梢上系着一个蝴蝶结。她走起路来有一种天生的高傲，昂首挺胸，目不斜视，步履轻快，鼻翼微收，交叉的手臂紧抱着胸前的书包。她走路的样子就像一头小母鹿，仿佛完全不受重力的束缚似的。——《霍乱时期的爱情》

哥带回来的书让她的初中时光幸福无比，世界上再也没有比哥更好的人了，跟爸妈相比，哥的付出才是最珍贵的，父母养育的是她的身体，只有哥才触及了她的灵魂。

等她上初三的时候，一中成了更加出类拔萃的学校，很多外地人都开始报考这所学校。她不再去爸的卤品摊，成天埋头学习，她想改变哥的"难说"二字。但她运气不够好，中考成绩离一中录取线差了两分，妈跺脚大吼：你到底在搞什么鬼！干脆差得多一点，差个几十分上百分，我心里也舒服些。幸亏一个好消息降临，冲淡了她的愤怒，哥收到了北大录取通知书，小城顿时沸腾，一中专程给他们家送来了大红喜报。

晚上，妈在卧室里跟爸争论，声音越来越大。当年为什么要超生？只生他一个多好。爸说：你小点声！十个指头还不一般齐呢。

哥也听到了，破天荒跟她说了好几句话：离高考还有三年，只要还没考，你就还有机会，北大并非高不可攀，从生物学上讲，我能考上，你也能考上。

她哭了，不是为妈的话，也不是为自己错失一中，而是哥终于肯跟她讲话了。

哥提前两个星期去了北京，他在那里有个学前活动，哥一走，就像把太阳也带走了，家里阴暗昏沉，天空也是灰蒙蒙的又热又闷。她又开始在爸身边做卤菜，心想，也许我这辈子就只能跟爸一样，做个卖卤菜的小生意。

就在她以为她只能上二中的时候,妈回来说:给你搞定了,花了我一万块,看你多会花钱啊!坐着不动就捶了我一万块,你给我记好了,这一万块你长大了一定要还我,加倍还我。爸却说:知足吧,想想小潘,差了一百多分,五千块一分,那得多少钱?把我们全家卖了都不够。

她要是小潘那样的,我直接让她退学,不读了。

她偷瞄一眼父母,觉得在背后这样说人家不对,但也没办法,她这时还不知道潘祖云录了哪个学校。

他才不会花钱读高中,家里也没这个打算。他早就想好了,初中读完直接去技校,两年就毕业,一毕业就进工厂,进了工厂就有集体宿舍,就可以离开这个家。

还没进工厂,他身上已经有了一点点工厂的味道了,头发长到肩膀,穿一件没有袖子的旧T恤,裤子肥得不像话,夹趾拖鞋里,光脚上落满灰尘。最大的变化是突然之间长高了,他成了"一窝麻雀子"里的异类,眼神也犀利了不少,不再像小时候躲躲闪闪的。

周五傍晚,他在路上碰到了从一中回来的燕子。他停下来,她也停下来。他们现在不像小时候那样羞于说话了。

一中怎样?他这样开头。

还行。她忍着没问他技校怎样，一个富翁，是不会去问一个穷人野菜好不好吃的。她又说：你长高了，长好高了！她其实还想说，你比以前帅了，但她说不出口。

嗯！他对她的肯定表示肯定。我要是你，我就不进一中，二中不好么？宁为鸡口，不为牛后。

我喜欢一中。她硬硬地回了一句。

化工厂跟技校有个协议，学生毕业了全部直接去化工厂，但我不太想去，我想去南边。

我只知道很多人是大学毕业了才去南边的。她把后面一句话咽了回去：没想到技校生也可以去南边。

大学毕业是去当白领的，南边同样需要蓝领。想想觉得不够劲，又加了一句：一中也有很多落榜的。

也有一些人去了北大。她对他说一中也有落榜生感到不满。

我们老师说，如果你想当厨师，那就不要去学理发的手艺，学了也是浪费。

我既不想当厨师也不想理发。

对话出现前所未有的隐形对抗，她不想这样跟他说话，但她忍不住。

我有个同学叫钟武，他有个双胞胎哥哥叫钟文，钟文在一中，都说双胞胎的弟弟比哥哥聪明，他们俩却是反的，不过也不应该有这么大的差距呀，实在太诡异了。

她刚刚学过一点生物，也觉得双胞胎如此悬殊似乎不太可能，也许那个弟弟在出生时受过伤。

我们说好了，哪天一起去一中看他哥，也许到时候顺便来找你，你是几班？

她说了她的班级，还有楼层。

他们都不是善于聊天的人，他的话说完了，再也找不到新话题，她则一脸消极，他问她就答，他不问她就彻底没了声音。

我回去了。他突然说。

这一次，他走在前面，她慢吞吞跟在后面，心想，到底是技校的人，一中是不会有人穿拖鞋的。不管怎样，心里还是有种说不出的感觉，他内心肯定是有痛苦的，谁会心甘情愿上技校呢？所以他刚才才用不敬的语调议论她的一中。想起这些，她加快脚步，追了上去。

我们家的狗也死了。她说。似乎觉得这样能拉近一点他们现在的"距离"。

寻找时间的女孩

一中给了她别样的感觉,一进校园就有种想要拼命学习的冲动,稍感犯困,就警告自己,你是花钱买进来的,你一定是整个年级成绩最差的那一个。这么一想,就心跳加快,身体下意识地扑向书本。开学前,她在行李箱里悄悄塞了个手电筒,她早就听说,一中有人半夜躲在被子里温书。开学才两个星期,她就意识到,手电筒果然带对了,晚自习后,十点整,寝室里统一熄灯,她在脑子里回放当天的功课,想不起来的就打开手电筒,在被子里悄悄看两眼。一定要缩小差距!一定不能做最后一个!

第一次月考,四十五个人的班级,她排名三十六,竟然不是最差,她大为振奋,发誓要比过去的一个月更加勤奋,她放弃午休,随身携带一瓶风油精,疲倦时就往太阳穴抹一点。下午的课外活动她也用来做题,预习第二天的课程。她去找数学老师答疑,聊起她的哥和他的北大,数学老师两眼一亮。

林海鹰是你哥?亲哥?我教书这么多年,很少看到林海鹰那样的学生，除了聪明，更加出众的是他的头脑，他是少有的脑子特别清醒的人，除了会读书，篮球也打得非常好，高考前三天，他基本放弃了做题，骑个自行车，后座上夹本书，优哉游哉顺着长江往南骑，大家都觉得不可思议，人人都紧张得冒烟，他竟然骑车出去闲逛。后来的成绩你也知道，这就是有天分的人，他绝对是一中校史上值得记一笔的人物。我跟你说这些，就是告诉你，不要太紧张，要懂得放松，有张有弛，不打疲劳战，才能保持最强的战斗力。

慢慢大家都知道了考入北大的学长林海鹰是她哥，看她的目光马上不一样了，不久便赠给她一个外号：北大妹妹。

北大妹妹昨晚又躲被子里看书了。

北大妹妹今天体育课又请了大姨妈假，其实是想躲在教室里做题。

北大妹妹肯定非北大不读。

她想站出来声明，她从不敢妄想北大，她知道自己怎么进的一中，这样的人也能梦想北大？但她同时又有点小小的虚荣心，让这么多人知道哥、顺便知道她不是什么坏事，于是就随他们去说。与此同时，第二次月考又结束了，她又进了几名，从三十六变成了班级三十一，信心再一次提升，如果一直进步下去，北大未尝不可以成为目标。

在一次调换座位中,她跟走读生吴为成了同桌,吴为大大咧咧,对上课一点都不虔诚,总是踩着铃声进教室,下课铃一响,就弹簧一样站起,大踏步往外冲,完全不顾老师还在讲台边收拾教案。刚开始她很瞧不起他的行为,觉得他的学习似乎是被迫的,这种人的成绩肯定不咋地。然而,接下来的期中考试,她被一个事实惊呆了,吴为竟是全班第一,难道是偶然?因为刚开学,同学之间还没混熟,所以她斗胆问了他:请问你上一次月考是第几名?吴为直着脖子,用眼角瞄了她一眼,轻描淡写地说:第一。她的眼睛立刻直了,又不甘心地问:第一次呢?吴为已在收拾书本准备离开,砰砰一通乱响中,她捕捉到两个字:也是。

她瞪着黑板,内心惊雷阵阵,这到底是个什么厉害角色,似乎比哥哥当年还要厉害,他肯定会进北大的。

她开始留出一只眼角给吴为,发现吴为真的是个天才,人人头痛的数学物理,大家都张嘴看着老师,云里雾里听得艰难,吴为却像听故事一样,老师在上面讲例题,他在下面同步演练,不时会意地点头,得出答案的瞬间,抖着腿轻喊一声:耶!那可是崭新的内容啊,他们听都还没听明白,他竟能跟老师产生共鸣。

晚上躺在被子里,关掉手电筒后,她会想,那个吴为,他到底长了个什么样的脑子,对了,他是走读生,他在课堂上那么轻松，会不会是在家里上过先修课。如果他真的有先修课，她能不能跟他商量一下，加入进去，如果可以，她愿意跟他一起分担学费。她翻了个身，继续想，学费可能会有点问题，家里不一定同意她的这个支出，但是，如果这个课堂在他家里，她可不可以用提供家庭服务来代替学费呢？她看过一本小说，那个主人公就这么干过，用家务劳动来抵充学费，她小学就开始帮家里干活，她能干的事情可多了，打扫，洗衣服，烧菜，她还会做卤菜。越想越觉得计划可行，明天就去问他，没什么丢人的，她不过是想向优秀的同学学习，学习不丢人。她付不起学费，就用劳动代替，劳动也不丢人。她又翻了个身。不过，万一他并没有什么先修课呢？那么，刚才所想的一切就都行不通了。但是，她实在不理解他何以如此厉害，他跟大家完全不在一个水平线上。要不，干脆拜他为师、请他做自己的家教？她知道有些人是请了家教的，只是学费仍然要用家务劳动抵交。嗯，他也许会说他没有时间，但是，他自己不也需要复习预习的吗？他们可以一起啊，这样就方便她遇到问题时向他请教。

迷迷糊糊睡了过去，第二天清早，刚一睁眼，又想起昨晚的计划，但人在坐起来后，似乎没有躺下来时勇敢，她感到那个想法有点难以启齿。不过，不说的话，会不会后悔？老师说过，高中三年，弹指之间，这是一场激战，你们每个人都会因为这场战役而受益无穷，或是遗憾终生。我可不想收获遗憾。她轻轻地顿了一下脚，下定了决心。

仍然像平时一样，下课铃一响，吴为就霍地站起，似乎那电铃不是安装在教学楼上，而是长在他椅子下面。难道他急着上厕所？上课铃响，他进来了，和几个男生一起，他走在最后面，笑呵呵的，两手不停地绕来绕去，在玩个什么游戏。她很想问他刚才去哪里了，正要开口，瞥见他已恢复严肃面容，摊开了书本。时机已经过去了。

磨蹭到第三天，她终于瞅准了一个机会，那天下大雨，体育课暂停，老师让大家自习。她终于鼓起了勇气：可以问你个问题吗？他似乎有点吃惊：你说。

晚自习结束后，你回到家里还学习吗？

看情况。

你有先修课吗？

那是什么东西？

看来计划已经破产了一半。她咬咬牙：如果我请你当我的家教，你愿意吗？

他一脸的不可思议：怎么可能？我又不是老师。

她急中生智：我的意思是，我们一起复习预习，这样我有问题就可以向你请教了。

她从侧面看到他在转动眼珠。你还是问老师吧。

学生讲,跟老师讲,是不一样的,对我来说,学生讲的更好懂。

他耸了一下肩,没反应了。

得给他一个适应过程,对他来说,也许太突然了,他可能需要想一想。

又一次月考临近,那天吴为没来上课,班主任进来说:你们谁愿意把吴为的书送到他家里去?他生病了,不能来上课。她想也没想,揽下了这桩差事。班主任也说:很好,你们是同桌,就请你跑一趟吧。她顺利得到吴为家的地址,飞一般赶过去。如果他有先修课,或者是家教,这次一定能发现,那就要抓住机会说出那个分担学费的计划。

跟她想象的很不一样,吴为穿着拖鞋来开门,接过她手上的书,就扶着门望着她,等她离开,她正不知道怎么办,吴妈过来了,热情地把她迎进去,为她递上水果,她拿着,却不吃,也不说话,只顾打量吴为的小书桌,那上面立着一些课外书,似乎有一两本参考书,她用力分辨,仍然看不清书名。吴妈说:你在我们家吃了饭再回去吧?她马上意识到,也许可以先跟他妈提出来,就小声说:我想请教吴为几个学习上的问题。吴妈笑了:吴为你行不行啊?快来快来,你们一起讨论。吴为面无表情,转身进了卧室。

她以为他去卧室拿书本去了,结果他一进去就不再出来,她想进去,又不敢,毕竟那里是"男生寝室"。

她站得腿都软了,吴为还是没有出来。她尴尬得要死,但是,就这样走掉不是更加尴尬吗?还是再等等吧,这里是他的家,她是客人,主人不出来见客人是不礼貌的,她为自己找到继续站下去的理由。

吴妈出来了,对她说:海燕你坐呀!坐!她不坐,执拗地盯着吴为的卧室门。吴妈朝房里喊了两声:吴为你倒是出来呀。吴为嗯了一声,却不动身。吴妈突然一笑:我想起来了,他今天身体不舒服,估计脑子也不好使了,他总是这样,身体一出毛病,脑子就不工作,要不你改天再来吧。

她真的"改天再来"了。又一个周末,她放弃回家,背着书包,突然敲开吴为家大门时,母子俩正在吃晚饭,吴妈拉她上桌,她坚称已经吃过了,浅浅地坐在沙发一角,听母子二人小声咀嚼。

饭桌撤了,吴为闪身进卧室,吴妈说:你先坐会儿,我去洗碗。

中间,吴为出来了一次,似乎去了卫生间,过了很久才出来,又去了阳台。吴妈洗好碗出来,跟她聊天,得知她哥在北大,惊喜不已:那你的成绩肯定也很好。

比吴为差远了，所以想拜他为师。

吴妈凑近她说：你这样太刻意了，他肯定有点不好意思，他是个很羞涩的人。你看这样好不好？你可以在学校里跟他讨论，等你们讨论得顺畅了，再到我们家来，他就不会放不开了。

她再迟钝，也听出了言外之意，起身告辞。

周一，老师调整座位，吴为换走了，她的同桌换成了另一个女同学。这不是正常的座位调换，正常的座位调换是整组交换，这次只有吴为一个人。她隐约意识到了其中的奥妙，顿时满脸通红，心跳加快，为了控制住自己的身体，她强迫自己死死地盯着讲台一角。

林海燕！

她机械地站起来，却不知老师在说些什么。老师走到她面前来，不耐烦地将她从走道左侧一把扯到走道右侧，问她：你到底在想什么？喊你几遍都没反应。

她从老师的瞳孔里看到一个叫林海燕的女生正头朝下从四楼朝地上飞去。

当然，那只是她的幻觉，事实上，她不过是乖乖地掏空桌肚子里的东西，把她的桌子腾给新来的同桌。

吴为的座位在她的右后方，只要稍稍往右转30度，就能看见他的脸，比之前跟她同桌时看得更清楚，但她就是转不动，不仅脑壳转不动，眼珠也没法转，绝不能让他知道她在用目光寻找他，必须让他知道，她对这个座位调整根本不在乎。

时间长了，她感到右边脖子有点僵硬，像长出一个硬块，用手一摸，并没有。

最新考试排名又出来了，第二十八名，前进了三名，稍微有点进步，但她不满意。如果能来个突飞猛进，赶上他，至少离他近一点，让他体会到一点威胁，也会是一件快意而幸福的事。

最大的障碍在于她几乎没法延长学习时间，手电筒渐渐失去效力，躺在床上的人跟坐在桌前的人是不一样的，再清醒的人躺到床上，用不了多久也会迷糊起来，好几次，她连手电筒都来不及关，就睡了过去，白白浪费了两节电池。

如果能像吴为一样，晚自习以后回家该多好，那样她就可以像在学校一样，至少可以多学一个小时。一个小时可以做多少事啊。

课间操结束后，学生一窝蜂往教学楼涌，嘤嘤嗡嗡中，她突然听到吴为的声音，他在跟一个男生说话。

男生说：妈的！我物理完蛋了，最后一道实验题基本傻眼。

实验题我觉得很简单啊。

你他妈当然觉得简单啊，你根本就不是人，你是神，我现在一到下午两点就睁不开眼睛，再一看你，像条正在捕食的老虎，你都不会困的吗？你几点睡的呀？

我真不困，其实我差不多十二点才睡。

海燕一听就开始盘算，十点她就睡了，而吴为要十二点才睡，他的一天比她要多出两个小时，黄金一样的两个小时啊，每天比她多出两个小时，一年下来是多少时间？可以干多少事？单从时间上来说，他的有效生命就比她长，也注定比她更有质量。

必须延长学习时间！接下来两天，她默默观察，想在校园里寻找一个晚自习后还有灯的地方，很快就得到了结果，除了昏暗的路灯，全校没有一盏灯的开关是可供学生支配的。

有一天，她去交作业，突然望着老师办公室桌上装电池的小台灯发起呆来，如果她有一盏这种小台灯，那就可以实现她的计划了。

她没找妈要钱，也没找爸，她很聪明地给哥写了一封信，讲了她为什么需要这种灯，她记得哥跟她说过，从生物学上讲，我能上北大，你也能上北大。她相信哥会支持她的。

过了很久，她收到一个包裹，果然是台灯，但没有信，装台灯的盒子她翻来覆去找了三遍，没找到哥的只言片语。好吧，也许哥太忙了，大学虽然比高中自由得多，比如不会统一熄灯，但也比高中难得多，上次回家，爸告诉她，哥正在一把一把地掉头发，北大不是那么容易读的。

她想她才不怕掉头发，只要能读北大，头发掉光也无所谓。

收到台灯的第一个晚上，寝室熄灯后，她抱着台灯来到教室，她没想到，当整栋大楼只有一个人的时候，每走一步，都有如此巨大的回声，吓得她差点走不下去。最终壮着胆子走进教室，关上前后门，努力让自己沉浸到书本里，拿笔演算，小声背诵，但整个状态就是不对，再小的声音也能响起回声，回声追着她，干扰着她，令她无法专注，只好闭嘴。

一道亮光蓦地直刺过来，她吓得僵在座位上，紧接着，窗户被砰砰敲响。听了一会，她明白过来，是门房的值班师傅，看到灯光，觉得不对，过来察看。

确信她是本校学生之后，值班师傅火冒三丈：晚自习都结束了，你不去睡觉，跑到教室来干什么？无视学校纪律，你信不信我现在就去把你的班主任叫来，把校长叫来。她想抱着台灯快点逃离，却被值班师傅一把抢在手里：你不能拿走，我明天要带着它去找校长。她只好沿着昏暗路灯的指引，跑回寝室。

大家都睡着了，她小心翼翼地摸索着往自己的床位走去，她已经把脚步放到最轻了，没想到还是惊动了一个睡眠较浅的女生，女生猛地惊叫起来，这一叫不大紧，整个寝室立刻炸了锅，每个人都在尖叫着往被子里钻，紧接着，隔壁寝室也莫名其妙叫起来，还在一路蔓延下去。她抱头坐在地上，不知怎么办才好。

宿管老师过来了，很快就查到了声源所在地。

海燕只好承认是她吵醒了同学。我想制止她们，但她们根本听不见我的声音。

为什么熄灯铃响了那么久之后你还会从外面回来？你去了哪里？在干什么？

她不想说她在教室温习，人家都在睡觉，你却跑去下暗功夫，这是大家都很鄙视的事情，他们只欣赏那些玩得很多成绩却很好的人。

第二天，早操开始前，班主任程老师找到了她。程老师五十多岁，花白的齐耳短发，对女同学有着母亲般的眼神和声音。大约门房值班员已经跟她取得联系了，所以程老师第一句话就是：你好大的胆子！晚自习以后还一个人跑到教室。她能听出来，这个好大的胆子仅指对抗恐惧的能力，与违纪无关。程老师接着说：悠着点，才高一呢，还有两年多，留点力气到后面再冲刺。说着伸手在她背上轻轻拍了拍，那个动作告诉她，这不算多大个事。

她和程老师一起来到教务室，宿管老师已经等在那里。事情的处理结果比她想象中的简单得多，她原本以为会有处分什么的，结果只是宿管老师当着程老师的面重申了一遍校规校纪，程老师说：都听到了吧？小台灯先放我这，我会帮你保管好的。这才是釜底抽薪的一招，她绝望地想，以后下了晚自习，什么也干不了了，只能死猪一样睡觉了。

但事情的结束远比处理过程要长。先是接受全班同学的注目礼，然后有人小心翼翼地过来问她：那么晚，你一个人不怕吗？过了几天又发现，小台灯已成为某种现象的指代，她亲耳听到有人在说到跟她不相干的事情时，冷不丁来一句：成绩不好也不能全怪我，我又没有小台灯。偶尔看到某个昏暗的地方亮起一只灯，也会有人说：看！那里也有一只小台灯。甚至，在一次全校训话中，教导主任还说了这样一段话：我不要你们抓紧分分秒秒，我只要你们充分利用课堂四十五分钟，不要你们起早贪黑，深更半夜偷偷摸摸点亮一盏小台灯，我只要你们把课堂效益最大化。

唰的一声，所有人朝她扭过头来，她身体晃了晃，勉强站稳，脑子里出现一道小斜坡，一颗石子从坡顶上骨碌碌滚下来，一直滚到坡底，而其他的小石子全都牢牢镶嵌在坡顶。

秋季运动会她没报任何项目，唯一可做的就是在运动员入场仪式过后，迅速撤回到观众席上，为同学们喊加油。

她注意到吴为有两个项目，一个50米短跑，一个400米接力，都没拿到名次，他很快也回到观众席，回到男生堆里，他们就坐在她的左前方，打闹、斗嘴。

吴为就你那龟爬速度，还报什么短跑！

不报短跑报什么，短跑耗能少，傻瓜才报3000米。

她竟然被吴为孩子般的小算计逗笑了，恰在这时，吴为笑嘻嘻地转过头来，正好跟她来不及收住的笑脸相遇，他一愣，笑容倏地消失，飞快地转过头去。

她立刻僵了，再三回忆刚才他们视线相接的那一刹那，他为什么突然变了脸？他厌恶自己吗？他恨她吗？她一动不动坐在原地，余光却死死地锁定左前方。她看到他站起来了，他们说：别走啊，后面又没有你的项目。

他迈开长腿往外走:太无聊了，懒得跟你们浪费时间。

啊，明白，你赶紧回去吧，回到教室里点亮你的小台灯吧。

去你妈的!

一直坐到田径比赛结束,所有人都撤离了操场,她还坐在那里一动不动。扎着低马尾的保洁员拖着垃圾车过来了。人都走光了你怎么还在这?

她马上起身,刚刚得到的教训是,这个学校里的后勤人员,比如门房值班员,比如宿管老师,虽然都与教学无关,却比老师更严厉,个个都是铁面无私的执法者,都是会给她带来灾难的人。

正要上楼,她碰上了刚从教室出来的程老师。

林海燕,刚才正找你呢,你跑哪去了?你呀,什么都好,就是太沉闷了,十四五岁的小姑娘,怎么老气横秋暮气沉沉的?跑起来呀,跳起来呀,跟我说说,是不是有什么心事?说出来我帮你分析分析。

比较而言,她觉得程老师似乎是个可以托付心事的人,试了又试,终于开口了:程老师,你觉得……我能考上北大吗?

她看见老师的眼珠在两睫之间抖动了几下:老师不会算命,也不会预测,但老师可以明确地告诉你,只要你下定决心,并付诸行动,没有实现不了的目标。最怕的就是,根本没有目标,随波逐流,得过且过,这样的人,注定一事无成。放心吧,以后老师会一直监督你,协助你,绝不允许你松劲。

她赶紧追着问：那，我可以拿回我的小台灯吗？

你不会因为没有这个台灯，就放弃你的目标吧？

进入高三的时候，她已跃升为年级前一百名，每月一次的一对一师生对谈中，程老师一副卸下职责会见老朋友的表情：干得好！离你的目标越来越近了。但她一点都不开心，她不是那么好哄的，从往届情况看，收获最好的一年，也只有两三个学生能达到北大分数线，因为志愿没填好，最终只录取了一个。

因为总是单独行动，她又一次在课外活动时间，在空无一人的教室里，碰到了那个保洁员，保洁员也认出她来了，说：总是看到你一个人在学习。

我笨嘛。

一中没有哪个是笨的。

打扫到她脚边的时候，保洁员问她家是哪里的，她刚一说，保洁员就惊呼起来：我们是老乡啊。

她望着保洁员，不知道老乡有什么好激动的。保洁员又说：你眼睛好大，睫毛好浓好长啊，你将来会很漂亮很漂亮。

她对这种话题毫无兴趣，目光又回到书上。保洁员弯下身子，继续扭头看她的眼睛。怎么会有这么长的睫毛！我还是第一次见到。保洁员问她住几号寝室，她说了，保洁员说：那离我很近，我就在你们旁边，食堂附近。

她马上想起来，食堂大门左边似乎有一扇门，常年关着，有时会透出灯光。灯光！她脑子里亮了一下。

得知保洁员一个人住在里面，她赶紧问，她能不能晚自习以后到她那里去学习一会儿。

可以啊。保洁员想都没想，爽快地答应下来。保洁员姓赵，她叫她赵老师，学校里什么人都称老师。去赵老师那里学习有条件，第一，她不能告诉任何人她借用了她的房间，万一被发现，就说是老乡，临时过来串个门。第二，需要交少量租金，毕竟她给她提供了学习场地，桌椅，还要帮她保密。

两天后开始实施，因为赵老师说她要稍稍做点准备，为她创造一些学习条件。

房间小而简陋，一床一桌一椅，桌上有一盏旧旧的台灯，上面蒙着一条花丝巾，不影响她看书，外面看起来也不刺眼。这大概就是赵老师所说的准备工作。除此之外活动空间相当有限，海燕学习的时候，赵老师就到床上坐着。

寝室里那么多人，就你一个人想到这种办法，这么自觉的人，肯定能考上北大。

她不作回应，没过多久，赵老师就在后面打起了鼾。

十一点四十，她轻轻起身，带上房门，回到寝室。现在她已经掌握了不惊动同学的窍门，只需要脱掉鞋子，踮着脚尖走就可以。她先在门口站一会，待眼睛适应黑暗，再伸直胳膊边探路边前行。万一有谁惊醒，她就说拉肚子，刚从厕所回来。几次下来，她连伸手探路都省了，黑暗中大大方方无声来去。

直到有一天，班主任找到她，皱着眉头问她怎么又在开夜车，她才明白，原来寝室里的人不但掌握了她的行踪，而且越过交涉直接告状了。但她下定决心不出卖赵老师，只说自己是在路灯下看书。

不是跟你说了吗？有晚自习就足够了。

她想，那为什么还有一寸光阴一寸金的说法呢？

班主任并不深究，只提醒她要爱护眼睛，保证充足的睡眠。她就这样捍卫了那个小小的非公开学习基地。

周五下午，他和钟武结伴去一中。双胞胎早就约好了，这个周末，钟文不回家，在学校等钟武。他提醒钟武，我们没有学生证，人家可能不会让我们进大门。

这点钟文早就告诉我了，我们从后门进，后门虽然上了锁，但它旁边的院墙很好爬，他们寝室就经常有人爬进爬出，因为他们想要出来搞点东西吃。

他们在校外逛了一会，等到天渐渐黑下来，才开始翻墙。院墙看着不高，但翻起来并不容易。他蹲着马步在下面当人梯，让钟武先上去，然后站在院墙上拉他，没想到院墙很窄，钟武站在上面无法使力，试了好久，最后只好下来，两人一起跑出好远，捡来几块石头，然后再用刚才的办法，总算翻了进去。

因为他们的样子看上去跟学生差不多，所以一路都很顺利，并没有人朝他们多看一眼。很容易就找对了寝室，但寝室里一个人也没有，不用说，都在教室。他们直奔教学楼四楼。他还记得燕子所在的楼层，但他决定先见了钟文再说。

钟文笑嘻嘻地出来了，一见面就没轻没重地捶钟武。你怎么混进来的？小心保安把你抓起来。

我又没干坏事，凭什么抓我？

你都翻墙了，还说没干坏事，你看你的衣服，你的手，到处都是证据。

吃过没？肚子好饿。

肯定吃过了呀，我还指望你带点吃的进来呢，结果你两手空空就进来了。

这对双胞胎，长相截然不同，但名如其人，钟文是白净的方脸，微胖，钟武是长形黑脸，精壮的瘦肉型。他终于找了个机会插进这对亲亲热热的兄弟之间：我敢打赌，没人相信你们是双胞胎。这提醒了钟武，他向哥哥介绍：这我同学，陪我一起过来的，如果没有他，我今天翻不过那个墙。

聊了几句，他撇下兄弟俩，一个人往燕子的教室走，教室里好多人，人人都在专心学习。他蹲下来，哈着腰，试图透过窗玻璃找到燕子。

教室后门突然拉开了，老师低喝一声：你在干什么？他吓了一跳，本能地想跑，被老师一把揪住：你是什么人？在干什么？

我找人，找我同学。

谁是你同学？

林海燕。

找她干什么？你从哪里来的？

听到技校两个字，老师把他揪得更紧了。你一个技校的，跑这里来干什么？谁允许你随随便便窜到这里来的？

钟文跑了过来，老师认识钟文，但仍然不准备放下手中的他。这么晚了，他找人家女生干吗？

他真的是陪我弟弟来找我的，找他同学只是顺便。他同学是他邻居，发小、青梅竹马。

老师的目标迅速转向钟文：你说他是你双胞胎弟弟？骗人的吧？钟文笑了：您可以去看我的档案，我们是异卵双生的双胞胎，我父母挺高兴的，觉得我们是货真价实的两个儿子，而不是一个复制了另一个。

老师终于笑起来：绝对是两个儿子，从没见过差异这么大的双胞胎。又转向他：你呢？需要我把林海燕给你叫出来吗？

不不不，老师，不麻烦了。她并不知道我今天要来。

你的意思是，你今天只想过来偷偷看她一眼？

他不好意思地笑了：就……反正顺路呗。

那你刚才看到她没有？

没有，没来得及……

第三组，讲台下面。老师说完，就进了教室。

三个人猫着身子，轻手轻脚走近窗边，再缓缓起身，朝老师刚才说的地方看去。老师在黑板上写着什么，突然停下，回过身来，叫起来一个同学，把手里的粉笔递给她。

他咧嘴笑了起来，这老师真够意思，专门把燕子给他叫上了讲台，让他看清楚点。

燕子接过粉笔，在黑板上写起来，他们看不清她在写什么。写完，老师故意把她留在讲台上，自己站在讲台下面，讨论了一会，才放她回到座位上去。

他内心感动得一塌糊涂，这老师，人也太好了。不过，燕子怎么还是以前那副模样，走路就走路，眼睛只看脚尖,其实她只要稍微抬一下眼皮,就能看见窗边他的半个脑袋。

钟武继续留在学校陪哥哥,他独自从一中撤出,天快黑时,在路边上了一辆招手停,车上空荡荡的,只有一个老头,抱着胳膊,垂着眼皮,似乎在打瞌睡。老头有些秃顶,头顶心那一小块像婴儿肌肤一样光亮饱满。他正在想,到了冬天这个地方会不会很冷,平时是不是很容易受伤,老头猛一抬头,他来不及躲避,两人的视线撞在一起,老头很不友好地看了他两三秒,叭地朝地上吐了口唾沫,抱紧胳膊,继续打瞌睡。一种古怪的、略带不祥的气氛顿时笼罩在整个车厢。

他们在同一个地方下车,他自幼莫名害怕有人走在他后面,何况此时天色已晚,能见度很低,便故意放慢脚步,让老头先走。老头匀速向前,走了一阵,蓦地消失了,他脑子里啪的一声炸响,明明眼前只有一条直路,并无岔路口,老头是从哪里消失不见的呢?

好歹壮着胆子从马路上拐下来,走上回家的小路。光线很差,小路像一条灰白色的带子,浮现在模糊混沌之中,但熟悉的气息还是让他慢慢自在起来,他清了清嗓子,故意走出很重的脚步声。

门关着，屋里有灯，他叫了好几声，妈才过来开门。她的表情很怪，头发披散，脸上好像还有伤。真是奇怪，从上中巴车开始，他看到的每个人都有点古怪。

他关好门，回身一看爸的样子就明白了，爸板着脸，气鼓鼓地坐在桌边，身上还有股酒味。他们刚才肯定正在干仗。

简单的问询过后，妈丢下他，扑向裁剪台上的一堆单据，一边看一边做着加法。

这是什么？他走过去问。

爸猛地蹿起，向她走去：你行了，明天再说。

怎么？你怕我说？你做都做了我还说不得？

真是倒霉，好不容易周末回家，偏偏就遇上他们俩干架。他下意识地往自己房间走。

老子千针万线辛辛苦苦挣点小钱，都被你拿去填了那个骚×的无底洞。

谁用你的钱？我自己又不是没钱，是你把我工资全都收走，我一个男人出门在外，身无分文。

每天都往你衣服口袋里放了饭钱的，没漏过一天。

只吃饭就够了？老子又不是牛不是马。

你实在喜欢吃野食，我也拦不住你，但你不该花我的血汗钱，更不该搞出一身脏病来传给我。

灯光晃悠了一下，妈被扑倒在地，爸骑上去，挥起拳头，左右开弓，发出噗噗的声音。叫你瞎说！叫你瞎说！

他本来已经走到了卧室门口，妈说过不要管大人的事，但打架也在那个范围内吗？小时候他也见他们打过，那都是站着打的，一个打，一个躲，实在躲不过就还击，从来没像今天这样，爸骑坐在妈身上，让她完全没有还手之力。不管为什么事，不能用这种手法打女人。他冲过去，拼命想要捉住爸的手，把他从妈身上拉下来，但他高估了自己，那双常年在建筑工地讨生活的手，此时比钢铁还要硬，加上他喝了酒，轻轻一挥，就把他击倒在地。

妈还在愤怒地喊：你做得，我还说不得？工地上的女人，你都搞遍了。

爸爸集中火力攻打她的脸，试图让她闭嘴。她的脸不断地侧向左边，侧向右边。她的嘴在流血，鼻孔也在流血，她渐渐发不出声音来了。

你要把她打死啦！他喊道。

打死了我抵命！

他看到墙边有绳子，想把绳子甩过去，套住他的脖子往后拉，又怕失误，导致窒息。厨房里有刀，刀更不行，刀下有鬼，不要轻易动刀。最后，他看到墙边有个长脖子老南瓜，心想南瓜应该不错，够硬，又不锋利，就一把攥在手里，这时爸已换了一个动作，他两手抓住妈的头发，像打夯一样，提着她的脑袋往地上砸，他的脚底明显感受到了地面的震动。好你个家伙,真往死里打呀!他高高举起手里的南瓜,哪的一声,本想砸肩的,没想到爸动作过大,脑袋正好撞上他的南瓜。

一切戛然而止,只有南瓜咕噜咕噜滚向一边,他看到南瓜肚子上有一道长长的裂痕。

妈挣扎着爬起来,看了一眼倒在地上的爸,踢了他一脚,抬起手臂,用袖子擦脸上的血。

妈处理完脸上的血,又过来瞄了一眼,爸还躺在原地。

他想去把爸拉起来,不知为什么又不敢,只远远地看着。过了一会,爸慢慢从地上爬起来了,他以为爸要反扑,提前做好逃跑的准备,没想到爸丝毫没有反扑的意思,只是扶着墙,一声不吭地往卧室走。

总有一天要搞出人命来的。我今天把家底交给你,我们仅有的一点存款,在工商银行,存折上是我的名字,密码是你生日。妈流着泪对他说:哪天我被他打死了,你不要把钱留给他,你都取出来,存自己名下。

那只南瓜,妈捡它的时候,摸了一下那道裂缝。

妈去了趟卧室,出来对他说:他上床了,你去问他,要不要去医院。

他壮着胆子来到床边,把妈的话重复了一遍。

爸说:你们等着,老子睡一下再来收拾你们。

他出来,对妈重复了爸的话。

妈想了想，又进去了：要不要去医院？要去一起去，我身上到处是伤，我们都去住院，住到倾家荡产为止。

嗯，睡一下。爸的声音很柔软，像叹息，又像和解的暗号。

肯定是酒劲上来了，在外面灌些黄汤，回来就耍酒疯。

妈带上门出来的时候，脸上已跟刚才大不相同，又青又紫，肿胀不堪，有些地方在冒血水。她一边拿冷毛巾敷脸，一边给他讲来龙去脉。

一直都不想告诉你。知道我们家为什么穷？为什么总是不如别人家？都是因为出了这个家贼。手上有一点点钱，就想着拿去找那些女的。昨天我出门拿货，就半天，他就把人带到家里来了。我是有底线的，再怎么样，你不能在家里搞这种事，腌臜我的房子，我的家。

每一句话都是一个闻所未闻的炸弹，他给炸得魂飞魄散，支离破碎。我现在在哪里，这是我的家吗？这是我的父母吗？父母怎么能做那种事？他哭了起来，觉得自己也好不到哪里去，居然打了自己的父亲，哪有儿子打老子的？

你没做错。妈安慰他：儿子保护妈，天经地义。你是个好孩子。

妈又去了趟卧室，回来说，他好像吐了，不过，现在睡着了。

他去卧室门口看了下,床前地上果然有一摊吐出来的东西,浓烈的酒臭味,令人作呕。

直到第二天他返校,爸还在沉睡。他想晚点走,妈说:你走吧,没事的,他这是酒劲上来了,他喝醉了就是先闹再睡,醒来后就说什么都不记得。

因为那只南瓜,整整一个星期他都很不安,他专门去医务室开了点跌打损伤的药,想着周末带回家给爸,没想到才周四,学校就下达了一个通知,他们将去化工厂实习两周,周末出发。

当他下一次回家时,已是三周以后了。爸不在家。妈说爸去南方了,临走前给他留了一封信。他迫不及待地打开信,这是他第一次见到爸的笔迹,像小学生的字,短短的篇幅里,错别字连篇。

儿子:我成认我错了,但我不想当面向你认错,我毕竟是父亲。我去南方一段时间吧,我也想改变,我不是坏人,我想奴力管住我自己,把一切化为争钱的动力,等我争到钱回来,我们向别人一样盖楼房,日子越过越红火。

生活恢复了平静，只是妈妈的状态不太好，两眼无光，看上去精神不太好。

又是一个圆满的夜晚，她从赵老师那里出来，心情格外愉悦，她在这个小得不能再小的房间里，弄懂了白天没有理解透彻的问题。她抬头看了下天空，竟外地发现天上竟然闪着几颗星星。

回寝室的时候，她出了点状况，原本已经很熟悉的黑暗空间，今天居然被狠狠地绊倒在地，似乎空中多了一根绳子，因为她听到有什么东西被她带翻了，她忍住疼痛，慢慢起身，爬回床上。

躺在床上，她揉着痛处想，绳子肯定是有人事先设计好的，这么说，她们知道她在某处开小灶，她们不喜欢她一个人偷偷出去开小灶。她继续想，她们设计这根绳子的时候，该有多么开心啊，她们肯定围着它又笑又跳，说不定还预演了她被绊倒在地的情景。只可惜，她们所追求的效果达到了，但她们却没法欣赏这一幕，因为她们都睡着了。

她决定不予追究，追究只会让她们更兴奋，说不定还会暴露她的秘密加油站。

离大考只剩下最后两个星期了。早在三个月前，学校就取消了考试排名,所以她不知道自己究竟进步了多少,但她相信自己在进步,有了赵老师的小房间,她心里笃定了很多,看到吴为没等放学就往外冲时,她也不再焦虑,你有你的小灶,我也有我的绝密加油站。

这天很奇怪,还在上楼,就莫名其妙地觉得异常,是太安静了吗? 好像也不是。这么想着,走向座位,伸手一摸,空的,桌肚子里的东西呢? 她蹲下来,往桌肚子里看去,里面只有一只笔盒,几张刚刚做过的试卷,笔记本哪里去了? 她习惯把书本码在桌面上,把各科的笔记本放进桌肚子里。

她扫视一遍教室,大家都安安稳稳坐在自己的座位上,没有人搞错位置,这个空荡荡的课桌的确是她的,那她的东西呢? 她呕心沥血整理的笔记呢? 她的宝藏,她个人的高考秘籍,都去哪里了?

她红着脸问她的同桌,同桌摇头,她问了每一个人,每个人都说不知道。她去找班主任程老师,程老师很惊讶:怎么可能? 你确定你没有放到别处去? 赶紧到所有可能的地方去找找。

她去的第一个地方,当然是赵老师的小房间,里面除了她带去的草稿纸,什么都没有,又去了寝室,掀开被子和枕头,什么都没有,垃圾桶也翻了,教学楼外的垃圾桶也翻了,到处都没有。

她大约知道是怎么回事了，那天晚上被她们布下的绳子绊了一跤后，她应该哭的，哭着向她们示弱，求她们放过她，但她没有，她什么都没做，就像她根本没遇到过那根绳子一样。她的沉默惹恼了她们，她们把阵地转移到教室去了。

程老师也很着急：笔记可是复习指南，丢不得的。程老师刚刚说完，她就两腿一软，倒了下去。

她说出她的怀疑，程老师也无能为力，毕竟没有证据，加上备考时间已经不多了，不宜"立案"侦查，只能尽量去找各科老师补充，但她所有有针对性地记录，她一天一天整理下来的全部心血，还是永久性地丢失了。程老师安慰她：应该已经复习得差不多了，你现在要做的是冷静下来，不要被这事影响情绪，努力回忆，回忆也是很不错的复习。

她试着按照程老师说的去回忆，稍有阻滞，就心慌意乱，泣不成声。

高考结束，大家回到教室，跟程老师话别。

她没出声，静静地坐着，内心想要大吼，大骂，大哭，但她什么都没做。她知道自己考得不好，还没进考场，她就知道自己完了，因为连日痛哭，她两眼浮肿，头昏眼花，连考场都差点走错。她现在只想着一件事，如果落榜，她就去跳江，去死，死了就不难受了。

但她没有落榜,她竟然没有落榜。她考上了中专,据说是中专里面最好的财政学校,这下连死的资格都没有了,这个通知是一中最低档的录取,她离落榜只有一步之遥,再低十分,就有资格去死了。

与此同时,吴为考上了北大,得知这一消息时,心口一阵刺痛。她想大声哭出来,却怎么都流不出眼泪。

通知是爸最先拿到的,他满脸喜悦:都说这个学校是最好的,离家近,工作出路又好,学费又便宜,真的是最理想的。不像你哥,他再也不会回来了,他只会越走越远。两个孩子,一个远走高飞,一个在我们身边,谢天谢地,这是最好的安排。

哥也回来了,他在向父母汇报,说他已经找好了工作,就在大举开发的深圳,所以他不准备考研了。父母摆出一副努力思索的样子,实际上他们无从考虑,他们对哥的世界已经失去了把握的能力,一切都是哥自己说了算,但他们喜欢做出认真考虑的样子来。

他们终于说到她身上来了,对于财校,哥觉得没什么可遗憾的:可以啦,女孩子做财会很不错。

原来他对她根本没有过高的期望,原来他认为她就只配读个财校。

妈最不甘心:早知道就不花那一万块冤枉钱了,读个普通高中也能进财校。

说吧，再不说就没机会了，高考一结束，她就有了那个想法，她知道他们不会支持她，但她一定要亲耳听见他们回绝她的请求，万一他们被她的决心打动了呢？

她放下正在搓洗的衣服，走到他们身边说：我想复读，这次发生了一些意外，没有考好，复读一年的话，我想我至少可以考上大学。

全体沉默。她继续说：复读的人很多，我们这一届，光我们班就有四个复读生。我一定会比今年考得好的。

爸最先表态：燕子，财校每年分配情况都好得很，无论什么年代，财会工作都是好工作。妈也跟着说：大学也好中专也好，最终都要出来工作的，你哥都说了，女孩子搞财会是最好的，老师、医生都没有财会好，我又不是没见过，医生多累呀，老师也累，只有财会最好，你不用去求别人，都是别人来求你。

但我的理想是上大学，像哥那样上大学。她用力忍住才没有说出北大两个字。

两个大人一起看向哥，哥一笑：考试也是有运气的，我不是打击你，但真的有这种可能：你明年不一定有今年考得好，你说你今年发生了一些意外，导致你没考好，那你分析过没有，为什么会发生那些意外，明年会不会再次发生什么意外，如果明年再考，还是中专，甚至中专都危险，你想想你会是什么心情。

妈听到这里就站起来拍了板：听我的，不要复读了，复读又要一大笔钱，我不想再为你的高中花钱了，有些人就是光有读书的运，没有考试的运，好歹我们也考了个财校，先抓住再说。

哥又说：真想上大学，工作以后还有机会，可以带薪读书，还可以上自修大学、电大，途径多得很。

无需再说了，她重新回到洗衣盆边。他们已不再关注她的事了，他们在讨论哥的事情。哥说，从此以后，他将不会再有寒暑假，更不会在寒暑假回家，什么时候能回家一趟，他也不知道，也许一年以后，也许几年以后。妈在掉泪，爸在轻声责备她：你这是什么意思？这是好事，喜事！

翅膀一硬就飞走了，辛辛苦苦几十年，到头来一场空。

这不是还有一个在身边吗？

她是飞不起来，飞得起来也走了。

她放下正在搓洗的领口，两手湿淋淋地坐着不动。原来妈早就知道自己飞不起来，所以才不让她复读，所以才不想在这个无用的女儿身上再浪费钱。语言的打击强过武器，她胳膊发软，根本搓不动那些下水后变得梆硬的衣服。

中专只有两年，比高中还少一年。对她来说，中专，只是对高中的悼亡，她在沉痛悼念的心情中度过了乏善可陈的两年。透过两段毕业纪念册上的同学留言可窥一斑。

林海燕同学：

你给我的第一印象就是那双漂亮的眼睛，太神秘太深邃，同学两年，你用行动证明了你的神秘，因为我们通常找不到你藏在哪里，也看不懂你常年捧在手上的书本。祝福你，志存高远的同学，祝你早日实现鸿鹄之志。

林海燕同学：

分别之际，我最大的遗憾就是没能听到你的声音，你总是那么沉静、冷静、平静，我总在想，你有过生气的时候吗？有过激动的时候吗？有时你也出现在篮球场边看我们比赛，为年级舞会布置拉花和气球，你什么都参与了，但又总是感觉你什么都没参与。同学两年，马上就要挥手作别，但我却带不走你的一缕声音。

除了这两段，其他都平平无奇，无非是适合每一个人的祝愿之词。

还有几张集体照，似乎是春游之类的合照，大家依着台阶，或是江堤，拍一些造型感强的照片，每张照片上，她的样子都很突兀，如果大家搂坐在一起，她一定是最高的那一个，因为她是临时加入，还没蹲好，表情也不同步。如果大家都笑着看镜头，她要么紧紧抿着嘴唇，要么刚好侧过头去。对她而言，笑，是一个浅薄的表情，一个并不由衷的表情，就连最后的班级大合影，她也被什么东西分了心，头倏地扭向一边，一缕头发被风吹起，飘向空中，阳光下，她的眼睛黑黝黝的，像两个深邃的黑洞。

二年级下学期，L城财政局领导去财校讲课，他本人也是从财校毕业的，他向他们传达了一个信息，因为县改市，L城财政、银行有人员缺口，希望他们早日完成学业，回去效力。

T镇化工厂这几年很红火，它的主要产品是化肥，厂区味道不太好闻，不过时间一长，也就习惯了。他表现很好，进厂半年之后就晋升为小组长，待遇上没有区别，倒是每天要多做一件事，在工作日志上填写工作进度，记录当日考勤。他跟家里交流过一个想法，先在化工厂干两年，积累点经验后，就去南方，正好爸也在那边，妈还没听完就打断了他，南方有什么好，房租贵，挣点钱都给房东了。

他想想也是，生活成本的确是个问题。

妈还在强调困难：饮食也不习惯，开始去工资肯定不高，工资不高肯定谈不到女朋友，干几年混不下去再回来，那就迟了，人家都谈上了，没人给你留着了。

当年一起夜访一中的小伙伴钟武也在同一个厂，他从钟武口里得知了林海燕的一些事情，什么晚上开夜车被保安抓住赶回寝室啦、高考前丢了复习资料啦，包括后来考上了财校被人耻笑（太勤奋成绩却不太好）等等，这些情报显然是从钟文那里得来的，既然不在一个班的钟文都知道，想必这些事情当时闹得有点大。我的老天！她怎么这么倒霉，这些事情中的任何一件搁到他身上，都是无法承受的大事件，可惜他知道得太晚了，当然，就算他当时就知道，也帮不上忙。唉！可怜的蠢丫头。

好在她现在结局不错，银行这种地方可不是想进就能进的，站在他工厂的角度看，银行可是大小领导们一直都在动脑筋想办法要去巴结的地方。

钟武鼓励他去追林海燕，他哈哈一笑：可见你没看透这个社会的本质，在学校里相差几分，拿到社会上就差几层。

也有例外。钟武说。

但他的确想去看看她，反正他又不想追她，看看老同学理所当然。

找到她所在的营业部时,她正在柜台后面紧张地清点钞票,手指仿佛上了发条,明明只是四根手指在一沓绷紧的钞票上飞舞,他看着看着就看成了六根、八根,像车轮的辐条一样唰唰地旋转。

他排在长长的队伍后面,前面只有两个人的时候,不知道是不是空调开得太大,他居然有点紧张,下意识地躲了出去。她在上班,应该不允许闲聊,所以他要事先想好话题,可惜他没什么钱,不然他可以在她手上办一笔存款业务,要么就换点零钱吧,他摸摸口袋,只有几十块钱,想了想,他来到一家商店,让人家把他的几十块钱换成分币。一家商店换不完,他就沿路找了好几家商店,总算把手里的纸币全都换成了分币。

再次回来排队,一边排队一边偷偷探出头来,打量她工作时的样子。

她还是像小时候那样,浓眉大眼,睫毛一开一合,像两把黑色的小刷子。他后来再也没见到过那样的眼睛,只有一次,他跟几个同学去农村玩,看到路边一头正在吃草的牛,突然走不动路了,那牛的眼睛让他想起了她,虽然这么想有点不敬,但他真的觉得它们有点像,都是大而温顺,都是刷子一样的长睫毛。那时他就想,总有一天,他会告诉她这一刻的发现。

终于轮到他了，他将布袋子沉沉地放在柜台上，她很意外，冲他笑了一下，看来工作真的改变了她。她以前从来不笑，虽然她家只有两个孩子，她是小的，且是女孩，不知为什么，最得宠的其实是她哥。现在他知道这种情况叫压抑，但在当时，他像其他人一样，对这种情况只有一种解释：她是个受气包。他不明白为什么本该最受宠的女孩，却活成了受气包。她比以前瘦了很多，两道眉毛几乎连在一起，也许是浓密的毛发消耗了过多的皮下脂肪，要不就是瘦削缩紧了脸庞，使两道眉毛大幅度靠近。总之她跟以前稍微有点不一样了。不过她脸颊上生出的几颗青春痘让他陡生亲切感，因为他也有相同的烦恼。

请帮我换成纸币。他说。

她垂下眼皮，专心处理，不再看他。没想到她的两只手竟练出了这等功夫，飞快，准确，像武侠小说里的暗器高手，三下两下，包里的全部硬币就以十个为单位区分开来，再一扒拉，十个硬币啪的一声立起，变成了一筒小饼干，不一会，她面前竖起一大片包成筒状的硬币。她把换好的纸币递给他，眼里恢复了笑意。有朝一日，如果他告诉她，他是如何处心积虑换来这些硬币的，他怀疑她会打他一个耳光。

你还好吗？他问。

还好。

嗯……

还有别的事吗？

她的目光看向他的身后，很明显，该是结束他们谈话的时候了。

她还是像以前一样，语言金贵，不肯多说一个字。

他就像站在一根传送带上，不得不离开柜台，离开营业大厅。他来到街边，现在就回去吗？从丁镇到这里，有三十多里路，班车一个小时一趟。

总觉得还有事没办完，不想马上就去车站。

他看看手表，快十一点了，最迟十二点，她总要下班吧，值得等一等。他开始为十二点的见面积累话题。首先可以聊聊钟文钟武，对，话题就从那次夜访一中开始，她应该至今都不知道他去过一中，躲在窗外偷看过她，而且还是在她老师的配合之下。真是个好老师。讲到这个，也许还可以讲一点双胞胎的后续，钟武说他想去一趟省城，试试看能不能在那边找个工作，他知道那是因为钟文在省城读书，双胞胎总是比一般的兄弟更想要在一起。除此之外，也许可以聊聊她的父亲，他在车站见过他几次，他的卤菜已经小有名气，但他看上去有点疲倦，也难怪，毕竟他只有一条腿。

十一点四十五，她出来了，手上拿着一串钥匙。他迎上去，她似乎有点吃惊：你还没走？

他说他想请她吃午饭，她犹豫了一下：我们这里有食堂。他说既然他都来了，还是一起到外面去吃吧。她摇头：我只有半个小时休息时间。

那，我可以进去跟你一起吃食堂吗？

不行，得是家属。

你还好吗？

她又笑了一下：你已经问过了。

他也笑起来，她说了声再见，像个孩子似的甩着钥匙，穿过侧门进去了。

去车站的路上，他懊恼地拍着脑门。你要干吗？你就像个傻瓜，像个花痴，你看不出来吗？她对你完全没兴趣。隔了一会又说，跟兴趣没有关系，她从小就是这么个人，不会闲扯，不会聊天，他在她后面吹口哨，她在前面都不会回头，只会一个人偷着乐。不知为什么，他相信她刚才甩着钥匙往里走的时候，也在心里偷着乐，不然，一个成年人，为什么要做出这种孩子气的动作来呢？

坐在车上，凉风一吹，他的心情莫名大好，他知道他为什么要特地跑一趟来看她了，除了她，他再没看到过哪个女孩子有她那种毛茸茸的大眼睛，她望着他笑的时候，依然又黑又大，她是怎样做到笑的时候眼睛都不会变得细长的？

还有，她跟你在一起时的快乐，并不刻意想让你知道，但你就是知道她的快乐。他望着一掠而过的田野，对自己说：这才是真正的默契，当我们还是孩子时，这种默契就已经存在了。他再次想起小时候，他被大人责罚，躲在外面饥肠辘辘，是燕子给他送来吃的，连自己的妈都不会做的事啊。

一个失误

果然是最好找工作的学校，根本不存在找这个动作，她只需拿着派遣证，一路往前走就行。最后一张派遣证，是L城人事局开出来的。那个穿两个兜白色短袖衬衫的人看了她一眼，说：你就是林海燕？她说：是的。那人就唰唰唰在一张介绍信上写了起来，边写边说：你们是最后一届幸运儿，从下一届开始，就没有分配了，全都要自己出去找工作了。写完，盖好章，从簿子上撕下一半，递给她，让她在三天之内去单位报到。

她就凭着介绍信来到了A银行。

上班第一天，她领到了工作服，白衬衣，深蓝短裙，红色领结，以及配套的西装。为了办工作证，工会给她拍了照片，照片出来时，大家抢着传看：哇！太好看了。照片上的她，黑眼红唇，轮廓分明，像化了个大浓妆。

她分在营业部，见习期三个月。第一天上班，她很紧张，成堆的账本，哗哗响个不停的点钞机，印章砰砰砰砸在传单上，柜台外排着长队的顾客，个个朝柜台里面睁着警觉而挑剔的眼睛。

她坐在出纳员旁边的加坐上，坐在钱堆里，复点钞票，百元一把用纸腰条绑好，再十把一捆用麻绳捆好，齐齐码进款箱。这样的动作，从早上八点一直重复到下午五点。她的捆绑动作越来越娴熟，打出来的钱捆像刀切的一样。

偶有闲暇，同事们开玩笑、拉家常，句句都是她不熟悉的生活和逻辑，她只能静静地听，根本没有插嘴的缝隙。慢慢地她知道她们并非全都来自学校，有的是父母退休顶替来的，有的是别人介绍来的，她们当年都像她一样，坐在柜员旁边，坐在加坐上，一边帮师傅打下手，一边学习营业。她们甚至直言不讳地告诉她，在师傅面前要勤快点，否则，三个月到期了，师傅不一定会给你签字，师傅不签字，你就转不了正，就一直拿见习工资。她的师傅姓覃，是个胖胖的短发妇女，覃师傅说：别听她们瞎说，我签不签字都一样。

对她来说，勤快不是问题，她一直不停地整理钞票，装订传票，钱箱装满了，搬进后面的保险柜，再把里面的空箱子带出来。她怕的是有时外面没有顾客，她在里面无事可干。

营业部在大楼的底层，上面四层是各部门的办公室，后面还有一栋六层大楼，住着银行员工。车库的楼上，有几个空荡荡的单间，专供像她这样的单身职工居住。这种布局让大家显得像一家人，早上下楼，开门，营业，晚上关门，熄灯，上楼休息。

食堂只提供午餐，一早一晚自己解决。据说之前是供应一日三餐的，后来有人吃腻食堂的单一配餐，懒得去，自己在家搞小花样，食堂因此越办越没有人气，领导才提出干脆只供应午餐。

她发现，这里的人对吃最为用心。

五点下班的话，刚过四点，覃师傅就发出一声吆喝：今天晚上吃饺子吧，想要帮忙的赶紧报名。马上就有人响应：我！我来剁馅儿。

接二连三又有人报名：我负责擀面皮。我可以帮忙包。我负责点燃煤气灶！笑声中，又有人大声说：我可以只负责吃吗？

她也想报名，但她就是张不开口，不是说她不会干那些活，而是觉得跟覃师傅还没熟悉到那个程度，稍一犹豫，报名就截止了，因为覃师傅已经起身。那我先走啦，回家先给你们把茶烧好。

下班后，那些人三三两两往覃师傅家走，路过她身边，没有人叫她，也没有人朝她看，她当然不好意思硬凑上去，她们都是覃师傅多年的同事、好朋友，而她是个新来者，她怕人家不欢迎她。等下次吧，下次，跟覃师傅再熟悉点儿的时候。

包括她在内,从财校回来的同学总共有三个,两女一男,不过他们不是一个专业。刚报到那会儿,他们聚过一次,谈的都是同学们的去向,主要是他们两个在谈,她只负责听,其他人她都没怎么在意,唯独听到吴为这个名字时,全身每个细胞都张开了。

我见过他妈一次,他妈说他谈了个北京的女朋友,可能毕业就留在北京了。

真厉害!从此就是北京人了。

我听说,他在高中的时候被班上的女同学追过,那个女生直接追到他家里去了。

她一听,整个人腾地一下飘了起来,晕晕乎乎,差点从椅子上栽下去。

真的吗?从来没听说他高中的时候谈过恋爱呀。

他当然不会跟她谈,像他这么聪明的人,是不会在不恰当的时候跟不恰当的人谈恋爱的。据说最终是他妈出面干预,才及时制止了那个女生。

我来猜猜是哪个女生。女生两眼望天,扳着手指头依次念过女生们的名字,念一个,男生否定一个,不知是有意还是无意,女生单单漏了海燕和她自己的名字。

那还有谁嘛?

我也不知道,说不定不是我们班的,你知道他当时很出名,全年级谁不认识他。

她的心跳稍稍放缓,人也慢慢回过神来。

不管怎么说,我还是很佩服那个追到他家里去的女生,你说是吧海燕? 换成是我,想都不敢这么想。

她清了下嗓子,轻轻笑了一下,什么都没说。

我们海燕,这么漂亮,将来不知要便宜了谁呢。

她使劲摇手:别说我,我知道我是丑八怪。

你还丑? 你没听到大家的议论吗? 都说我们班林海燕堪称最上镜小姐,每张合影里面,就你的脸看上去最端正、最立体。可不能浪费了老天对你的恩赐啊。

男生也说:我们海燕要是再大方一点,活泼一点,那可真是无人能敌。

你就直接说她不够妖娆呗,海燕,听到没有,妖起来!

海燕终于说出两个字来:不会。

好不容易落到她身上的话题,很快又滑了出去,这一离开,就再也没有回来,她不知道他们是如何跟那么多同学保持联系的,所有人的动向他们全都清清楚楚,而她都是第一次听说。

话题终于回到各自的工作上来,财政局的男生讲起他的"师傅",他对我非常好,经常带着我下乡,饭桌上每人一盒烟,我说我不抽烟,他拿起烟就往我口袋里一插。后来他告诉我,你不抽,可以留着到时候送给抽烟的人,男子汉在外面行走,怎么可能离得了烟呢?

女生笑道:如果你接了太多烟,又不知该如何处理,送给我好不好? 我回家的时候可以孝敬我爸。女生在一个比较轻闲的事业单位,被人送烟的机会几乎没有。

女生也讲她的工作。我们那里虽然轻闲又清贫,但同事之间处得很舒服,我办公室的那个大姐,几乎天天早退,有人打电话找她,我就替她打掩护,开会去了,去银行了,拿资料去了,送报表去了,总之,想到什么说什么。她最近正张罗着要给我介绍男朋友呢。

她一边听,一边醒悟过来,覃师傅那天临时宣布的饺子聚会,她是不是做错了? 也许她应该主动要求参加,而不是悄悄躲开。如果有下次,她一定不会再躲。

燕子! 燕子!

妈突然来了,站在大厅中央,用野外喊话的音量连喊了两声燕子。她红着脸跑出来,妈却说她没什么大事,只是来给爸买药,顺便过来看看她。现在,她看过了,可以走了。

你以后小点声嘛。她央求道。

声音小了你能听见？你工资发了没？不要乱花告诉你，每月给我一半，还记得你是怎么上的一中吧？我给你借的一万块，现在开始按月还我。

她默算了一下，拿走一半的话，还够不够用。没等她算出来，妈接着说：你哥也在给我钱，你们都得给，家里的房子要大翻修，要靠大家的力量，光靠我跟你爸是不行的，你们现在都有工作了，该帮家里分担一点了。

回到柜台，还没落座，覃师傅就虎着脸吼起来：林海燕，你不要命了？岗前培训怎么给你讲的？钱丢了一地、连箱子都没盖好就往外跑的，丢了钱你负责赔？你赔得起？你妈能帮你赔？你要这么不小心，趁早不要在我这里干了，你一个人犯错不要紧，连累我们整个出纳柜的人。

对不起对不起！

对不起有什么用？你以为你是在这吃酒席？外面有人喊，筷子一丢就往外跑？桌上地上都是钱，好几十万好几百万的钱，老百姓的钱，国家的钱，丢一块你试试？太不讲究了你这个人，还是财校毕业的，这点专业素质都没有？

这时她已连对不起都说不出口了。营业厅密闭性较好，覃师傅的每一句都能引起回响，让她想起室内狂吠的狗，覃师傅语速很快，回响跟着原声跑，每一声都稍稍有点滞后，形成了一个巨大的声音的漩涡。

这时已临近午休，覃师傅宣布，出纳柜中午不许下班，就地扎帐，确认没有问题才能去吃饭。

十二点，下班的人依次往出口方向走，每个人都回过头来朝她们这边看，气氛凝重得像刑场。

万幸扎帐没有问题，覃师傅站起来：赶紧去吃饭，饿死了。

谢谢你，覃师傅。

她鼓起勇气对覃师傅说，也不知覃师傅是真的没听到，还是气鼓鼓地不想理她，眼皮都没朝她抬一下，昂着头出去了。

又分别对另位两个师傅也道了谢，另外两个也跟覃师傅一样，沉默着走了出去。

她也去了食堂，食堂里已经没什么人吃饭了，只有出纳柜的三个师傅，头碰头坐在一起，她打了饭，为难地端着饭盆，不知道该凑到三个师傅身边去，还是该另外找一张桌子。正在犹豫，打饭师傅在叫她：你的汤。她随手放下饭盒，等拿了汤回来，很自然地就回到刚才放饭盘的地方，一个人吃了起来。

师傅们先吃完，离开的时候，覃师傅边走边说：林海燕，你这是恨上我们了？吃饭都不跟我们坐一块儿？几个人为了你饭都来不及吃，忙了一中午，结果你还不领情？你怎么是这样一个人，好坏也分不出来吗？

她赶紧站起来申辩，但覃师傅已经几大步走到了门口，朝另外两个走在前面的师傅追过去了。

这天下午状况不对，她总觉得脑子里出了点问题，要不就是耳朵出了问题，不然为什么大家都在各自忙碌，她却总是能听见覃师傅吼她的声音断断续续响起呢？她几次偷偷瞟向覃师傅，覃师傅嘴唇紧闭，满脸严肃。

两个星期以后，她自己觉得临柜没有问题了，不必再坐见习柜台了，虽然见习期还远远未到。别看身边都是钱，到处都是重要证券，看上去触目惊心，时间一长，那一摞摞一捆捆的钱在她眼里就变成了标有记号的纸，不再撼人心魄。整天将这些纸打捆、分开，再分开、再打捆，其实是很简单很单调的工作，她开始留意同事们的谈话，她想向她们学习，一边谈话一边做事，就像人的两条腿一样，彼此支撑，又互不干扰。

这天下班前扎帐时，出纳柜突然出现五百元短款，空气顿时凝固。都别动！覃师傅伸出一只手，停在半空，用从未有过的低沉嗓音说：查清楚以前，谁都不许走！

在覃师傅的指点下，大家一起复核。中午下班前扎过帐，没有出现钱款不符，那么问题肯定出在下午。复核现金，逐笔检查传票，来来回回查了三遍，金库值班员一直在催促，款箱不进库，他不敢关门，也不能下班。覃师傅被催烦了，吼道：再催把我家的饺子吐出来！五点下班，一直核查到七点，没发现任何问题。三个人你看我我看你，覃师傅的脸一直发红，鼻尖冒着汗。

领导已经惊动了，正在赶来的路上。

听完汇报，领导说：那就只有一种可能，多付了，别人不吭声领走了，还好是五百，不是五千五万五十万，你们也知道，上了一定数额，是要立案的。

覃师傅把笔往桌上一扔。我参加工作这么多年，从来没有出过这样的事，别说五百，五分都没有。

坐在她对面的员工也说：我也没有，我从没赔过钱。

谁都没往她身上看，但她分明感到全世界都朝她这里看过来了。

老规矩，三个人平分。领导说。

覃师傅擦了擦眼睛，声音有点湿润：赔钱可以，我有个条件，叫她走，到别的柜台去见习，我们这里庙小，要不起见习生。

领导一笑：哪有那么多条件可讲。说完就走了。

覃师傅大声抽泣起来：你们以为这只是赔钱的问题吗？这是一辈子的污点，我本来以为我可以干干净净干到退休。真他妈冤枉死了。

坐在对面的员工愤愤不平：有了差错记录，下次调整岗位都没人敢跟我共事了。真是烦死人。

两人你一句我一句越说越大声,她把头垂到桌面上,恨不得变成一只小爬虫,悄悄爬走。

两个同事准备走了,她也想赶紧起身往外走,因为掌管着门钥匙的覃师傅等着锁门,没想到她的两条腿不听使唤,不像是麻了,像是突然没了骨头,支撑不起她的身体,她像根没煮熟的面条一样倒在地上,手脚并用爬了两下,咳嗽了几声,力气才慢慢回来。她扶着椅子起身,尽量站直了往外走。这中间,覃师傅一直盯着她。

这点打击就把你打趴下了?就这点屁本事?你要感到庆幸才对,幸亏遇到的是我们,换成别人,可没平分这种好事,对不起,你得一个人赔。

见习期终于结束,她果然没有分在覃师傅的柜台,而是分到了T镇办事处。她心里清楚,这个定岗,与最近这次业务差错有关,如果没有这次差错,她基本上是会留在营业部的。当然,不管从哪个角度说,她都无话可说。

T镇离县城L城三十多里,但她不必住在办事处,她可以每天跟着押款车早出晚归。她不知道领导为什么要这样安排。

临走前,出纳柜全体鼓掌欢送她,她红了脸,低声说着谢谢。覃师傅说：林海燕，送你两句话，第一句，谨慎谨慎再谨慎。第二句，工作时间，别说你妈，就是天王老子来喊你，也要把你的东西锁好再走。她含着眼泪，认真地说：我记住了。

这个周末，三个高中同学又见面了，这次他们要一起去见高中班主任程老师。

两个同学一见面就向老师汇报自己的工作，程老师对男同学说：好好混，注意，我没叫你好好干，是叫你好好混，相信你能理解我的意思，谨言慎行，顺势而为，既要有个性，又不要因为你的个性而让别人产生压力和不适，总之，所有的中国适用哲学都藏在一个混字里面。男同学直点头。

对那个女同学，程老师说：你是个机灵鬼我早就知道，你是不会吃亏的，我反倒要提醒你，有时候不妨吃点小亏。

女生有点不高兴：我记得你以前就说过，小聪明不会有大成就。

在我们这个小地方能有什么大成就啊？要想有大成就，你得到外面的大世界里去，这也是我接下来要对你们说的，如果你们还有更大的志向，就要早规划早行动。话说回来，在小地方，过过小日子，也很舒服，人生其实很短，不要跟自己较劲。海燕你呀，我就怕你跟自己较劲。

话题突然转到她身上来,她有点受宠若惊,赶紧说:我没什么大志向。

你们能来看我,是把我当朋友,我不妨跟你们说说知心话,人生切忌孜孜以求,要快快活活,云淡风轻,比如一棵果树,长在贫瘠的沟边,你再怎么浇水施肥,也赶不上那些长在肥沃果园里的,反而会便宜了它身边的杂草野刺。

老师你是主张无为吗?

不是无为,是另一种为,叫顺势而为,没有势的时候,你就安安心心享受自己的小日子。

如果一辈子也等不来自己的势呢?

不会的,人一生总会遇上那么几次,对你们来说,高考就是一次大势,你们抓住它了,用上它了,那些落榜的人,就没有抓住,你们的同学吴为,是用得最好的,他直接登顶了。

听到吴为的名字,她立刻全身支棱起来。

吴为跟我们不是一个层级的,他是天才,注定只是从我们头顶掠过而已。

哪有那么多天才,据我所知,他妈妈一直在帮他提前规划,他舅舅是北京一所高中的老师,他每年寒暑假都是在北京舅舅家度过的。

一阵惊呼,接着就是沉默。

海燕死死咬住嘴唇，以免自己不小心说出到过他家的事情，她回想吴妈当年的样子，觉得老师说的可能都是实情。她只是稍微有点失望，她宁愿他没有那个北京的舅舅，宁愿他的好成绩百分之百来源于他出众的天资。

三个学生请程老师吃饭，席间还喝了一点酒，是男同学结的账。送走程老师，女同学说：我们三个AA吧，不能让你一个人花钱。男同学说：放心，不用我掏钱，我记账了。

可以吗？不要紧吗？女同学担心地问。

男同学微微一笑：我已经得到了老张的许可，当然我也给他帮过忙。

你？给你头儿帮忙？已经这么厉害了吗？

不算很大的忙，总之，你就别问啦。

你真厉害！难怪程老师刚才要对你说那番话，我感觉我们程老师有一双慧眼，能看到一般人看不到的东西。

临近分手，同学们才知道，海燕马上要到T镇去工作。

女同学的声音让人不安：为什么要你到下面去？去多长时间？不去不行吗？以后还能回来吗？告诉你，最好别去，一旦下去，就很难上来了。

同学提醒了她，她从没想过这些，也没有上面下面的概念，T镇办事处，就是一个营业机构而已，在她心目中，所有的营业机构都是平等的。如果真有同学说的那种规则，那她这次业务差错带来的损失就大了。这么一想，她顿时变了脸色。

男同学不知是不是想安慰她：你别大惊小怪，海燕他们银行是垂直管理，不存在下去容易上来难的问题，只是上班地点有点变化而已。

但我觉得还是会有所不同，你的工作环境变了，你所接触的人变了，你的同事关系变了，要是我，我就不愿意。T镇我知道，那里有两个水泥厂一个化工厂，到处是灰，出去一趟，鞋子上能写字。

她不用出去呀，她坐在柜台里面，早晚有车接送，根本不用沾上T镇的灰尘。

她被他们的讨论吓坏了，幸亏她还有最后一手，她住在本部，一定要牢牢守住本部的宿舍，早出晚归再辛苦也无所谓。

关于她的讨论突然打住，大约他们也察觉到她脸色不对。女同学换了个频道：我们林海燕，高中时候还是蛮有志向的呢。

男生也说：银行是个好地方，林海燕好好混，等这帮老的退休了，舞台就是你的，说不定哪天就当上女行长了。

哎哎，千万别这么说。她窘得只说得出来这句话。

他们在一个岔路口分了手，她一个人往南，回宿舍，两个同学一起往北。中间，她回过头来，看到他们彼此朝对方侧着身体，谈得热烈。她突然很难过，像他们那样真好，既不会出业务差错，也不担心实习期满会换岗，他们的前面，一片坦途……

看看时间还早，她决定回家一趟，她得把工作调动的消息跟爸妈说一声。

他到家的时候，妈正在房前屋后拾掇她种下的各种瓜果。本来就栽了很多树，用来挡风，夏天还吸热，加上这些瓜果藤蔓，形成了一道包围房子的绿色屏障。

摘完一大筐南瓜黄瓜苦瓜豇豆刀豆，妈洗洗手，坐到她的缝纫机前，去干她的主业。她现在开始从街上的裁缝店里接活来做了，除了做整件的衣服，她也做些拷裤边和改大、改小之类的活计，她说那比做整件衣服还赚钱。因为长年居家，她的脸比一般人白净，长发随意挽在脑后，靠一只抓夹固定，两颊边垂着少量散发，随着踩车的动作，那些散发如有风在吹拂。她脖子上挂着一条明黄色的软尺，一不小心就有一根线头含在嘴里忘了拿出来。缝纫机后边，放着一只暖瓶，有时她起身，给自己倒一杯水。她喜欢一口气把水喝干，然后静静地站一会，这时候她的眼神变得十分悠远，像看到了某个常人看不到的地方。

你有没有想过搬到南方去？爸上班，你开你的缝纫小店，然后我也过去找份工作，我们一家从此就在南方待下来。据说那边的冬天特别舒服，不用穿得像个大棉包。

我才不去！妈断然拒绝：我喜欢待在熟悉的地方，我现在的客户越来越多了，我舍不得他们。

那边一样会有客户。

你知道什么，人都是欺生的。

那你留在家里，我去找爸。

不要胡思乱想，你在化工厂好不容易才站稳脚跟。

我一个工人，需要什么脚跟，在哪里都是做工。

过几年再说吧，看化工厂发展怎样。

他知道她在指望什么，当她得知他被任命为小组长时，她的欲望就吊起来了，还说，一切都是慢慢积累，由小变大的。

跟母亲寒暄完，他回到自己房间，站在窗边望出去，燕子家尽收眼底。

燕子家从原先的平房变成了两层小楼，白色外墙砖，红色屋顶，外加一栋小附属屋，猛一看也就一般水平，但每个细节都很讲究，大门是用最厚实的不锈钢做的，窗玻璃下半页有暗纹，看不到里面，上半页是透明的，隐约可见白色蕾丝窗帘。她爸虽然跛了一条腿，但卤菜生意越做越好，她妈一直有工作，后来兄妹两个也都有了工作，一家四口四个挣钱人，小日子肉眼可见地蒸蒸日上。

他看到燕子了，拎着一只拖把，匆匆走到外面的水槽里冲洗。原来她也回家来了。

不知不觉间，他已来到燕子家门口，她还在奋力打扫卫生。

他夸她勤快，一回家就帮忙干家务。她拄着拖把杆，上上下下打量他：难道你还在长个子？

他笑：听说要过了三十岁才会慢慢停止。

够了，长那么高干啥。

又不是我能决定的。

他仍然恪守着小时候的习惯，不进她家的门，就在门外站着跟她聊。

你们那里的气氛有点怪，特别是那个大厅，我一进去就感到紧张。

她对他的紧张不感兴趣，只告诉他：我换岗了，我要到T镇办事处去了。

太好了，那里离我近。

好什么好？往下走了。她说了高中同学聚会那次，女同学对她调岗的看法。

有些人就是这样，好像自己能洞察一切主宰一切，她自己又过得怎么样呢?

她重新给墩布浸水,冲洗。总之,我没人家能干。

别想多了,T镇挺好的,人不多,生活便宜,离L城又近。有时间我去看你。

对了,上次你去找我换钱,我还没问你呢,你怎么会有那么多硬币? 又不是做小生意的人。

谁知道! 慢慢攒,不知不觉就攒了那么多。他差点就说了实话。

她漫不经心地扫视一圈,说:你们家房子周围的树真多,我喜欢,看上去很漂亮。

到了冬天就不见得有多漂亮了。

冬天的树也好看的,我喜欢看上去寂寞、枯硬的树。

他笑起来:又冷又硬,你觉得好看? 这大概就是中专生和技校生的区别吧。

根本没有你所说的区别,我也是最近才想通的,我们读书时总想拼命多考几分,现在才知道,多几分少几分其实无关紧要,在我们单位,很多人只有高中水平,但他们都比我这个中专生干得好,真的,他们业务好,同事关系好,最重要的是,他们很受欢迎,似乎谁都喜欢他们,他们天生就属于那里。她心里想的是覃师傅。

这一次,他没有及时回应她。

你说,他们那种受欢迎的能力是不是与生俱来的?

她继续问。

怎么说呢？一个人不可能被所有人喜欢，也不可能被所有人都不喜欢，你想想，哪怕是在自己家里，也有你最喜欢的人、次喜欢的人、不喜欢的人、最不喜欢的人。人活着，不要试图变成大家都喜欢的人，那太难了，也没有意义，所有人都喜欢的人，就像是个平均值，掐头弃尾，只剩下一个平庸的中段。

她看着他的眼睛越来越大，森森睫毛似在被风吹拂。

看你！现在多会说话呀。

那是因为你以前没有认真听过我说话。

得了吧，你就是说得少，只会跟在后面吹口哨。

你还记得呀。他不好意思地挠了挠头，那还是小学时候的事。

燕子拎着拖把往水槽那边走，他紧紧跟过去。看来是拖完地了，她把拖把拎干，架起来。他转着眼珠，急于开辟一个新话题。

对了，我可能过段时间就去南方，那边机会还是多些。

是吗？好啊！南边当然好。那你刚才还跟我说T镇好？T镇好你怎么不留在T镇？

呃……只是在这么想一想而已，不一定真走。

他是真的疑惑了，真的要走吗？真的要离开这里吗？

T 镇 女 孩

办事处有六名职工,她是第七个。她被放在对公出纳柜。

她仍然住在本部车库楼顶上,早晚随押款车上下班,这意味着她要比一般人出发更早,回家更晚,还必须像闹钟一样准时,尤其是早上,她必须赶在押款车出发前等候在大门口,荷枪实弹的保安们职责在身,他们不会喊她上车,更不会等她,只会在经过大门时,减缓车速,让她迅速上车。

T镇是押款车的最后一站,到了这里保安们才松弛下来,商量着卸下钱箱后,到哪里去吃早点。

对公出纳柜的另外两名员工也是年龄跟她差不多的女孩,记住她俩的名字并把她们区分开来,不是一件容易的事,一个叫柳雨,一个叫柳语,发音几乎一模一样。为免麻烦,年龄大一些被叫做大柳,小一些的叫做小柳。大柳小柳都住在办事处,因为朝夕相处,两人关系非常好,放在办公室的护手霜和唇膏都是公用的。

报到当天,小柳轻声问她:你们出纳柜出事故了?

她心里抗拒，也只得点头。

好傻呀你们，不要说出来呀，不声张，悄悄赔掉不就完了？一声张，赔了钱不说，还要留下一笔差错记录。

她睁大眼睛望着小柳：覃师傅为什么没想到这一点呢？

原来是覃师傅啊！覃师傅就是个有名的大喇叭。不过，你的眼睛好好看呀，你用的什么牌子的睫毛膏？

我没用睫毛膏。

离她最近的大柳凑近看了看：真的没用，天然的。小柳又说：你的嘴唇也好看，唇线分明，像刀子刻出来的。她就笑，一笑，唇线绷平，未涂过唇膏的嘴接近皮肤的颜色。

她受不了她们的审视，起身去给自己倒水，水壶在大厅一角，听见小柳低声对大柳说：单件都好，合起来，没有美色。

可以啦。大柳说：打扮一下，会很不错。

不打扮不是美丽的加分项，而是减分项。

她回来了，喝过水的唇稍稍红润起来。她假装没有听到她们刚才的对话。这里不是太忙哈？营业部那边忙多了。

忙有什么好？太忙了，没有生活。小柳说。

她有点喜欢小柳的直率，也喜欢这个环境，在营业部，没有人跟她聊天，她永远只有一双耳朵，没有嘴。

相比之下，大柳略微安静点，朴实的方脸上，五官呈平行的线条状，平眉、细眼、薄嘴唇，鼻头也是小而平的，头发紧贴头皮，全都束在脑后，发际线也呈一字形，只有下巴微微上翘，就这最后一笔，勾出了完美的国字形。小柳则是小圆脸，鼻头、眼睛、嘴，样样都是圆鼓鼓的，她喜欢化妆，一张脸涂成粉红，有时光线凑巧，两粒眼珠子折射出亮晶晶的光，有种出乎意料的美。她回忆曾经的同学，总结出一条规律，聪明活泼的人果然都是这种圆鼓鼓的长相。

大柳什么都听小柳的。中午让李师傅烧个鱼吧？多加点汤汁，我想吃鱼汤泡饭了。

大柳说：那我赶紧给她打个电话，让她买条鱼。

办事处雇了个烧饭师傅，到点就带着刚买的食材过来烧给他们吃，等他们都吃完了，收拾好，就离开，下一顿再重复这个过程。

小柳说：这个周末我想去Y城，上星期我看中了一双鞋，有点贵，没敢买，回来后日思夜想，吃饭都不香。虽然它要花掉我一个月工资，但我又不是每个月都买鞋，你们觉得我说得有没有道理？

大柳说：根本不用问我们，你的脾气就是喜欢就要搞到手。

行，那就陪我去，吃喝都算我的。

她心里有点痒痒的，Y城是她上学的地方，她也很想再去一次，但这不太现实，自打那天妈在营业部高声把她喊出去后，就给她立了一条规矩，每月发工资的那个周末回家一趟，把工资的一半乖乖上交，剩下来的一半，用于吃饭和日常零用，不加克制的话，很容易出现缺口。不过到目前为止，一次也没出现过，她总能在警戒线边及时刹车，停止任何花费。这也是她为什么周末还穿着制服去跟同学聚会的原因。

除了客户光临，任何事情都不能打断大柳小柳的聊天，那个化工厂的出纳刚一转身，她俩就迫不及待接上了刚才中断的话题。

小泽不陪你去吗？他要是去我就不去，我不想再当电灯泡了。

他要加班，总是加班加班，比总理还忙。我说他是马屁精，他还跟我生气。

那是人家的工作，怎么说人家是马屁精呢？

他们电视台整个都是马屁精，每天晚上除了广告，就是报道那些当官的，今天在干吗干吗，取得了什么什么成就。

你真这么说的？难怪他会生气，那可是人家的事业。

我才不管这些，我难得一个周末，天气这么好，难道要我闷在家里睡懒觉？我想出去玩，一个人怎么玩嘛，老是拖着你也不是个办法，你迟早也会谈恋爱的。对了，你跟上次那个……怎么样了？

快别说了，根本就没开始。

我知道了，你是不是嫌他矮、长得一般？

为什么不说是人家没看上我呢？

没看上你？不可能。不过算了，下次再帮你留意。

你行了，我根本就不急，我想多保持几年现在的状态。

得了吧，你以为你现在是个什么好状态，无所事事，无人问津。

三个人哈哈大笑起来。她真喜欢这样的气氛，随便说话，没有任何顾忌，比在营业部轻松多了。

有天上午，一个身着大红衬衣、牛仔裤，头戴棒球帽的男人，风风火火走了进来，边走边说：雨！雨！快把我的墨镜给我。一口普通话十分纯正。她正在疑惑，小柳站了起来，去她包里掏出一副眼镜，啪地放在柜台上。

轻点轻点！你个笨蛋。

小柳一听，抢回眼镜，作势要扔，男子赶紧捉住她的手。今天晚上等我啊，我争取九点过来。

别过来！我不在！

乖！我会给你带点小龙虾过来的。男子朝停在外面的一辆小汽车快步走去，她依稀看见那车上印着电视台的字样。

随着他越走越远，小柳的脸色渐渐柔和起来。

大柳正在埋头整理传票，头也不抬地说：太坏了！非要每天过来一次刺激我们这些没人爱的人。

所以你们快点行动起来呀。

小柳对吃也很感兴趣，除了小泽偶尔送来美食，她自己也经常发起"觅食团"，怂恿大柳和海燕不要在食堂吃饭，留着肚子到外面去。T镇的街头美食很朴素，但很好吃，三角形酸酸甜甜的米糕，香酥可口的炸萝卜饺子，烤小土豆，烤玉米，炒板栗，最最吃不腻的梅干菜锅盔，小柳通常一口气要吃两个。

办事处的两层小楼呈曲尺形，一栋临马路，底层是营业部，楼上是职工宿舍和会议室。与其说是职工宿舍，不如说是职工午休室，因为这里的员工通常另有住地，宿舍只起个占位作用，表明自己有权享受某种福利。另一栋与马路垂直，底层食堂，楼上是职工教室和健身房，教室那间很少启用，五六套桌椅灰尘满面，健身房里只有一张乒乓球桌，几个呼啦圈，让人完全提不起健身兴趣。

金库值班人员由办事处员工兼任，两人一组，轮流上岗，从营业结束现金入库开始，通宵睡在金库，直到第二天现金出库为止。金库挺大，长方形，跟营业部差不多大小，大型保险柜嵌进墙体，对面就是值班人员的两张床，外加一张方桌和四把椅子，电视机一直开着，若不想看，就让它静音，保持画面，是个热闹意思。因为不能关灯，床前有一道厚重的帘子，睡觉时才拉上。

虽然下班后要回 L 城，办事处还是给了海燕一个房间，用于午休，轮到值班时也可以有个私人洗漱的地方。宿舍比 L 城那间稍大一点，还有个小小的厨房，水管畅通，窗帘功能也都在，不知为什么，她站在屋里，总会无来由地感到荒凉。不值班的日子，吃过午饭，她就收拾好自己的小零碎，放在办公桌下，押款车一到，她就紧跟在提钱箱的安保人员后面，直奔自己的小家，那里有她的一切，有她的写字桌，日记本，有她喜欢看的书，夜深人静时，她喜欢在日记本上随心所欲写些句子，算是对一天的心情整理。她明白过来，哪里有日记本，哪里就是她的家。有一次，她突发奇想，想要在日记本上给哥写信，攒到一定长度，一次性寄出。她不清楚自己为什么要这么做，只是觉得这样做似乎很不错。

到家后，收拾完毕，坐在台灯下，环顾简陋又冷清的家，像蜕皮的蛇一样，一点一点脱去外面的硬壳，独自审视新鲜而又脆弱的皮肉。她随手写道：

哥,你现在在哪里,我很久很久没有见到你了。

　第一行字,就让她莫名湿了眼眶。她真的好长时间没见过哥了,哥那么笃定,那么自信,哥说的每一句话,都让她瞬间镇定,哥是她的灯塔,是她的灵魂舵手,而她跟舵手失联很久了。日记能帮她重新找到舵手,她有很多想说的话,从未向任何人说起过。

　　哥,虽然有你的大力支持(那个台灯),我的高考还是失败了,离我的目标差了十万八千里,从那以后,我就不是原来的我了……我并不喜欢现在工作的地方,这里人人都比我轻松愉快,人人都比我精明能干,人人都比我受欢迎,我在这里像个局外人,整天无话可说。我感觉他们并不需要我,没有任何人需要我,我想我要是现在就去死掉,也不会有任何人觉得可惜。也许我天生不属于这里。

　她没想到自己会写出这样一番话来,自己先吓得目瞪口呆,这些文字后面的人真的是我吗? 我真的是这样的处境吗? 我怎么会活成这样?
　眼泪越流越凶,不得不起身,抓了条毛巾在手里,一边擦泪一边写:

说到底，这样的局面源于我失败的高考。如果我说那是一场阴谋，你肯定不相信，那些不喜欢我的人（不知为什么会有那么多人不喜欢我），在高考前两个星期藏起了（也许是销毁了）我所有的笔记本、错题集，还有我自己整理的难点和重点，他们知道那些笔记本对我来说有多么重要，他们的目的就是要毁掉我的高考。他们成功了，我几乎是我们班考得最差的一个，我平时不是这个成绩。我一直没敢说出这件事，我怕人家以为我在为自己高考失败找借口。我不是个坏人，也不是个恶人，不知为什么总是不招人喜欢，被人嫌弃，真是个令人羞耻的局面。我好羡慕你，你简直就是我的反面，从小就很招人喜欢，所有人都愿意成为你的朋友，你每说一句话都有人应答，有人支持，而我呢？我的声音从来没人愿意听，听到了也不想理睬。我真想问你，你是怎么做到的，我为什么就是做不到。

我也不喜欢我现在上班的T镇办事处，那些人总在聊些无聊的话题，眼睛一睁，想的就是恋爱，结婚，吃饭，做饭，甚至洗碗洗澡上厕所都要拿出来说，一说就是一天，第二天又重复前一天。我也不喜欢T镇这个地方，到处都是灰尘，到处都是俗不可耐的东西。只有回到自己这间小屋,关紧门窗,才会感到一点点轻松和舒适。

这封信她写得很长,总共写了五页纸,画上最后一个句号时,她眼睛都哭肿了,似乎那五页纸是蘸着眼泪写出来的,但她心里松快了好多,她甚至拉开窗帘往外看了一眼,外面黑漆漆静悄悄,只有几盏昏黄的路灯无力地照着路面。路灯不知道,她刚刚经历过一次内心的洗礼,她现在轻松洁净,情绪饱满,像一节刚刚打开的电池。

如果世界永远是夜晚该有多好!人间有千奇百怪的嗜好,我独爱夜晚。这话她没有写下来,她是说给自己听的。

她想过在值班日把日记本放进包里,相当于把家里的气氛带一点到办事处那边,她试过一次,完全不行,那里的光线似乎不对劲,太过明亮,令她分心,无法屏气凝息聚焦自己,她不仅没法写,连看一看之前写的文字都不行。怎么会写这种东西,太做作了,太肉麻了。她几乎要否定自己之前写下的东西了,这是怎么回事?为什么当她在车库楼上的房子里写下这些东西的时候,从头到脚都是酸楚而愉快的,读起来也是通体舒泰,如同在倾听自己的脉搏,为什么只是换了个地方,就对自己感到陌生了呢?

轮到她跟大柳值班，两人会躺在床上聊几句。

大柳说：有一次我打扫卫生，看到你在空白凭条上写下的那些短句和词语，很有水平，我很喜欢。

这让她想起覃师傅，覃师傅也看过她无意间写下的零散字词，当场就炸开了：林海燕，你这写的是什么呀？她大声用方言念出，惹得全场哈哈大笑。这就是覃师傅和大柳不一样的地方，大柳会默默记在心里，只有两个人时才轻轻地、带着善意地跟她谈起。

该跟大柳说点什么才能报答她的好意呢？想来想去，她说：以后，如果你家里有事，不能来值夜班，我可以代你值班。

大柳很高兴，说如果你有事，分不开身，我也可以代你值。

这真好，不用跟领导请示，也不用听领导嘀嘀咕咕。

她们不约而同地想到小柳。她说，小泽一看就是个自信的人，这样的人，人缘肯定很好。

大柳说：跟他在电视台工作有关吧，他们总在跟人打交通，不像我们，我们虽然也在跟客户打交道，但那只是机械地对话而已，不走心。

能挑中他说明小柳有眼光。

我觉得是小泽更有眼光，小柳的舅舅好像是文化宣传这一块的什么领导，小泽的电视台正好在他的管辖范围内。

她正在想该怎么回应这个信息，下一步，她听到大柳的呼吸均匀起来，她已经睡着了。

车站最近整改，主要针对小摊贩的管理，他们建起了特色美食专区，爸的卤菜店有幸排在第三家，是最佳位置，他新添了一台豆浆机，可以制作冰豆浆，这点很受游客的欢迎，他的生意比以前好了不少。

爸跛得更厉害了，每走一步，晃动的幅度都很大，这使得他看上去更加忙碌。

爸你后来检查过吗？医生叫你要定期去检查的。

哪有时间哦，叫你妈来跟我一起做，她又不肯，她宁可给别人扫地拖地洗厕所。

那你也不要太累，我看你好像比以前更吃力了。

爸爸凑在她耳边说：也有个好处，人家看我是个跛子，更愿意来照顾我的生意。

她看看其他小店，好像真的不如爸的生意好，但她不承认爸的说法。人家不是看你跛，而是看你的卤菜便宜，捞一大碗也没几块钱。

客人少些的时候，爸问她忙不忙，她这才说起工作上的变动，说她到T镇去了。

没事的。爸安慰她：你们是垂直管理，人员流动非常简单，表现好，领导一个电话，就上来了。再说，早点轮岗，早点积累不同的经验，不是更好吗？不管在哪里，好好干，任何事情都不落在别人后面就行。至于其他的，顺其自然。你看看我，我就是最好的例子，明明已经走投无路了，没过几年，又柳暗花明了。

我也不喜欢T镇。

T镇跟你有什么关系，你坐在空调房里，风不吹雨不淋，车接车送……

这就是爸的价值观。她停止对话，埋头吃东西。吃完一碗卤菜，又要喝冰豆浆。爸让她留点肚子，晚上妈会烧饭的，但这是废话，因为他一边说，一边却在不停地递给她吃的喝的。

小潘从天而降，冷不丁地出现在他们面前。

她大吃一惊：你怎么会在这里？他穿一身牛仔，上衣塞进裤腰，活力四射的样子。

爸笑呵呵的，一点都不意外：他几乎每个周末回家都在我这里停一下。对了，你们现在都在T镇了，要互相关照哦。

小潘看了看她面前的碗，嚷着说他也要，他点的东西跟她的差不多，海带、萝卜、香菇、豆腐干、鹌鹑蛋，外加冰豆浆。吃了几口才接上刚才的话题：林叔，要关照也是她关照我,她在银行嘛,我们企业都把银行叫爹爹。

吃完了,他们一起回家,小潘说:我们一起叫个人力三轮吧。她不愿意,两个人,多重啊,人家蹬不动的。小潘已经扬起了手:你这么说他会不高兴的,谁不想一趟挣双份钱啊。

这一次,她仔细问了他在化工厂的工作。到底是做些什么呢？他说得很潦草:操作设备啊,看仪表啊,做记录啊,不比你们,你们是脑力劳动,我们以体力为主。

我们才不是脑力,我们也是体力劳动者,我们主要依靠双手。她想起柜台上的情景,想起工会定期组织的点钞大赛,真的就是靠一双手。

他大笑起来:谁不用手？脑力体力都得有一双手。

他说起几个初中同学,她回应不算热烈,因为她对他们几乎没留下什么印象,而她说起几个高中同学、中专同学,他们现在的工作环境,他也是一脸茫然,因为他对他们一无所知。他们的共同经历只到初中为止。

他大声感叹:如果我们不是邻居,估计你早就把我忘记了。

邻居是与生俱来的关系,不是吗？她轻声说。

是的,属于先天性遗传。他哈哈大笑起来。

她再次打量他:你变了,你以前不怎么跟人交流。

你才是！我的记忆里,几乎没有你的声音。

你总是这么开心这么热情高涨吗？

他似乎愣了一下，就那一下，像吹起来的气球扎了个针眼，但他很快反应过来，捂住那个针眼。不是的，我平时不是这样的，完全不是这样。

她的注意力被路边一个卖五彩瓷器的移动小店吸引过去。他索性叫停三轮车，陪她一起去看那些花花绿绿的瓷器。

我每次都对那些小东西着迷，其实买回来了也就那样，它们是摆在一起才好看的，单买一个放在家里不好看也不好用。

你可以见一次买一样，时间长了，慢慢就能凑成一套，也挺有意思。

咦！这个主意不错。

这天她挑了一个琉璃果盘，他非要付钱。算我代表T镇欢迎你。他说。

她很开心，为果盘，为这个长远的购买计划，也为他的欢迎仪式。

她先到家，掏出钥匙开门。他站在房前空地上。她还是想不起来请他进去坐坐，小时候的习惯真难改。

我还记得你们家的狗，它喜欢这个样子睡在这里。他模仿了一下狗的姿势，她笑起来。再见。他甩开大步走了。

她看着他的背影想,他跟以前真的有点不一样了,他以前多么矮小,几乎无法给人留下什么印象。

连他都变了,自己也要有点改变才好啊!她勉励自己。

还在门外,他就听到了缝纫机欢快转动的声音。这声音让人踏实。

一个五六十岁的妇女站在裁剪台前,显然,他进去前,她们正在说着什么。妈让他叫陈阿姨,她的脖子上又缠起了护颈带。打过招呼,他朝自己房间走去。他能感到陈阿姨的目光黏在他的后背上。

陈阿姨走后,妈跟他提到一个姑娘的名字,在棉纺厂,三班倒工人,家里就两个孩子,她是小的,经济负担轻。是陈阿姨的侄女。不知根知底,可不敢随便接触。

什么意思?他明知故问。

你二十三了,可以谈起来了,再迟就挑不到好的了。

为什么要让陈阿姨帮我挑,她根本不认识我,也不了解我,却能帮我挑个老婆?再说,什么叫好的?你见都没见过那个人,就知道她是好的?

又不是让你们马上结婚,只是让你们认识一下,总比你自己不知深浅冒冒失失随便跟人接触好。我们当年,我和你爸,也是别人介绍的。

所以你们才没感情，所以我爸才不留恋这个家。

她不再说话了，转身扑向缝纫机，唰啦啦一阵响，突然中断，剪个线头，剪刀重重放回台面，唰啦啦的声音再次响起。她在缝制一只袖子，把它跟袖口连接起来，缝到一半，发现装反了，气恼地停下来。

他去安抚她。好了，休息一下，再这么不要命地干下去，你的脖子就要断了。

没有他，我一样能把你养大，一样能让这个家运转起来。

发这种狠有什么用？苦的是你自己。不说这些了，说点别的，我回来的路上碰到林海燕了。他突然说道：她那双眼睛真不错。

缝纫机突然停了一下：看上她了？

我只是说她眼睛好看，仅此而已。

这个人你就别想了，且不说她，她妈首先就不会同意，她妈那双眼睛，只会朝上看。不过，也不一定，有几个人最终听了父母的安排？

回头一看，他已经不在她身后了。

同学聚会的日子又到了，他们依然选在高中校门口碰头，但门房师傅告诉他们，程老师一早就出去了，拎着个大包,不知道什么时候回来。

计划突然被打乱,聊天也不像以前那样润滑。男同学说,今天状态不好,工作上还有点事没处理好,总是不放心,我是不是该去处理一下再来?女同学说:还用问吗?工作大于一切,你快走吧。男同学一走,气氛更加尴尬,女同学问她忙不忙,住得好不好,工资怎么样,她老老实实一一作答,也回问她:你呢?女同学却不愿多说自己:跟你差不多。

女同学突然打了个呵欠,抱怨昨晚没睡好。要不我们今天先到此为止吧,我想去做个头发,一上班又没时间了。

一个人往回走,快到家时,一抬头,正好碰上班主任程老师。她说了刚才的聚会,一个先走了,另一个接着也走了。你不在,我们都觉得没意思,就各自回家了。

程老师拍了拍她的肩,呵呵一笑:各自回家?你跟我一样,好迟钝哦,你没觉得他们俩可能在谈恋爱了吗。

她大吃一惊,脸立刻红了,她完全没想过这种可能。程老师认真地说:你也可以开始谈了,我们海燕各方面条件都不错,完全可以好好地挑一挑,跟我说说,有没有遇到喜欢的小伙子?

她摇头,觉得她的生活圈子里根本不可能有她喜欢的人。

行,我来帮你留意吧,我大概知道你喜欢什么类型的。

我自己都不知道呢。

旁观者清嘛,你喜欢高学历的,斯斯文文的,对不对?

大约过了两个星期,又是个傍晚,她从来自T镇的押款车上下来,门房保安叫住了她。林海燕,有人找你!一探身,她看见了班主任程老师。

那是平生第一次有人给她介绍男朋友。

是我们学校的政治老师,你们毕业那年,他刚来报到,所以你们擦肩而过了。

细节很多,她只对其中一点印象最为深刻,他毕业于北大。一听到这两个字,她就把其他的全都忽略了。

就像是一阵突如其来的清风,吹开了积郁已久的乌云,真是个好消息,有了它,过去所有的不快和痛苦全都治愈了。

他提前一周去了趟理发店,他知道新理的头发有多难看。又买了件新款衬衣,镜中自查,看上去挺精神的。

办事处不像支行,大厅里没有保安,也没有那么多柜员,空间也不是太大,加上他为这些见面提前做好了准备,当他叉开两腿站在她柜台前时,并没有像上次那样感到压抑。

这次他没有带硬币来换整,他是来存钱的,他把自己的全部积蓄从另一家银行取出来，存进这里。

因为有存款，又因为是海燕的同学，当班的大柳十分热情。

快下班了吗？还是必须得留下来吃食堂吗？他问她。

大柳在一旁抢着说：没有没有，可以出去吃，林海燕，跟同学一起出去吧。

她几乎是被大柳推出来的。他带着她来到天牛火锅城。

跟上次一起坐人力三轮回家不同，这次她似乎隐约感到了某种压力，不怎么说话，几乎都是他问她答，不问则不开口。见势不对，他马上换了个思路。

我觉得你似乎对我们化工厂没好感，其实那里的人挺好的，他们对我印象也不错，我是我们那批同学里面提升最快的。他尽量做到语气平淡，别让她以为自己在炫耀。

她真的上了他的轨道：化工厂别的都好，就是味道有点难闻。

平时我们都戴口罩，还有防护服。

一直戴口罩，有点不舒服吧。

医生也是一直戴口罩的。

医生办公室有空调，戴口罩不会难受。

我们车间里也不热的，那些设备对温度、湿度都是有要求的。

气氛开始有了微妙的变化，他们好像在隐隐约约地抬杠。

其实你们那里也有这个问题，钞票很脏的，除了污染手指，你点钞的时候拿得比较近，一些带着细菌的微尘可能会被吸进呼吸道。

但人们从来不会因为钱脏而嫌弃它。

化肥也一样，没有它，粮食不能丰收，我们会没有饭吃。

你要这么说的话，都没有学校更有价值，没有教育，化肥这个东西根本不可能产生。

他不明白她怎么突然提到学校，提到教育，这离他的目标越来越远了。他开始感到焦虑。

学校是重要，但也要看什么学科，有些学科就没什么用，比如政治。

她突然提高音量：政治怎么啦？你要知道，那些教政治的人，他们并不是只学过政治这一门课，他们能进入大学，凭的是综合成绩，是高考总分，只有排名靠前的大学才有政治学，差的学校根本没有这个专业，顺便告诉你，人家不叫政治，人家那叫政治学。

他被打击了一下，很快又抬起头来：我们以前的政治课，是教导主任教的，他根本就不是老师，他是管行政的。

他教的那叫政治？真正的政治他连看都没看到过，纯粹是误人子弟，我们以前就是被那样的老师给耽误的。

他惊呆了,他酝酿了那么久才鼓足勇气来找她,结果两人因为不相干的政治快要吵起来了。好好好,我们不说这个了,我们吃火锅。他提醒自己赶快控制局面。

千万不要小瞧政治,你知道政治是什么?政治就是政府、政党治理国家的行为,是上层建筑,政治充满了我们生活的方方面面。

哇!没想到你对政治这么感兴趣。

请你不要嘲笑我。她几乎要生气了。

我怎么敢嘲笑你,我欣赏还来不及。我真正的文化课只到初三,那以后我就去了技校,你知道的,技校跟你的一中不能比。

提到她的一中,她没那么生气了。正好,火锅上来,他们开始涮火锅,不再继续刚才的话题。

你应该是从小就有口福的人,连你爸都很会做东西吃,我经常去吃他在车站做的卤菜,味道非常好。你妈肯定做得更好。

他就会做那点卤菜,我早就吃腻了,我妈根本不做饭,她在外面吃食堂。

我们班有个女同学,自从有了男朋友,她妈就开始在家练厨艺,说是母亲的厨艺是女儿的加分项。他想把话题往自己想要的方向引。

她再次愤怒起来:是爱情呢,还能耍这种心机?我们能不能别谈这种无聊的话题了?

接二连三的打击让他摸不着头脑,只能尴尬地笑笑,问题出在哪里呢?

让我猜一下,你是不是有男朋友了?

我不能有吗?

是真的吗?……什么人?

她想说,反正不是化工厂的,一抬眼,看到他全身心扑过来的表情,又不忍心了,只说:跟你开玩笑呢,不过倒真的有人给我介绍了一个,我还没决定要不要见面。

你条件这么好,根本不用介绍的。

如果没人介绍,谁敢相信一个贸然找上来的陌生人呢?

那你能接受一个熟人来找你吗?一个对你仰慕已久的人。

这是电影里才有的情节吧?生活中没有这种神经病。

他顽强地说:万一真的有这个人,并且这个人也不是神经病呢?

她看了下手表:我们要加快速度了,快到上班时间了。

还早吧,我还有事没跟你说呢。

什么事?快说。她第一次正面凝视他的眼睛,发出急切的催问。

他被她看得心慌,移开视线:其实,也不是什么大事。

那就以后再说。我真的要走了,我得提前十分钟到岗。

那我送你。他也站起来，结了账，两人一起往外走。

他故意跟她走成并排，这是他第一次离她这么近。

我知道你瞧不起我，以前嘛，成绩不如你，现在嘛，工作也不如你，但我觉得，成绩和工作不代表一个人的全部。

你说对了，一个人的内在品质是最重要的，而它恰恰是不能用这些外部指标来衡量的。

这就很矛盾了，比如说，人家给你介绍的男朋友，你能看到的，就只有这些外在的东西，在看不到内在品质的前提下，你怎么判断他到底好不好、适不适合你？

只是介绍认识，又不是马上结婚，有问题我总会发现的。

哎呀，麻烦你不要说结婚两个字，我听了头疼。

她笑起来：结婚怎么了？又不是你结婚，你头疼个什么？

他不笑，还很严肃：你把男女间的认识看简单了，特别是以婚恋为目的介绍认识，我这里有好多例子，结局都是差不多的。

什么结局？都结婚了？她反问的时候，没有一丝忧虑，反而流露出掩饰不住的兴趣。

你是不是很想结婚？

瞎说！你才想结婚呢。

我是很想结婚，但我有个前提，得是我心目中的人。

所谓心目中的人，是不存在的。

存在！我说的那个人，我很确定她是真的。

那你就是单恋人家。

那是没挑明，一旦挑明，就不是单恋了。

那你去挑明啊，去迟了，小心那个人……

一股力量猛撞过来，险些将她撺倒在地，与此同时，一辆摩托车呼啸而过，后座上横放着的麻袋几乎与她擦肩而过。

抢着去投胎啊！他望着远去的摩托车骂了一句，又回过头来问她：你没事吧，好险！

接下来的路，他们换了个位置，他在人行道外侧，替她挡着那些急驰而过的车辆。这时他们都忘了她没说完的那半句话。看得见她的银行了，她紧走几步，抢到他前面，谢了他的款待，道了声再见，就往那个巨大的招牌下跑去。

他停下脚步，稍稍站了片刻，往相反的方向走去。那是他的化工厂方向。为了这顿午饭，他请了一天假，因为他的工作没有午休，而午饭又正好卡在上午和下午之间，没有半天假可请。下班后他倒是有时间，但她已随押款车回了 L 城。

她来到 T 镇，看起来离他是近了，实际上却离他更远了。

治 愈

从认识到结婚，只用了三个多月时间。她叫他丁老师，因为程老师介绍他们认识的时候，她就是叫的丁老师，以后再难改口。

当程老师说到北大两个字时，她基本上就有了决定了，即使丁跃成的外表并不是她欣赏的类型。在L城，遇到一个适龄的来自北大的男生，这样的机会并不多。认真挑剔起来，丁老师最大的败笔可能就在于他太瘦，因为过分瘦削，导致他的五官失去了描述的意义。

她并没有很正式地带丁老师见父母，在他们见第四次面的时候，丁老师提议去办事处接她下班，为此她放弃了蹭押款车回家。他们俩在某个路口会合，在T镇稍微逛了逛，一起去坐巴士。他很开心，说T镇是个很不错的小镇，什么都有，还很亲切，如果不是今天来接她，他不大可能专程来一趟这个小镇。下车的时候，她突发奇想，爸要是冷不丁看到她旁边走着一个小伙子，肯定会吓一跳的。为什么不去吓一吓他呢？

公平起见，她决定事先也不跟丁老师打招呼，只说，我带你去吃一种我很喜欢的小吃。

他们就这样悄没声地、冷不丁地站在爸的小店前,爸真的吓了一跳:咦?今天怎么没坐单位的车?

爸没她想象得那么迟钝,一边跟她说话,一边眼睛直往丁老师身上瞄。

她对爸说:这是一中的丁老师。又对丁老师说:这是我爸。

丁老师倒是吓了一大跳,脸倏地红了,不知道该叫爸,还是叫伯,不过到底是老师,反应还算快,支吾了一下,赶紧伸出一双手去:您……好您好!初次见面,请多关照!

爸笑了,她看得出来,爸是被他的反应逗笑的。

爸照例给他们弄吃的,丁老师相当紧张,一会儿看她,一会儿看爸,完全不知道该怎么吃的样子,汗都出来了。

爸说:我马上通知你妈,让她早点下班,我们一起吃晚饭。

她站出来替丁老师挡了:不吃晚饭了,丁老师晚上有课,得马上回去。

这不像话吧?怎么能让丁老师吃这么简陋呢?

丁老师也说:今天真的来不及了,下次吧,下次会有机会的。

吃完了,两个人起身往外走。她突然又跑回去,在爸耳边说：他是北大毕业的。来不及等爸反应，又飞快地跑回来。丁老师还在一个劲地擦汗，她就哧哧地笑：我爸今晚肯定睡不着了，第一次看到我身边走着一个男生。

我也睡不着啊，没想到会突然看到你爸。你事先也不告诉我一声，我刚才有没有出丑？

她还是笑个不停：我替你撒了谎，说你晚上有课，你不生气吧？我是怕你受不了那个气氛。

没事了，现在没事了，刚才真的紧张了一下。不过也好，第一关算是硬着头皮稀里糊涂过了。

她知道爸今晚会向妈详细描绘丁老师的样子，说不定还会告诉哥，她不好意思主动告诉哥，她的盘算是，爸妈会替她做她不好意思做的事。总之，就这几天，家里应该都知道她和丁老师的事了。她想，北大毕业，一中老师，这样的标签，对得起这个家了。

接下来的某个周末，她又带丁老师回过一次家，那就自然多了，也正式多了。不过进门之前，丁老师被她家的房子小小地震撼了一下。

这是你们家？天哪，这不是一座宫殿吗？

两层红墙白瓦的房子，是推倒了原来的房子重建的，原来的房子还是爷爷年轻时盖的，的确老旧得不像话，外墙都快烂出洞来了。盖完房子，爸摊着两手哭穷：我手上又空啦，一分钱都没有了，全都拿来盖这房子了，幸亏你哥帮我出了三分之一，这回他是作了大贡献的。她感到惭愧，她从没为这个家贡献过任何东西。爸似乎看出了她的心思，对她说：别跟你哥比，他们律师，挣钱比我容易。不过你总算有一件事跑到他前面去了，他至今还是光秃秃一个人，我问过他，他就像没听见一样，随他吧，他主意大得很，我一点都不担心他。

爸妈用心准备了一桌饭，妈甚至专门去做了头发，她有种受宠若惊的感觉。

妈在厨房里拦下她，小声说：是不是太瘦了？针尖子挑不出半两肉。不会是身体有病吧？

人家是天生的瘦肉型。

爸就像知道她们躲在厨房说小话似的，悄悄追过来说，现在时兴瘦，瘦比胖好，人一胖就露蠢相。

这话提醒了妈：那你不觉得他瘦出了穷相？

人家北大出来的，一中的老师，人家会穷？他现在还年轻，再过几年，发个中年福，正好。

婚前就跟家里见了这一次。

至于婚礼，丁老师有言在先，他的老家不大可能办婚礼，因为他当年读书，已经搜刮光了家里每一样值钱的东西，还借了债，到现在还欠着好多亲戚的债。爸说，如果他家不能办，我们也不好大操大办，否则人家多没面子。于是两边达成一致，不搞那种大型聚餐式的婚礼，只在婚姻登记处举行一个法律仪式即可。领证当天，妈给了她一个存折，是她参加工作第一个月起，上交的每月工资的一半。

我还以为你拿去用于盖房子了。

盖房子是爸爸和哥哥的事。我不用这种办法帮你攒点钱，你现在身无分文。

原来妈是这个用意！原来妈这么疼她！她在妈身上靠了靠，这已经是她表达感情的最高形式了。她拿那笔钱去置办了一些床上用品、厨房用品，就算结婚了。

丁老师很激动：我不觉得委屈了你，因为我已下定决心，以后的每一天，都要像婚礼当天那样对你。

她抿嘴而笑，十分受用。这就是北大男生与普通男生的区别，设想一下，如果是其他人，他们会怎么说？现在是让你受委屈了，请相信我，我将来一定会让你享福的。俗啊，千百年来好像都是这样说的。

她从车库楼顶上的单身宿舍，搬到了家属楼，别无选择，只有七楼，是顶楼。

组合式家具，最最简单的家电，唯一的奢侈是书房，曲面书桌跟书柜是一体式设计，再配上可升降的高靠背转椅，这都是专门为丁老师准备的。从大门外抬进来的时候，所有人都看到了，她相信这个小区里不是每户人家都有书房的。

她慢慢发现丁老师其实是个非常有趣的人，时常会让她收获一些荒唐的快乐。

比如他明明不是左撇子，却非要把自己训练成左撇子，说是训练成功的话，他的大脑可能会发生改变，如此一来，他的下一代也可能会有所不同。

比如有天傍晚，丁老师在伸出去的晾衣架上收衣服，突然对她的裙子来了兴趣。谁规定男人不能穿裙子呢？二话不说，脱下长裤，穿上了她的半身裙，竟比她穿的效果还要好，她惊呆了，不知道该夸他还是怎么样。丁老师的兴趣一发不可收，索性把她所有的衣服都从衣柜里抱出来，包括她的制服，她的长筒丝袜和半高跟皮鞋，末了他说：我知道女人为什么要那样走路了，都是因为这些衣服，从这个角度也可以解释为什么女人不是天生的，而是形成的。

她心里那点飘飘忽忽的疑虑马上被他煞有介事的说法赶走了。不管怎样，不能用普通人的逻辑去衡量一个来自北大的高才生，不能用小市民的眼光，去衡量一个受过高等教育的人。

他轻慢他的毕业证，把它胡乱扔在抽屉里，跟他的胶带、指甲剪、订书机和电池之类的放在一起，全因他后来才发现他并不喜欢他的政治学专业。他说他在北大是著名的睡神，教室、图书馆、湖畔，到处都留下过他睡觉的剪影，原因也跟他的专业有关，因为不喜欢，他一看书就想睡觉，每次考试都是临时突击冲锋过关。她感到困惑，多少人想去而不能去的地方，难道不应该珍惜吗？又一想，他的自我描述未必是真的，他可能是故意在轻描淡写，不可能一个人当了四年瞌睡虫，还能拿到那个漂亮的毕业证书。

因为丁老师的关系，她感到周围有了些微妙的变化。

首先是押款车上的司机和保安，平时她跟他们的车，没人说不欢迎，但也从来没人跟她说话，就像她只是众多钱箱中的一个，他们继续讲着荤笑话，丝毫不介意车里还坐着一个女士。不过她并不反感，她甚至有点喜欢旁听他们的对话，虽然有点不好意思，但真的感到新鲜，实在忍不住想笑，就托腮捂嘴望向窗外。车上的气氛要比柜台里快活得多，这些人每天都可以名正言顺地外出兜风，自由自在地对话，释放不体面的情绪，而柜台里面的人，说什么干什么都必须符合电脑设定好的程序，甚至连面部表情都有严格的规定。说实话，她非常珍惜这个旁听持枪保安闲聊的机会，她恨不得这段路程能再长一点，再远一点。可惜，自从丁老师正式出现在她生活中，押款车里的气氛就跟以往不一样了，他们会说，来呀，赶紧跟林海燕搞好关系呀，抓住了林海燕，就是抓住了丁老师，抓住了丁老师，就是给孩子抓住了一中，

抓住了一中，就抓住了大学。

她笑笑，什么也不说，他们说笑惯了，没有一句话是认真的，但也不一定全是胡话，只要是有孩子的家庭，谁不向往一中呢。她只是有点伤感，她也是一中的，但她就没抓住大学。算了，不去想了，好歹有了个北大的老公，也算是一种弥补。

在办事处更是受尽吹捧。看你们一家，哥哥是北大的，老公是北大的，我非要让我爸妈去看看你们家祖先的坟墓，要是那里还有地方，就麻烦我家祖先搬个家。

说笑归说笑，内心的满足还是显而易见的，这时再来看那些下了班就黏在麻将桌边的夫妻，竟有一丝侥幸，幸亏程老师插手，否则，换成另一个人，还不知道会把她引向哪个人、哪种生活呢。

唯一的遗憾是他们的家楼层太高，又没有电梯，丁老师爬到五楼就开始喘粗气，到了六楼不得不借助栏杆，一步一顿拽着往上拉自己。我的妈呀，太难爬了。她叫他闭上嘴，闭上嘴就不会喘气了。

他瞪着小眼睛抗议：本来就是呼吸困难才张开嘴的。

进了屋，他把自己扔在沙发上，不住地嚷嚷：你为什么不向他们申请个楼层低一点的，一楼都比七楼好。

总有个先来后到吧，我是后来的，没得挑。

其实是你太弱势了。没关系，过几年看我的。

她正想生气,马上又被丁老师的后半句深深地安慰了。

丁老师的深山老家,她只在婚后去过一次,盘山公路让她差点没把苦胆吐出来。到了家里一看,是真正意义上的家徒四壁,地上没有地面砖,是几代人的脚板踏出光亮来的干泥地。大米是待客时才动用的主食,寻常日子里,自家人吃的只有土豆、苞谷和红薯。丁老师把她拉到光亮处,龇着牙齿问她:我的牙齿是不是很黄?她点头:有点。他得意地说:常年吃杂粮的人就是我这种黄牙齿。她笑了,得是多么天真烂漫的人才会因为得出这个结论而感到愉快啊。觉也睡不好,蚊帐很密实,房间没有窗户,据说有一年来过狼,干脆把窗户堵死了。一觉醒来不知是几点,也不知东南西北。只住了一夜,他们就迫不及待地出来了,丁老师说:比较之下,我更喜欢你们家。她又被他的话触动了,得是多么坦荡多么孩子气的人才会脱口而出这种话而丝毫没有自卑的感觉呀。

在她的家,他跟卖凶菜的岳父相处十分融洽。他说:爸,要是我读书的时候就认识您就好了,我一定动员您去北大卖这个,我那些同学最喜欢吃这种小吃了。爸的眼睛笑成两条缝:真的? 他们真的喜欢吃我这个?

是的,他们还特别喜欢吃辣,越辣越爱,他们说那是魔鬼辣椒。

爸对他的评价是,他好就好在不藏什么心思,这样的人好相处，基本上不会有什么坏心眼儿。妈对他自始至终只有一个期望：再长胖一点点就好了，都瘦得没屁股了。

而她最期待的是丁老师和哥在一起的情景。

结婚这年的春节，终于见到哥了。见面之前，她替丁老师捏了一把汗，哥可不像爸，得到哥的好评可不容易。

她没想到见面没多久，两人就并肩走到一个僻静的地方，开启了低声会谈模式。她很想跟过去听听他们在谈什么，但理智告诉她，那是两个男人的谈话，她最好不要过去，也不要过问，她只要在一旁记下他们会谈的时长就好，她祈祷他们要多谈一会，谈得深一点，她希望他们能够成为无话不谈的好朋友，成为休戚与共的亲密家人。

她的祈祷好像被听见了，丁老师和哥一直背对着大门，轻声谈论着，直到爸大声喊开饭，他们才不得不转过身来。这才是她最幸福的时刻，跟她无话可说的哥，却跟她的夫君相谈甚欢，她感到无比欣慰。

她到底还是没忍住，偷偷去问了丁老师：你们谈了些什么？

他一愣：忘了！奇怪，我们真的聊了很多，但你这么一问，我居然无法回答你。

她并不真的在乎他们的谈话内容，他们足足聊了二十九分钟，有多么投趣才能一口气聊这么久啊。爸妈也很满意,儿子和女婿谈得来,这个家以后该有多么团结,家和万事兴,好日子还在后头。

她终于找到一个机会,悄悄靠近哥。你觉得丁老师怎么样?

还行。哥说:性格还不错,比较开朗。性格好很重要。

我不是问他性格,我意思是,你觉得……像他这样的,在北大算什么级别的学生? 她结结巴巴,挖空心思,连自己都不知道她到底要问哥什么,她只知道她很想听哥说说丁老师。

这不好说。哥瞟了她一眼:现在还问这个有什么意义?

之前我碰不到你,没机会问呀。好吧,如果满分一百,你给他打多少分? 她故作轻松地一笑。

你是因为什么认定他的? 哥反问道,他似乎有点认真起来了。

你应该知道,在我们这里,很难碰上一个北大毕业的。

哥看了看她,去整理自己的衬衣袖口。他又要出去了,他还像以前一样,后面总是黏着一堆人,这次回家,早就有人排着队为他接风,在家的这顿饭,还是他刻意安排才留出的空当。整好袖口,哥抬起眼睛望着她说:你的工作怎样? 要好好钻研业务,银行也好,一中也好,都是要用实力说话的地方,没有实力,什么都谈不上。

她有点失落,自从认识丁老师以后,她就有了个说不出口的想法，她觉得她和哥之间终于平等了，可此时此刻，她仍然能从哥的语气里听出居高临下的意味。

哥大步往外走，他比以前更帅气了，不是以前那种单薄清秀的帅气，而是笃定和霸气加在一起的帅气，很有分量的感觉。她望着哥结实匀称的后背，直觉那件瓦灰色的衬衣肯定不便宜，裤子也是，看上去稍嫌紧绷，但一道褶皱也没有。她想起妈说过的话：海鹰肯定有人了，你看他穿得多好，一看就是有人帮他料理的。

不知从什么时候起，哥已经把爸妈都震慑住了，控制住了，他们什么都听他的，却从来想不起来问问她的意见，就连家里的冰箱都是哥安排他们买的。那时她刚刚升入初中，她记得哥在饭桌上说：我们为什么不买个冰箱呢？看起来是多花了一笔钱，实际上，长远来看，它是可以帮你们省钱的。他说了这话，爸就开始朝着买冰箱努力，后来真就买了个冰箱。就像现在，哥已经三十三了，他的同学们都抱上孩子了，他们居然还不催婚，甚至都不过问，只是躲在背后像普通人一样猜测。

他终究还是知道那个消息了。他从化工厂下班回家，照例在燕子爸的小店前停下来，燕子爸照例说：小潘自己捡。

他从那一大摞纸碗中抽取一个,一串一串捡自己喜欢吃的,再加调料,再用手机支付。刚开始燕子爸还说,自己人,不用付钱。后来见小潘根本不听他的,也就懒得说了,随便他自取自用自行支付。

客人少些的时候,燕子爸过来说:小潘,也该考虑个人问题了,有合适的,早点成家,有了家,才有目标,才有盼头。

不着急,燕子都没急呢,我们可是同龄。

燕子结婚了呀,就拿了个证,没办婚礼,她自己不想办。

他愣了一下才问:什么时候?手里的碗放下了,但筷子还捏着,嘴里还含着东西。

看我这记性,具体是哪天我都忘了,这就是不办婚礼的弊病,要是有个婚礼,怎么都不至于记不住,唉,人家听男方的,男方说不办就不办,我们想办也办不起来呀。

这也太……他们现在住哪里?

还住在原来那个地方,搬进套间了,原来是一间单身汉宿舍嘛。

他强撑着坐了片刻,趁燕子爸接待顾客,轻悄悄地溜了。

站在候车室外面,他脑门开始冒汗。现在怎么办呢?该怎么办呢?

根本没想清楚,也想不清楚,双腿变成了一匹瞎马,驮着他,高一脚低一脚地往前走,到了红绿灯路口也不知道停,一辆车嘎地停下,司机伸出头来骂他,他看一看司机,也不生气。

不对呀,上次请她吃饭,她还说没有谈恋爱,只说有人给她介绍了一个,难道就是那个人?那么,她那天就是撒谎了。对了,起码要弄清楚这个问题,为什么要撒谎?为什么不说实话?

思路厘清了,他也镇定下来,开始往银行那边走。一定要当面问清楚,为什么不说实话,他至少有理由弄清楚这个问题。

还在门口就被门房拦住了,他说出海燕的名字,门房师傅叫他等着,他帮他叫。

所谓帮他叫,就是请一个正好路过的人代他传话。哎,你去你楼上叫一下林海燕,说门口有人找她。

没等多久,燕子就下来了,看到是他,有点意外,但并不兴奋。你怎么来了?她手上拿着一只折叠起来的尼龙包。

从你爸那里来的。听说你结婚了?为什么不让我知道?

除了家人和同事,谁都不知道。

那天我们在T镇吃饭的时候,这个人还没有出现对吗?

哪个人?我老公?

老公两个字似乎刺激了他,他稍稍转了转身,抬起下巴看向远方。

那个时候我还没跟他见面呢。

这才几天？你也太快了吧。

告诉你吧。她示意他跟她一起过马路，因为她要去对面的菜场买菜，他们可以边走边聊。这事没有规律可言，有人可能谈两三年还不真正了解对方，但如果碰到正确的人，交谈几次就够了。她说这话时，嘴角带着微微的笑意。

他有多正确？无可挑剔？一百分？

人无完人，我只看重他一点，他是北大的，有了这点，其他的都可以忽略。

北大有什么了不起？北大也出过混蛋。

如果两个混蛋摆在我面前，一个是北大的，一个是像我一样的中专生，我肯定选择北大的混蛋。

他顿时僵硬，两眼发红。她似乎于心不忍：对不起，我这个人不会说话，你是知道的。

我只是觉得，你不该瞒着我。

没有刻意瞒你，只是我们没机会碰到而已，再说，我们是邻居，你迟早会知道的。

在你眼里，邻居什么人都不是，完全可以忽略不计。

当然不是，我的意思是，我们随时都可能碰面，所以不用专门去告诉你。

他继续跟着她，看她在一个杂货摊前买干虾皮、干辣椒、散装花生米。

为什么不买新鲜的虾？这种虾皮也许有质量问题。

这种便宜啊，你不当家不知柴米贵。

北大毕业的还吃不起新鲜虾？

我发现你这个人价值观有问题。她突然有点生气。

他声音更大：你的价值观才有问题，一个北大毕业，就一白遮百丑了？你到底是在找北大毕业生，还是在找爱人？

她正要反驳，突然意识到什么：不好意思，我没想冒犯你，其实我们俩是一样的人，我的中专跟你的技校差不多。

得了吧，我不觉得北大文凭有什么了不起，也不会为自己的技校文凭感到自卑，很多没上过大学的人一样活得很好。那我还要多问一句，这个北大毕业的人，对你好吗？会不会瞧不起你这个中专生？

她一笑：这你放心。

她买好了菜，要回家去了。他问她，要不要回爸妈家，如果回，他们可以一起走。

她觉得不可思议：我得回家做饭呀，人家等我回去呢。

买菜做饭，都是你的事吗？他不管吗？

都是小事，我不介意这些。你来找我，还有别的事吗？

他似乎才想起来自己的目的，不过，似乎也没必要再说什么了。

那我走了。

她看着他的背影,牛仔裤裹着他强健的大腿,丁老师都已穿上秋装了,他还穿着夏天的T恤。书生就是书生,不,应该说是知识分子。这样想着,她拎着尼龙布袋,越走越快。

下午三点以后,办事处基本上就没什么对公客户了,她们三个无事可干的人就闲聊。

主题之一就是林海燕的闪婚,她们都感到奇怪,认识不到半年就结婚,你怎么舍得?小柳跟小泽都谈了两年了,还没提结婚的事。她什么也不能说,只是憨憨地笑,答案是有,但不宜外宣。

林海燕,我问你,在丁老师之前,你谈过几次?小柳决定换个提问角度。

她摇头。她们不相信,直到她举手起誓:谈过是小狗。

大柳小柳对视一眼:如果是这样,那就想得通了。

这样也好,没有比较,就没有纠结。

但小柳还是有点想不通:你怎么舍得……你怎么敢……我的意思是,你真的就不想再多接触一个,比较比较吗?买东西还货比三家呢。

如果你心里有个尺子，而你正好第一次就碰上达标的，还需要货比三家吗？

她的意思是，她家丁老师正好达到她的标准。大柳替她补充道。

你叫他什么？小柳继续问。

丁老师呀。

私下里也叫他丁老师？只有你跟他两个人的时候？

因为我们第一次见面我叫的就是丁老师，后来就一直这么叫下来了。

妈呀！那他叫你什么？

林海燕呀。

两个人哈哈大笑。

你们认识的那五个月里，吵过架吗？小柳又问。

她想起丁老师时不时就制造出来的那些荒唐的快乐，摇起了头。我觉得我们一辈子都不会吵架。

完了完了，像你们这种情况，将来一旦吵架，就是毁灭性的，因为你们的关系还没有经历过任何风吹雨打。

为什么一定要吵架呢？也可以不吵啊。

大柳小柳再次哈哈大笑。林海燕，你实际年龄跟我们差不多，但你的心理年龄比我们小多了，在你面前，我们几乎都是老人。

中间来了两个客户，一起接待完客户，大柳说：也许我们错了，毕竟她老公是北大出来的，我们从来没跟北大出来的人打过交道，这超出了我们的经验，也许人家丁老师就是不会吵架的那种人。

我不相信，除非丁老师不是人，是人就会吵架。

想起来了，我们其实也吵过架。他们学校大门重新装修了一下，把门前那棵大树装进了大门的结构当中，我说这样不好，因为树会继续生长，过几年会把大门撑破，他说人家肯定考虑了这个因素的，实在不行，到时候可以拆掉补建，正好应和了因材施教的教学理念。我说那不是浪费吗？他说那是必要的成本。我说完全可以避免这个"必要的成本"。他说我没有发展的眼光，要想发展，就必须付出代价。我说明明是预料得到的支出，完全可以设法避开。总之，我们为这件事吵了十来分钟。不过，这次吵架并没影响我们的感情。

大柳古怪地看着小柳：你还有什么话说？

小柳做了个怪相，笑得趴在桌上起不来。

好好好，我错了，我误会了，我不该用我们T镇人的思维去理解你们的爱情，感谢你林海燕，让我长见识了。不过你哪天找个机会让我们见见你家丁老师呗。

全体职工大会那天，林海燕计划了家宴，她提前下班回家下厨，以便从 T 镇赶过来的大柳小柳能在她家用完晚餐再去开会，顺便见一见未曾谋面的丁老师。

她自知手艺不咋地，在此之前从未招待过任何一位客人，她想，天天在一起吃饭的同事，应该不会嫌弃她手艺烂。

她临时买了一本菜谱，又照着菜谱买了鸡和鱼，还有种种配菜，把菜谱架在灶头，不折不扣地照章操作。她发现她的操作跟菜谱上的时间总是对不上，后来她意识到，可能她的火跟菜谱上的火不一样。正是这点不一样，打乱了她的计划，客人已经到了，她的鸡还在锅里咕嘟咕嘟煮着，幸好丁老师也下了课，她吩咐丁老师招待客人，自己继续在厨房奋战。

好不容易把主菜红烧鸡块端上桌，离开会已经只剩二十分钟了，丁老师进来催她，埋怨她没有计算好时间，她来不及回应，专心炒菜，还有切好的三四个炒菜等着下锅。

丁老师请两位客人上桌，边吃边等。他帮两个客人布菜，大柳尝了一口说好吃，小柳咬了一口，放进碗里，说好像欠点火。大柳说：你自己牙口不好，还怪人家欠火候。

丁老师也尝了，马上一脸歉意：林海燕胆子太大了，这样的手艺也敢把你们请到家里来。一脸紧张地冲进厨房：林海燕你怎么搞的，鸡没煮烂！

菜谱有问题！那再看看这个。正好回锅肉要出锅了，煸得微微卷边的肉片，配上红辣椒青辣椒，还有青蒜，看上去不错，丁老师赶紧端过去。大柳小柳各尝了一口，没吱声，丁老师赶紧也尝了一口，再次跑进厨房：林海燕你怎么搞的？回锅肉没放盐吗？林海燕一愣：真的吗？哎呀！立刻冲出来，要端去回火。大柳站起来拉住她，夺下她手里的回锅肉：算了算了，你也赶紧来吃吧，一会儿开会要迟到了。

她来不及客气，甩脱大柳，奔回厨房，锅里的西红柿炒鸡蛋要起锅了。这回她清清楚楚地记得她放了盐的。

因为大柳小柳一再催促，她决定放弃后面几个没炒的菜。四人总算围坐下来，她谦虚一番，正式开吃。

第一口是番茄炒蛋，只嚼了一下，她就愣住了：天哪！我想起来了，丁老师进去质问我回锅肉是不是没放盐，我心里一慌，又放了一勺盐，但在那之前我已经放过盐了。天哪怎么办？

大柳小柳拎起了各自的小包，说是开会要迟到了。丁老师这时已不再客气，一脸自暴自弃地跑去打开了电视，谁都不理。她不停地道歉：下次我一定好好操练，不，明天我带你们下馆子，一定要弥补回来。

丁老师终于过来送客了。我都没脸说下次再来这种话，太丢人了！他扶着门，一点都不像在开玩笑的样子。

两个女孩不知该怎么说，哧溜哧溜下楼，真的要迟到了。

刚到一楼，小柳就说：你看到他那个脸色了吗？我打赌他们今晚要吵架，我打赌他们长久不了。

他好像真的生气了。大柳说：大概感到很没面子。话说回来，林海燕做家务真的不咋地，没有一个菜可吃，我根本没吃饱。

我也没吃饱，等散会了，我们出去找点吃的。我早就猜到他们俩是没什么基础的，我猜那个丁老师大概也没什么恋爱经历，你想啊，他这长相，在人人都是优等生的北大肯定没什么优势，只有在这里，才有人拿他当个宝。我觉得他的优势大概就只有学历，除此以外，各方面都一般般。那么瘦！像根竹竿，走起路来晃晃悠悠，唉，林海燕看人的眼光真的跟我不一样。

她哪赶得上你呀，你眼光多好，手段也好，看小泽被你拿捏得，要他朝东不敢朝西。

这你就不懂了，这不叫拿捏，这叫享受恋爱。话说回来，我觉得我的小泽比丁老师可爱多了哈哈哈。

两人说笑着进了会议室，里面已经坐满了人，两人四处张望，寻找着分散在各个机构平时不大见得到的同事，摇着手打招呼，寒暄，直到有人对着主席台上的麦克风试音，才发现林海燕还没到，她们给她占的座还空着。

领导已经开始讲话了，林海燕才弯着腰踮着脚尖轻悄悄走了过来，坐下来后，低着头不停地抠指甲，手背上有几道似乎是蹭出来的擦痕，不过并没有血流出来。大柳把声音卡在嗓子里问她：受伤了？

她点头，接着又摇头。

直到会议结束，站起来往外走的时候，她的头还是没有抬起来，小柳发现她背上的衣服皱巴巴的，不像自然折痕。

大柳小柳一起往车站走，快到车站的时候，发现前面有个身影很面熟，小柳突然说：那不是丁老师吗？大柳辨认了一会，也觉得有点像。

那人两手插在裤兜里，拖拖沓沓走得无精打采。快到车站时，突然一个转身，开始往回走，果然是丁老师，他脸上贴着一个创可贴。小柳扯了大柳一把，两人背过身，假装要去路边小店。丁老师走过去了。小柳兴奋地说：林海燕手上有伤，身上衣服皱巴巴，丁老师脸上也有伤，说不定其他地方还有，你说，他们刚才是不是干仗了？

不可能吧，没有时间呀。

她开会不是迟到了一会儿嘛。

她们商量好，明天开始，由大柳负责旁敲侧击，一定要打探出今天晚上这两人之间究竟发生了什么。

女英雄

这天食堂的伙食是四菜一汤,分别盛在脸盆大小的铝锅里,各人视需要自取。

大柳小柳一左一右坐到海燕旁边,大柳看看小柳,小柳挤挤眼睛。

大柳说:哎,小柳,有几天没见小泽来献殷勤了,他出差了?

不是,我们吵架了,懒得理他!

适可而止哦,时间长了当心凉了。

凉就凉,不稀罕。我是不会主动求和的,天塌下来都不行。

那也要看谁对谁错吧,总归是错的一方先认错。

要错也是他错,没错也要假装有错,这是规矩。否则,现在就认错,婚后还能活得出人来?

这意思就是,其实是你错了。

女方犯错,意在试探男方,这叫试错。

两人一起笑起来,海燕没笑,默默地小口吃饭。

林海燕,你跟丁老师要是吵架,可别先主动认错哦,第一次吵架很重要，谁要是先认了错，谁就会一辈子先认错。

你还没结婚呢，你怎么知道？

虽然没结婚，但我跟小泽已经吵过无数次了，只要我坚持三到五天不理他，他必定会来求和。

万一他不来呢？

没有万一，地位就是通过一次次斗争建立起来的。林海燕，记住我说的话，尽管强硬些，不要轻易服软。话说回来，你家丁老师看起来很温柔，你们应该吵不起来。

他只是表面看起来温柔。

其实呢？

她不想在同事面前讲家里的事，不想在她们面前回忆昨天晚上，她们走后，丁老师愤怒地逼到她眼前质问：没有金刚钻，别揽瓷器活，这句话你不知道吗？连放盐都不会的人，也有胆量请客，你到底是无知，还是胆大包天？开始她还感到惭愧，觉得自己太笨，甚至想明天给大柳小柳带点好吃的过去，弥补一下今晚的遗憾，但丁老师一发不可收拾。

你这样做很丢人知不知道？我知道你不算聪明人，但我没想到你竟有这么笨！你跟你哥比，一个地下一个天上，根本不像一个妈生的。我求求你，永远不要做超出你能力的事情，你是不是对自己的能力没有认知？让我来告诉你，你没有社交能力，没有持家能力，你别想呼朋引伴一呼百应，你就只配老老实实独来独往，你听懂我说的话了没有？懂了就点点头，不要用你这双蒙昧的眼睛死死地瞪着我。

那你呢？你的社交能力有多好？你的持家能力有多好？你能力强你为什么不给我帮帮忙？

我承认我能力不强，要是能力强，也不会沦落到这个鬼地方来，但我至少有自知之明，我不去试图讨好别人，更不会因为讨好别人反而把自己落到可笑又可悲的地步，我不完美，但我至少有骨气，不像你，明明一无是处，还想掩盖，还想斗胆一试。

你不许这样跟我说话！

她气极了，朝他踢了一脚，他没躲，也没还手，她怒气难消，连着又踢了三脚，最后一脚，他让了一下，带翻了身后的凉水壶，水壶破了，溅湿了他的裤子，他手臂一抡，一巴掌抽过来，下颌上的一小块乌青就是这么来的。

然后他们就毫无防备地开战了，两人从厨房打到客厅，在地上滚作一团。是他最先放手的，他爬起来，飞快地跑了出去。她开完会回来，他还没有回家，她不想收拾一片狼藉的房间，留着它才是控诉。她简单洗了个澡，就上床睡了。后来她被一些声音惊醒，是他在收拾地上的瓷片。她的气稍稍消了一些。

你睡着了吗？他过来问她。她不理，她看出他有和解的意思，但她没有，不过，有了刚才这句话，明天可以正常上班了，她本来是想，不起床，不出门，不上班，就这么不管不顾地躺下去的。

吃过饭，小柳掏出粉饼。林海燕，你这里有点乌青块，我帮你修饰一下。

她乖乖地把脸伸过去，心里化成了一摊水。小柳多好，明明看出他们打过架的事实，却不说穿，只说你有个乌青块，我帮你修饰一下。看来，她来T镇真是来对了，这里的人，比营业部那边的人有人情味。

我说的不一定对啊林海燕，我觉得你们家丁老师脾气可能有点大，像昨天晚上，如果小泽敢当着我同事的面给我脸色，我肯定跟他闹到天翻地覆。我们女人，天生就比男人娇气，何况未来我们还要比他们吃更多苦，所以不能随便得罪我们。小柳专心拍着粉饼，并不耽误说话。

这话是有道理的。大柳也说。

对付丁老师这种人，冷落他就是最好的办法。你可以在办事处住几天，不回家，吓吓他，反正你有现成的借口，你就说你要在金库值班。让他一个人在家里好好反省，他不敢怎么样的，他住的是你的房子，他生活的环境都是属于你的，他只会一个人在家里走来走去，反思他到底错在哪里，要不要先低头。放心吧，这个办法百试不爽，我妈就是这样制伏我爸的，每次吵架，就丢开一切跑到外婆家，连炉子上的火都不关。不出两天，我爸保证会拎着礼品去外婆家赔不是，我妈很跩的，不理他，还得我外婆出面帮我爸说话，我妈才会半推半就跟他回家。真的，不骗你，所有的家庭都适合这个办法。

她渐渐动心了，虽然丁老师已经用收拾房间结束了他们的热战，而且也流露出想和解的意思，但根本问题还是没有解决，他仍然没有就贬低她的言辞道歉。

她决定一试，金库值班的理由也说得过去。她决定跟小柳换班，她来值小柳的班，让小柳回家休息。

她在电话里冷冰冰地告诉丁老师她需要值班的事情，丁老师满口答应，声音里透着歉意和支持。第二天，她又打电话宣布要值班，丁老师有点犹豫：又值班？

嗯。没多说半个多余的字，她挂了电话，心里有点小小的得意。

第三天，她刚刚说到值班两个字，丁老师就说：你是故意的吧？我知道值班是轮流的，不会连续值班。

因为有人请假。她如此冷静，丁老师也说不出话来了。

连续值了四天班，第五天，小柳一副很有把握的样子告诉她：差不多了，你该回去了。大柳说：正好今天钱有点多,八十多万,该上交支行了。当即打电话申请押款车,完了对她说:去收拾一下,待会儿跟押款车一起回去。

总共有四只箱子,两个保安进来拎走三只,最后一只装有价票证和印章之类,她说她自己带出来,免得保安再跑第二趟。她填好上介八十万的凭条,将其中一联放进钱箱,想了想,干脆将保险柜钥匙也一起锁进钱箱里,大声对大柳小柳说:钥匙我放钱箱里了哈。两个人不知是谁轻轻嗯了一声。这是她们之间的惯例,反正晚上值班的人用不着它,而她明天早上肯定能在上班之前随押款车过来。她跟大柳小柳道再见,小柳向她比了个V,她挥挥手,拎着钱箱上了押款车。

回到家,推门一看,屋里比任何时候都干净明亮,丁老师系着围裙站在厨房门口,晚饭正在灶上冒着热气。

你可算回来了,再不回来我要去抢人了。丁老师给她看他手指上的伤,哪条是切辣椒切的,哪块是在锅边上烫的。我想好了,做饭的事不能全指望你,我也得学个一招半式。幸运的是,我没打破碗。

一个人过得蛮好嘛,我看我以后干脆长住办事处算了。

哎呀,我错了好吗? 都是我的错。

他们躺在床上，和好如初，内心温暖而祥和，情不自禁地谈到他们的亲人，他提到自己身体不好的母亲，她同意过些日子接婆婆过来小住，她愿意长住也可以。作为回报，他也提到岳父岳母，提到她哥。以后我们可以带上你爸妈一起去深圳旅游，顺便拜访你哥。她说那你平时跟哥多联系呀，我觉得你们应该很谈得来。他却说，我没他联系方式。

她很惊讶：你们那天聊了那么久，竟然没留个电话。

怎么说呢，我觉得他没有这个意思。

为什么？你们那天到底聊了些什么？

我们在聊时局，聊其他……很抽象的东西，反正那个情景不适合突然停下来问他要电话号码。

她想她这里有哥的电话，就没再深究，过了一会又问：你们聊到我了吗？

没有。为什么要聊你呢？我和他是因为你才见面的，这还用得着聊吗？

多么奇怪的逻辑啊，我一直以为你们的话题是围着我展开的。

你才奇怪呢，两个男人的谈话为什么要围着你呢？

她陷入沉思，哥的作风她多少是有点了解的，如果他对一个人不感兴趣，那他的谈话就只是泛泛的敷衍，反之，他会非常非常健谈，铺天盖地，滔滔不绝。如此看来，她还是估计错了，哥对丁老师并不真正感兴趣，究其原因，可能还是因为对她这个妹不感兴趣，从小就是如此，至今未曾改变。她只是不明白原因何在，如果他是嫌自己不够优秀，不足以跟他对话，但丁老师跟他一样是北大人，也不能跟他对话吗？

丁老师把她拉了回来，他问她在金库值班是什么感觉，会不会感到很刺激。他踢了踢被子说：一想到旁边那么多钱，换成是我，可能会心跳加速。

你是故意的吧？知识分子哪有这么浅薄的。她欠身指着床边的衣柜说：保险柜并不大，还没这个柜子大。她接着比画：库房也就跟我们这个房间差不多，那里是保险柜，我们就睡在这里，中间只隔着一张桌子那么远，你可以想象它是保险柜，然后你睡在这里，你能有什么感觉。

这是没法想象的，除非让我亲自去试一次。

外人随随便便都能进去，就不叫金库了。

里面大概有多少钱？

有时多有时少，到了一定数额就上介了，保险柜里只留一点零头。

零头是多少？

几万、上十万，不等，你问这么清楚干吗？

好奇嘛，我们应该多多了解彼此的工作，你还问过我班上有多少人，多少男生多少女生呢。

在我们看来，那些都不是钱，是纸。

别自欺欺人了，我去领工资，一沓钞票拿在手里，心跳都跟平时不一样。

那我问你，你会把你班上那些女生看成青春期少女吗？

要不然呢？也看成纸？

两人哧哧地笑起来。

说实话，有些少女真不好看。

总会有几个好看的，看到那些好看的，你会不会想入非非？

也许会吧，但基本的职业道德还是有的。

如果整天处于克制状态，还能好好教书吗？

那你就错了，当你站上讲台，那么多目光一起盯着你，你全身心处于紧张状态，根本不可能走神。

明白了，自习课是有可能想入非非的，对吗？

丁老师沉吟了一会，老老实实地回答：我上的是政治课，还没有上过自习课。对了，你们那个小柳，一看就是个机灵人，大柳就比她老实多了。

喜欢小柳？人家小柳有男朋友，电视台的，戴个棒球帽，整天风风火火。不要在我们的床上谈论人家，这样不好。

第二天一早，海燕像往常一样下楼，准备随押款车一起去办事处。刚在大门口站定，门房师傅出来说：你还在等车？今天不会有车了，所有的车都开到办事处去了，昨天晚上出事了你不知道？

什么事？

出大事了。正在说话，外面有人嚷嚷，门房师傅跑了出去。再一回头，又看到几个同事一脸严肃地往外跑，好像真的有点不对劲。

当务之急是请假。她打电话给办事处，如果没有车的话，她就得去赶中巴车，那就要晚到一会儿。

电话没人接，她想起来了，还早，办事处还没开门。

门房师傅听她抱怨电话没人接，高声道：你还在给办事处打电话？不是跟你说了吗？办事处出事了，公安局的人都赶过去了，整个办事处封起来了。

就像小时候被雷劈了一样，头顶上先是唰的一道白光，然后就是叭的一声巨响，她整个人石化了。

昨天晚上，不，应该是今天凌晨两点多钟，一个血糊糊的人从办事处爬出来报警，据说金库里面还有一个，已经没气了。

她立在那里，看着门房师傅的嘴动个不停，却听不见声音，一股气在她脑壳里乱转，堵住了她的耳朵和嘴巴，她听不见，也说不出。

那股气终于冲出去了，她有了听觉，拉住门房师傅说：你说的是真的？怎么可能？昨天下班还好好的。

门房师傅跌了跌脚：亏你还是办事处的人，昨天有坏人进金库啦！出大事啦！

那，金库里是谁，爬出去的是谁。她已经能猜到是谁了，但她不想承认。

听他们说，好像两个人是一样的名字，分不清到底谁是谁。

一辆车开了过来，是保卫部马经理的车，马经理摇下玻璃，板着脸向她招手：林海燕，过来过来！

她上了车，问到底是怎么回事，马经理神情严肃地看着前方开车，开了好一会才说：我现在什么都不能跟你说，我带你去一个地方，会有人问你一些情况，你照实回答就行。

一个穿公安制服的中年男人坐在她对面，那人很严肃，脸大脖子短，显得很有力量。

他们问她的姓名，岗位，什么时候到办事处的，什么时候入行的，之前有没有其他工作经历，家在哪里，亲戚和朋友的名字，以及联系方式，她最近去过的地方。又让她填了张个人信息表，重点是家庭成员及直系亲属联系方式。

在问询之前，有人进来拿走了表格。中年警官开始问话。

我们看了值班表，昨天晚上本该有你，但你并没有参加值班。

因为我跟小柳换了，我们总共换了四个班，也就是说，我连续替她值了四个班。昨天是换回来之后她值的第一个班。

小柳是谁？

她叫柳雨，下雨的雨，还有一个也叫柳语，是语文的语，我们叫她大柳。

为什么要换？为什么不按照值班表来？

因为我跟我丈夫吵了一架，小柳给我出主意，让我暂时不要回家，冷落他几天。

她给你出这主意时，旁边还有谁？

大柳，我们一起在午餐时讨论的。

你昨天晚上回到家，跟你的丈夫谈到过你们的换班吗？他知道今天金库里是谁值班吗？

他知道我换班了，但他不知道我跟谁在值班。

他有没有你们的金库值班表？

没有，这些东西我们都不会带出金库。

他认识昨天晚上两位值班的人吗？

见过一面，大柳小柳来城里开会，顺便在我们家吃了顿晚饭。

你丈夫有没有去过办事处？

没有。

你刚才说，你跟你丈夫吵架，你们为什么吵架？为什么小柳要给你出主意？

一些小事。她垂下眼皮，觉得不便说出吵架的原因。

为什么要把因小事而起的争执拿去告诉同事？

其实不仅仅是吵架，我们还动手了，我身上有伤，她们俩看见了，给我出主意，建议我不要回家，在金库值班，冷落他几天。

你还没回答因为什么而吵架的问题。

就是些家庭小事。她有点不安，但愿不要让她讲那些难堪的事情。

跟大柳小柳有关吗？

完全不相关，跟昨天晚上的事也没有关系。

有没有关系，该由我们来判断。

这声音让她浑身一紧，她开始仔细讲述关于那顿晚饭的细节。

你跟你丈夫讲过关于办事处金库的情况吗？

她顿时心脏狂跳：我是讲过，但那都是不带目的性的，因为他对金库值班一事感到好奇。

你只要如实说出来就好，不用作任何判断。你怎么跟他讲的？

我只是告诉他金库的基本布局。她被迫重复了一遍昨晚的对话。

然后就没再问了，让她想起什么及时汇报。她壮起胆子问：昨天的歹徒，抓到了吗？

那人就像没听见一样，横过来一张纸，让她在上面签名。

我还想知道，爬出来的是谁，没有爬出来的又是谁。她继续问。

那人看都没看他一眼，走了出去。

此刻她最想去的地方是办事处，她想去看看现场，但她被交代绝对不行，留在单位，不要乱走，因为随时会有人过来问她话。

她来到营业部，站在柜台边喊了声覃师傅，覃师傅面带惊恐地站起来，压低声问她：听说带你去问话了？有什么内部消息吗？旁边立即有人冲过来：大柳真的当场就死了？听说小柳也很危险，能不能活过来还很难说？

他们什么都知道了，她这个漩涡中心的人，却到此刻才听说。

如果我不调班，倒霉的就是我。我对不起她们。

这可不一定，也许不调班，反而不会有这种事，每个人的运气不一样。覃师傅罕见地站在她一边，替她说话。

小柳现在在哪家医院？我怎么样才能去看她？

不可能，现在任何人都不能靠近她，连她的家人都不行。

不能去办事处，也不能去医院，那就只能在营业部周围和宿舍院子里兜来兜去，奇怪这天基本看不到闲人，有人路过，也是行色匆匆，平时门房师傅总爱坐在里面打瞌睡，这天竟一直站着，警觉地盯着每个想要靠近的人。

她去了趟丁老师那里，丁老师看上去惊魂未定，告诉她，刚刚有人来找过他了，问他昨天晚上去过什么地方，有没有证人，还问了他前几天的行踪。他很紧张，也有点兴奋。我们卷进大案里边了对吗？

什么叫卷进？跟你有什么关系？

卷进又不是什么坏事，毕竟也算亲历过了。

她本来是想跟他聊一聊，让自己平静一点的，没想到他比自己还要躁动不安，只好揣着一颗砰砰乱跳的心回来。

她在大门口看到小泽了，仍然戴着他那顶仿佛是长在头上的棒球帽，满脸通红，大汗淋漓，背上的衣服汗湿了一大块。跟他走在一起的有行长、工会主席、办事处主任，还有另外两个不认识的人。他们径直上了办公楼。

办事处临时迁址，人员也有所调整，不知是出于什么考虑，领导让她重新回到营业部来了。

虽然大家都不提那件事，但一种紧张的气氛弥漫在营业部，连进来办业务的顾客都压低了声音，一旦办完，马上走人。营业部大厅内增加了一名保安，他们不再坐着不动，而是全副披挂，荷枪实弹，在大厅来回巡逻。

小泽频繁出现。他自己开车，嘎的一声停在营业部外面，一下车，不等站稳，就飞也似的往大楼跑，身上始终背着那个大大的斜挂包。小泽是真的爱她呀，看样子，他整个人已经急疯了。

小柳转到省医院去了，这里的医院能力有限，据说她的脑袋、后背、肩、腿、手，到处都是伤，她能活下来，只能说她命大。

这样极度压抑地过了一段时间，有天上午，正在上班，她突然觉得不对劲，柜台外面的顾客全都不说话了，一起掉头向外，顺着他们的目光看去，营业部外面出现一支长长的车队，清一色锃亮的黑色汽车，接二连三有人从车里缓缓钻出，一看就是大领导光临，几个行长打扮得齐齐整整，女副行长画着淡妆，一起毕恭毕敬站在大门口迎接。

同事们在议论：是为办事处的事来的吗？为什么不到办事处去？为什么不到小柳的医院去？跑这里来干吗？

很快他们就明白过来了，一盘大棋正在紧张有序地铺开。

首先是业内第一大报《金融时报》整版介绍了"两个女孩"，小柳用的是头缠绷带的照片，大柳用的是工作照上的照片，总行在首都举办了大型表彰会，当天的新闻联播有表彰会的镜头。红头文件很快下发到每个人手中，支行立刻召开职工大会，会上郑重宣读来自总行的嘉奖：柳语同志和柳雨同志为了保护国家财产，与歹徒展开了殊死搏斗，柳语同志光荣牺牲，柳雨同志身受重伤……

保卫部马经理走上台，用沉痛的语调讲述当晚的事情经过，虽然大家通过各种渠道多少了解了一些，但以官方的口吻讲述细节还是第一次。

歹徒高举匕首和斧子，威逼两个手无寸铁的女孩立刻打开保险柜，面对她们义正词严的拒绝，恼羞成怒的歹徒当着柳雨的面，用斧头击杀了柳语，机敏的柳雨强忍着巨大的悲痛，试图把歹徒引向营业部后面的小库房，将他们反锁在里面,再出来报警。无奈身单力薄,未能成功,刚刚喊了两声,就被两个歹徒残忍地扑杀在地。根据断电时间和早饭铺老板发现柳雨的时间推断,柳雨昏过去三十多分钟才醒过来,艰难地爬了两百多米,那不是寻常的两百多米,她所爬过的地方,鲜血染红了路面,她用仅存的力气拼命摇动早饭铺紧闭的卷闸门,再次昏迷过去。公安部门连续奋战四个日夜,终将两个凶残的歹徒抓获,从他们口中得知,两个女孩的顽强抵抗,令他们胆寒,他们从没遇到过如此英勇无畏的女孩……

海燕坐在台下,浑身发抖,她熟悉那里的地形,从营业部后门到早饭铺,并不好走,办事处周边虽然都铺了水泥,但通往早饭铺那边是一段坑洼不平残破不堪的砖铺地,下雨走在上面,泥水会从砖缝里滋出来,溅人一身,如果是天晴,一不小心就会被破砖头绊倒。她听到了啜泣声,浑身一震,是别人发出来的,她没有哭,她只是浑身抖个不停。

旁边一个同事轻轻碰了碰她:低调的人总是运气差些,我了解大柳,她很安静,也很温柔。

听了这话,她的眼泪一下子涌了上来,她想起大柳值班的时候对她讲过的那些纸条,她明明看到了自己信笔瞎写的纸条,却不声张,只在无人处悄悄跟她讨论,表达她的赞赏。她既跟小柳是好朋友,又跟自己正在成为好朋友，谁都知道，小柳跟自己又是截然不同的两种人，但大柳就有这个本事，她能让截然不同的两个人都成为她的好朋友，可惜，人间再也没有安静、温柔又智慧的大柳了。

得知那个令人震惊的消息时，他正在上班，马上找到车间主任请假，不等主任回复，就冲了出去。

以前只在外国电影里见过银行抢劫案，那都是拿着枪和炸药干的，跟我们国情不符，看完了，一笑了之。后来报纸上也出现过类似案例，因为没有现场图片，读起来总是隔了一层，这次就发生在身边，正好就是燕子工作的地方，内心的震撼彻底把他击倒了。她不会有事吧？这丫头怎么这么倒霉，小时候就总是受伤，他还记得上小学时，她从操场边路过，被一个飞来的篮球砸中脑袋，体育老师吓得课都不敢上了。

办事处停止营业了，门口拉起了警戒线，里面门窗紧闭，什么都看不出来，就跟往常下班了一样。

附近的小店处处都是神色紧张的人在窃窃私语，他轻轻走近，指望听一点溢出来的消息。

听了好久，得知的结果只有一死一伤，这他已经知道了，他想知道的是那两个人的姓名，但那些人只反反复复地说：两个女的！

他扭头就往巴士站跑，问问海燕爸就都知道了。巴士走走停停，每次停下，他都急得直冒汗，恨不得冲过去把那些慢吞吞上车的人一把拎上来。

他听到他的心跳越来越快，难道是不好的预兆？他想，如果待会儿下了车，找不到海燕爸，如果他今天不营业，那肯定就是海燕出了问题，如果相反，应该就还好。

谢天谢地，刚一冲出候车厅，他就看见了海燕爸。

哟！小潘！今天不是周末，你也回来了？

他才意识到他没法说实话，幸好，燕子爸并不需要等他回答。

你是从T镇来的吧？你听说了吗？燕子她们办事处出事了，怎么会有这种胆大包天的人？居然想去抢银行！

她还好吧？她没事吧？

还好，她妈一接到她打来的电话，就跑来告诉我了。虽然她没事，但她妈还是在我这哭了好一会，一个同事没了，一个在医院，生死不明，都是她同事，朝夕相处的人，还这么年轻，家里人该有多伤心啊，再说这事离燕子多近啊，本来该她值班的，她临时有事跟同事调班了，所以燕子也很伤心很难过，说就像是自己把厄运转嫁给了同事一样。不过这事恐怕会对燕子有点不利,她这个调班,不是上面安排的,是她们自己私下里调的,不出事上面还不知道,出了事上面就会问,为什么不遵守制度,为什么要擅自调班。她已经接到通知,不要去办事处了,把她调回营业部来了,就是她原来工作的地方。我就在想,会不会是上面对她私自调班有了看法呢?

人没事就好,回到营业部更好,再不用每天早出晚归了,这是好事。

如果是正常的调动当然是好事,但这次情况不同,谁知道人家是怎么想的。

别想太多了,安全、健康最重要。

海燕爸照例要给他捞一碗吃的,他推脱了,心里咚咚乱跳,根本没有食欲,海燕爸也说:我跟她妈也是吃不下饭,心里有事横着,觉也睡不好,这事太骇人了,那两个坏人,肯定就是附近的人,要不就是早就过来踩好点了,这案子应该很好破。

还是有些抢劫案一直都没有破。对了,把燕子叫出来吧,让她给我们讲讲到底是怎么回事。

千万不要!这个时候去找她的人,都会让人产生想法。正式破案前,他们单位每个职工或多或少都有嫌疑。

聊完了,两人空落落地站着发呆。有人来点吃的,海燕爸低头去忙,他看着那些熟悉的动作,心却飞到了很远的地方。如果当事人是燕子，她那个北大毕业的丈夫会怎么办？大概只会找警察、找银行领导，提条件，提要求，他们通常都是这么干的，因为他们格外珍惜自己，换作自己，他情愿抛开一切，只身去追凶。

海燕爸接待完顾客，过来说：要是能打个电话就好了，燕子不让我打，也不跟我们多说什么，还叫我们也不要对外乱说。

既然燕子没事，暂时也得不到任何新消息，他决定回去继续上班。往车站走的时候，燕子爸叫住了他：你怎么回事？回家不是应该往这边走吗？他指了指车站大门外。

哦……我想起一件事来，得马上回去一趟。

小柳从省里的医院转到北京，总行为英勇的职工派出了医疗专班，还有重磅采访，全国的报纸都在讲述她们的故事，到处可见这样的标语：柳雨和柳语，姐妹花，屠刀下灿烂绽放，巾帼英雄小姐妹。

照片上的小柳全身缠满绷带，肩部、双腿、胳膊，一侧腋下还支着一根拐杖，但精神尚好，面部略显浮肿，可能是治疗所致。

两个多月过去了，小柳要回来了，要面向全行作报告，讲述她们俩的英雄事迹。

小柳比预定时间推迟了近二十分钟出现，她穿着宽松的红色上衣，白色半裙，头上缠着白色绷带，看上去像戴了一顶白头盔。从没有绑严实的地方来看，小柳的头发都剃光了，绷带绕过下巴，绕过脸颊，只剩五官尚可自由活动。看到大家，她居然笑了，那笑容让人想要落泪。当她走动、坐下，腿上的白色绷带会露出一截，这正是她选择穿裙子的原因。

她上台第一句话就是：大家好！好久不见，给大家添麻烦了。

台下掌声雷动。

事情过去了这么久，今天，我终于可以向大家讲一讲那天晚上发生的事了。

五月十三日晚上，我和大柳值班。六点三十分，我和大柳进入库房，因为不久就要参加上级行的业务技能比赛，我们把练功券也带了进去，练了大约四十多分钟，我们就打开了电视，边看边聊，差不多十一点半的样子，我们就睡觉了。后来，我被一种奇怪的声音惊醒，我叫大柳，大柳刚好也醒了。开关在大柳的床边，我说你开灯看看。她开了，但灯没亮，她又试了几下，还是不亮，我们觉得可能是线路出了问题。就在这时，那个奇怪的声音又响起来了，我们赶紧摸黑穿好衣服，拿出备用的电筒，准备打电话，但话筒没有声音，联想到刚才无效的电灯开关，我预感到情况不妙。就在这时，我手里的电筒被打掉在地，两条黑乎乎的人影突然出现在我们面前，从他们说话的声音可以判断，他们戴着面具，我问他们：你们是什么人？是怎么进来的？赶紧出去！大柳也吓唬他们：到处都有我们的人，你们现在出去还不晚。

少废话，保险柜钥匙交出来，保你们平安无事。

另一个歹徒说话稍微柔和些：别紧张，我们只是来借点钱，不拿到钱我们是不会走的。

我和大柳靠在一起，我们俩的身体都在发抖。我觉得跟他们硬来我们肯定不会赢，借着掉到地上的手电筒的光，我看到他们手里有斧子，还有刀，而我们什么也没有，只能尽量拖延。我跟他们说，我们这里其实没有钱，钱都上交到支行去了。他们不相信，步步逼近，晃着手里的刀。别废话，保险柜打开！

真的打不开，我们只是值班的人。

不配合是吧？把她们俩看好！说话的歹徒拿起手电筒，翻箱倒柜找钥匙，所有的柜门都拉开了，床、枕头、衣服口袋全都找了个遍。另一个拿刀比着我们的脸，将我们逼到墙角。

外面突然响起汽车声，大柳说：我们的人来了，你们还是快跑吧。

汽车呼啸而过。

还想吓唬我们！不给她们点厉害尝尝恐怕是不行的。

歹徒冲我和大柳晃了晃手里的斧子：给你们五秒，再不把钥匙交出来就别怪我不客气了，你们还年轻，又不是你们自己的钱，何必呢？我数到五，一、二……

大柳突然发疯一样一头撞向歹徒，向金库门跑去。歹徒晃了一下，还没站稳，就举起手里的斧子向大柳砍去。大柳尖叫起来，歹徒又是一击。我喊：大柳！大柳！大柳没有声音，我的好朋友大柳，从此以后再也没有发出任何声音。与此同时，翻找钥匙的歹徒冲过来掐住我的脖子，用刀比着我的脸，威胁我不许发出声音。

看到了吧？快把保险柜的门打开，否则你就跟她一个下场。歹徒从大柳身边回来，喘着粗气对我吼叫。

我想，现在只剩我一个人了，用武力的话，更难对付他们，不如想想别的办法。就抬手指了指营业部方向。钥匙可能锁在那边房间里。

两个歹徒押着我，往我指的方向走。

营业部后面有个小库房，平时用来装各类空白凭证，如果能把他们骗进去，锁在里面，我再出去报警，就能抓住他们，也算给大柳报了仇。我带着他们进去，指了指一个带抽屉的桌子，抽屉上挂着一把小锁，我告诉他们，保险柜钥匙应该在那个抽屉里，但我没有抽屉的钥匙。歹徒一听，举起斧子就开始砸锁。

押着我的歹徒说：轻点！直接撬开。

趁他说话的时候有所放松，我猛地转身，关上库房门，可惜来不及反锁，门就被他们拉开了，我只能拼命往外跑，边跑边喊：救命啊！抢银行啦！我使出了最大的力气跑，我喊出了最大的声音，但是，后半夜的T镇实在太空旷了，一个人也没有，我的呼救声只有我自己听得见。歹徒很快就追了上来，也不知他们拿什么东西狠狠打了我一下，我就倒在了地上，后来，我就什么都不知道了。

当我醒过来的时候，四周一片寂静，我感到头剧痛，全身都痛，我想站起来，但双腿无力，根本站不起来，那就爬吧，总能爬出去的，只有爬出去，才能报警。我用两条胳膊往外爬，我知道办事处旁边是一家早点铺，我们经常在那里吃早点。我忍着剧痛，一点一点地往前爬，爬了很久很久，总算来到早点铺门口，我使出最大的力气，拼命摇动锁着的卷闸门，摇啊摇，直到再也摇不动为止。

再次醒来的时候，我已经在医院里了。我很感谢早点铺的大叔救了我，还帮我报了警，但我立刻想起来，大柳还在金库里，就问，你们把大柳救出来没有？她受伤了。他们全都不说话，我就知道，我的好朋友大柳，已经离开了她深爱的世界，她还这么年轻，还没来得及遇上她憧憬的爱情。

讲到这里，台下已是一片啜泣声。

行长上台了，他的声音有点哑。首先是我对不起大家，对不起大柳，对不起小柳，我没有保护好你们，我向你们，向你们的家人深深地道歉。

两个歹徒很快就抓到了，也宣判了，死刑，立即执行。同事们都在议论：两个蠢货，以为什么人都可以抢银行呢！

与此同时，小柳的巡回演讲开始了。从县城（全地区九个县）讲到市里（全省十一个市），再从市里讲到省里，讲到中央。作为小柳的男朋友，小泽从第一次演讲开始，始终陪伴着小柳，无微不至地照顾着小柳。他们说，小柳的演讲稿是小泽写的，在支行是第一稿，也是第一次演讲，最平实，最朴素，后面一直有改写，越往上级越生动，越感人，据说台下百分之八十的听众都哭了，尤其当她哽咽着呼唤大柳的名字时，台下无一不热泪盈眶。

演讲途中，各种奖励纷至沓来：团中央授予的五四青年奖章，全国妇联授予的三八红旗手建功标兵，还有突出贡献者、最美中国女性等等，她头缠绷带穿着红色上衣的照片印刷在各种宣传品、中小学的走廊和教室墙上，古诗词爱好者和诗歌协会的人纷纷为她写诗：任屠刀高举，拒交钥。

她感到疑惑，她知道为了遵守韵律，写诗的人有时不得不省掉一些字，但这个钥字，在说文解字里，似乎还有另一个意思，那就是锁，这么一来，钥这个字，岂不是会带来歧义吗？

拒交钥，拒交钥，拒交钥……默念了好多遍以后，她突然想起一件事来，那天保险柜的钥匙，真的不在办事处，她记得清清楚楚，她随押款车回城，前三个箱子装满了上介的八十万，是保安拎上车的，第四个箱子装着有价票证，以及印章和钥匙之类，是她自己拎上押款车的。她记得她走的时候，还跟她们说过一声：钥匙我就放钱箱里了。

也就是说，就算她们害怕极了，想要屈服于歹徒的淫威，也无钥匙可交，因为钥匙真的不在办事处，更不在她们手上，她们是真的无钥匙可交。

拒交钥匙，和无钥匙可交，这可是两码事啊。可惜没有监控，无法知道当天晚上值班室里的情景。

不管怎样，尘埃已经落定，拒交钥匙，和无钥匙可交，结局都是一样的。

一旦这个念头蹦出来，就再也没法把它摁回去。她回去跟丁老师讨论，丁老师说：事已至此，弄清这个还有什么意义？不管怎么说，人家那么年轻，一个牺牲了，一个身负重伤。

但是……我问你，一个地下工作者被敌人抓到了，各种严刑拷打，那个人都没有泄密，最后被杀害了，被追认为烈士，但如果这个人因为种种原因，真的没有触碰到敌人想要的机密，那他还算保守了秘密吗？还能追认为烈士吗？她问丁老师。

这两件事没有可比性，对了，这些话，你在家里随便说说可以，到了外面可别乱说。

没多久，又一个好消息传来，一家整形机构决定为小柳做免费康复治疗。海燕对面的小姑娘发出一声羡慕的惊呼：啊！我知道那家医院，水平相当高，我一个亲戚三度烧伤，就是在那里治好的，不细看完全看不出来，小柳运气太好了，说不定她还可以趁机做点别的项目，他们那里的微整形技术也很好。我觉得小柳这次回来，肯定会变成个大美女。

覃师傅嗤了一声：变成美女也不是给你看的。

什么意思？我有眼睛就能看！

你确定她还会回到T镇办事处？你确定她还会回到

我们这个支行？她现在的身价早已不同往日。

报纸上果然登出了小柳在那家医院的照片，小柳头缠绷带，站在中年医生旁边，医生的头微微倾向小柳，笑容可掬。

一晃一个季节过去了，办事处给海燕打来电话，说小柳打算把更衣室里保存的小东西分送给同事们，那个黑色的单肩小挎包，指名要送给林海燕，今天会随押款车一起带过来，让她去找保安领取。她谢了同事，随口说：这意味着小柳不会再回办事处了，对吗？

她要去外面读书了，听说是系统内一个什么金融高级研修班。

放下电话，她立刻向周围的同事们转述了刚才的好消息。

怎么样？我没说错吧，这还只是开始呢，你们等着看好了。覃师傅使劲垛着钱捆：这样的事情我见多了，那些全国性的奖项，别看它没多少奖金，它所带来的好处比奖金多得多。从现在起，小柳就不再是我们的小柳了，那么年轻，长得又漂亮，她的未来无可限量。

难道还能当个女行长不成？

那要看她自己会不会把握，反正从现在开始，机会会排着队朝她走来。

只有大柳最可惜。

人各有命，大柳没她命好。

命最差的在这里。覃师傅突然朝她伸出一根手指：本来那天归她值班，她要回家，跟小柳调班了，否则所有这些都是林海燕的，根本没小柳什么事。

林海燕，好可惜啊，千载难逢的好机会跟你擦肩而过了。

不能这么说，也许轮到林海燕，她没人家大柳小柳耐得住疼，才砍了一刀就把钥匙交出去了，那样的话，不仅没有演讲，没有表彰，没有高级研修班，说不定还要受处分。不是每个人都能把握住机会的。

是的，不是每一个人都能接得住这种大福报的，得有一些特殊的禀赋，你们不觉得小柳这个人特别有城府特别机敏吗？看她那双眼睛，多么灵活，一直在滴溜溜地转。林海燕，你也不要伤心，普普通通的日子没什么不好，至少平平安安。

是的，每个人的福报不一样，也许轮到林海燕，她跟大柳一样，挨一斧头就完犀了。

你一句我一句的议论中，她早就按捺不住想要发言了，听到点她的名，立刻嘴唇发抖，冲出一句：你们以为事实真的跟她的演讲稿一样吗？

所有人的目光唰的一下同时转向她，就像一支支箭，嗖嗖地射到她身上，让她踉跄不止。她一激动，索性大声起来:并不是像她演讲稿里说的,拒绝交出钥匙,而是,她根本没有钥匙可交,那天保险柜的钥匙,根本就不在办事处的金库里,因为那天正好要上介八十万,我把钥匙和印章一起放进了钱箱里,然后又随押款车进了支行的金库。

大厅霎时安静下来。

闹了半天,原来根本没有钥匙。

那就不一样了。

把一个被动的故事说成主动的故事,就成了英雄的故事。

话题像一阵风,刚刚还在她这里,转眼间就到别处去了,而且她再也抢不回来了。突然有人高声说:会不会是策划好的?

静了一霎,有人小声试探:你是说苦肉计? 那大柳可就太冤了。

话说大柳家的赔偿不少啊。

策划应该不可能,谁会那么傻,心甘情愿去当那两个蒙面人呢?

不知何时,主任已经站在了门口。我说,你们适可而止吧,人命关天,没有依据的话少说为妙。

主任扫视全场的时候,目光和她重重地碰了一下。她心里一跳,心想,我说了什么? 我只说了钥匙,我说的是实话。

没想到这个"被动的英雄"故事一夜之间传遍全城,过了几天,呼应这一说法的漫画都出来了:两个女孩在蒙面人的刀斧下声泪俱下地哀求:我们没钥匙,我们真的没有钥匙。到了第二天,却慷慨激昂地对外发表演讲:坚决不能把钥匙交出去!一定不能让歹徒得逞!誓死保护国家财产!

行长来到营业部现场办公。

听说你们对办事处的案件有不同看法?林海燕,你的意思是,如果她们有钥匙,肯定二话不说,给歹徒打开保险柜,把钱双手奉上,对吗?保护国家财产不受侵犯,保护储户利益不受侵犯,这些是岗前培训内容的第一条吧?你没学过吗?如果你学过,为什么还要这样揣度你的同事?现在,大柳小柳的名声,就是我们这个集体的名声,伤害集体的名声,就是伤害我们每一个人,大柳小柳是为我们这个集体做出巨大牺牲的同事,伤害这样的同事,于心何忍?

她没想到行长会这样指名道姓地批评她,本能地站起来,惊慌失措地说:我没有,我不是那个意思。

很多人都可以作证,你说她们不是拒绝交出钥匙,而是根本无钥匙可交。

她看向在场的每一个人,每一个人都垂下眼皮,避免碰上她的视线。

你们还有几个人也说过很不地道的话,今天给你们留点面子,不一一点名了。为什么不换位思考一下?如果是你,你会做出什么反应?你有没有大柳的义正辞严,有没有小柳的机智果断,没有身临其境,就不要过高地估计自己,都是肉身凡胎,你未必有过人之处。我看你们平时被水果刀划一下,还忙不迭地找创可贴,想象一下黑暗中两个弱女子的殊死搏斗吧,想象一下如果她们是你的女儿,是你的姐妹,出了这种事,你会是什么心情。

营业部主任第一个站出来表态:怪我没有第一时间阻止他们,但我后来一提醒,他们马上就没有再提了。

覃师傅也说:我一直跟他们说,小柳真的是胆大心细,机智勇敢,如果她不想那个主意把歹徒往外面引,很可能根本就不会有出来报警的机会,要到第二天上班才会发现,那样的话,歹徒就更不容易抓住了。

她震惊地看着覃师傅,这些话,当时覃师傅根本没说过。

大家接着纷纷表态:

小柳的确聪明果断,胆识过人。

建议以后每年清明节，我们都去给大柳扫墓。

春节的时候，派代表去她家看看，安慰一下两个老人，大柳可是独生女。

所有当时参与过议论的人，这时都抢着发了言，唯有她什么也没说，她不知道该说什么，她唯一想要做的是替自己辩护，关于那天的钥匙，她说的是真话，她没有撒一个字的谎，更没有质疑大柳小柳的意思，但此时此刻，再怎么辩护都没有意义了。

下班回家，意外地看到丁老师早已到家，正端着一杯水在打量自己的书柜。

她有心事，懒得跟他说话。换下制服，系上围裙，准备做晚饭。

丁老师走进来：我没课上了。

她看了他一眼，没往心里去，她还在想着行长训话的场面。人人都表态了，就她没有，接下来会怎样。可是表态这种事，出尔反尔，真的有点困难，他们做起来怎么那么顺利，一点都不难为情。

高考不考政治了，我的课撤下来了，他们让我暂时去做教务。

啊？她转过身，强令自己调转频道：那会怎样？

收入会减少，因为没有课时费了。

怎么会这样？高考政策也能说变就变？

丁老师扭头向外看去，他不想跟她讨论这个问题，因为这事，他在学校已经跟他们吵过架了，他不想回家继续吵。

饭桌上气氛有点沉闷，两人都没心思吃饭，她更是将自己刚刚遭遇的危机抛在了一边。

要不你转专业吧。她说：政治学转法律是不是很容易？我哥就是学法律的。

什么意思？

我觉得当律师很好，看我哥，西装革履，侃侃而谈，多好！

他拿起筷子，扒拉掉腌黄瓜上的大蒜粒：跟你说了多少次，我不喜欢吃大蒜。

大蒜消毒，是凉拌菜的必需品。

没有什么是必需品。他把筷子往桌上一拍：政治都能拿掉，大蒜算个屁！

她低头吃饭，眼角余光罩着他，他在窗前叉腰站立，风吹进来，白色衬衣在他背后时而鼓成一面帆，时而愤怒地啪啪作响。对他来说，衬衣总是过于宽大。她对他说，不要太着急，她晚上来给哥打电话，说说这事。他一听，猛地转过身来，两眼冒火地瞪着她：你要是在电话里提到我半个字，我们俩就算完蛋。

怎么就不能提？一家人，互相帮助嘛。

我不需要任何人帮我。

那要怎么办？还这么年轻，真的就去做教务？

那也不要被你哥看笑话。

你说这种话真的太奇怪了，我们现在是一家人呢，自己家里人怎么会笑话你？帮你还来不及呢。

总之，你不要跟他说，我自己会想办法，我可不像你们单位那些人，脑袋都被掏空了，叫你去哪里就去哪里，让你说什么就说什么。就算他们取消了政治课，我也能主宰自己的人生。

说到她的单位，她马上想到自己的心事，怎么会这么巧，两个人同时遇上事儿了。

她藏不住事，就把今天营业部里行长的训话说了出来，当然也说了同事们的讨论。

他立刻跳了起来：你活该！你这人根本没脑子！我是不是叮嘱过你？是不是叫你不要到外面乱说？别说你们行长，就是我，听了也不舒服。你的小心思很明显，你就是看人家小柳得到那么多，嫉妒人家。你为什么不看看人家付出了多少？

我哪里嫉妒她了？你又不是我，你怎么知道我在嫉妒她？

难道你还以为人家都听不出来？把别人当笨蛋，自己就是最大的笨蛋。

又不是我一个人在说，大家都在讨论这事。

你跟他们一样吗？你是办事处参与值班的人，你说的每一句话，都比别人的分量重，结果你一顿瞎说，等于从根本上否定了她，否定了案件的性质，你跟你们的领导唱起了对台戏，你说人家能不恼火吗？

我根本不是那个意思，我只是说出了实情，说实话有错吗？就算有错，我又不是在外面说的，我只是在营业部里说一说，况且当时大家都在说，要怪就怪有人向行长告密，这种人太卑鄙了。

自己行得正，就不怕别人告密。真是不可理喻，我懒得管你了，你自己好好善后吧，我这还有一堆棘手的事呢。

他出去了，门带得很重。

她闷闷地坐了一会，心一横，安慰自己：又能怎么样？行长已经点名批评过了，她已经得到惩罚了，总不至于为这事去告她吧？不管怎么说，事情已经了了。她把自己安慰好，又想起丁老师，他才是遇上了大麻烦呢，难道真的去做教务？她印象中，那些什么课都不能上，只会搞行政的人，年龄偏大的人，才会派去搞教务。收入减少还在其次，主要他还年轻，不能这么早就被边缘化了。

丁老师很晚才回来，貌似喝了酒，脸红红的，夸张地甩着手臂，一脸很自我的神情。她问他要不要现在就给哥打电话。

不要总在我面前你哥你哥的，对你来说，他不是人，而是神，对吗？但你知道他怎么看你的？我们第一次见面那天，他对我说，你头脑有点简单，让我多帮帮你。当时我就想，妈的我又不是志愿者。

他踢掉鞋子，光脚重重地砸到沙发扶手上，热烘烘的臭味弥漫开来。所以我告诉你，不要给他打电话，不要把我的事说给他，什么都不要跟他说。他瞧不起我老婆，就是瞧不起我，那我为什么还要理他？告诉你，最厉害的歧视往往就在家里，外人倒不敢明目张胆地歧视。

她本来就要生气了，听着听着，莫名其妙气又消了。她告诉他，哥那不是瞧不起我，那是谦虚，我们那一带的人，永远不会说我家谁谁谁很厉害，永远只会谦虚谦虚，无尽的谦虚。

那不是谦虚，就是贬低，你以为我连这个也听不出来？说一个人头脑简单，等于说这人有点傻，等于说你是傻子，你在你哥眼里就是个傻子，现在听懂了吗？

她知道他是在说酒话，而且她根本不介意哥那样说她，她反倒觉得，哥那样说她，是在保护她，否则应该怎么说呢？我妹很聪明，很有内涵？你小子别不把我妹当回事？不会的，哥永远不会那样对他的妹夫说话，爸妈也不会那样对他们的女婿说话。他们只会一边捧着她，一边谦虚，他们越谦虚，越说明她在他们心目中的地位很高。

天亮前，丁老师在沙发上醒来，脸上红晕消退，代之以苍白浮肿，目光发直，神情萎靡。

睁着眼睛躺了一会，他去洗澡，她被惊醒了，睡眼惺忪地看着他。

我做了个梦，梦见你在你们学校开了法律选修课。她为自己能在梦里为他想到这个办法感到高兴。

我才不要，我就教我的政治怎么啦？这里不需要，总有需要的地方。

你的意思是你要跳槽，要搬家？那我怎么办？

只是个想法而已。

大 人 物

小柳回来了,她看上去气色极好,浑身上下有一种昂扬向上的光芒。她换了个新发型,原来的短发变成了齐锁骨的中长发,他们说,那是为了遮住伤疤,她穿长袖连衣裙,中筒皮靴,大热天的,没有一寸皮肤暴露在外,他们说,没有两三年,那些伤疤不会彻底消失。

小泽伴其左右,他也变样了,不像刚出事那阵,始终处于奔跑状态,他停好车,不慌不忙走过来,对她说:林海燕,小柳今天专门来见你的,你们那个专柜,就剩下你们两个了。

小柳趁势过来跟她抱了一下。她闻到小柳身上的香味变了,似乎比以前的淡,但是,是很难消失的淡,她们只轻轻碰了一下,那香味就跑了一些到她身上来了。

小柳是来办手续的,工作关系和团组织关系都要转走,一会儿还要去派出所办户口迁出。

迁到哪里?她大概知道是省城,但还是客气地问了一声。上次T镇办事处有人打电话来,告诉过她,小柳要去系统内的金融研修班学习。她们一般所说的系统内,往往是指省内，而且那个研修班在某个偏远的乡村，学员通常都要置备大量防蚊用品。

哪知小柳说出的是北京两个字。

为什么是北京？不是系统内的金融研修班吗？

是啊，总行办的高级研修班。小柳笑盈盈地看着她。

大概有四五秒钟，她没法吸气，整个世界都停止了，耳朵里嗡嗡作响。

真好！她听到自己的声音仿佛从很远的地方传来，那根本不像自己的声音。

但愿我能跟得上，我觉得压力好大，你知道我的基础，真怕到了那里连课都听不懂。

不会的。她讷讷地应和道。

小柳和小泽并肩朝楼上走，小柳要去那里转走自己的组织关系。望着他们轻轻晃动的肩，她脑子里响起一缕隐隐约约的画外音：去北京，去总行。

她回到座位，呼吸急促，无法静下心来。学习期间，小柳会遇上全国各地的同学，遇上各种好老师，听好多在这里没法听到的讲座，活泼泼的小柳，要是在肚子里装满一肚子学问，会是什么样子呢？

同事们也在大加议论，连覃师傅都在说：你们今天要是不抓住机会跟她拍张照，以后怕是再也见不到她了。这种顶级的培训机会，对我们的行长来说都是奢望。我敢打赌，研修班毕业后，她绝对不会回来了，说不定会留在总行，留在北京，弄出这么大影响的人，怎么会轻易放她下来，埋没在我们这种小人物中间呢？

丁老师出现在柜台窗口外，手里拿着一只塑料袋，里面是他刚买的两条黄瓜，三根茄子，他临时有事，来不及送回家里，先放在她这里，中午下班她再带回家。这不是他第一次偷懒了，他并非有事，只是不想爬楼，他曾经说过，总有一天，他会因为这个楼梯变得不想回家。

自己送回去。她冲他低声吼道。一边是高级研修班，一边却是装在塑料袋里的黄瓜和茄子，还有即将失业的丈夫……突然间，她的心情变得很差很差。

丁老师也变了脸：一直都是这么干的，为什么今天就不行？

就是不行，以后都不行，永远不要把这些东西送到我上班的地方来。

丁老师把塑料袋往柜台上一丢，瞪起了眼睛。旁边的同事一探身，从柜台上取下蔬菜，帮他们解了围，顺便问：丁老师你今天不上课吗？

哎！我马上就过去的。有了这个台阶，丁老师飞快地离开了营业部。

她又静不下来了。没有顾客的间隙，为了避免跟人视线接触，她在空白凭条上胡乱地写着，一个劲地写着，她写了好多个北京，又写了好多个政治、律师，然后又把这些字划掉，划得面目全非，划成几个黑坨坨。

小柳和小泽来到营业部，小柳来注销她的一张银行卡，还要办一笔信用卡还款。营业部大堂经理把他们俩请到旁边的贵宾室。不一会，正像覃师傅说的那样，营业部的人轮流去往贵宾室，跟小柳合影，正好她随身带着最佳摄影师小泽。

轮到她了，她进去的时候，小柳和小泽正在跟另一个同事说着告别的话。她听到小泽说：我听说锅盔可以邮寄，到时候请你帮我们寄几块锅盔到北京，可以吗？她最爱吃锅盔了，北京肯定没有这东西卖。

小泽也要去北京吗？ 她急忙问小柳。

小泽转过身来：是的，有人要制作一个纪录片，关于那起案件，还有所有跟案件相关的人和事，说不定到时候还要请你出镜呢，现阶段我主要是去拍她的求学生活，以及案件带给她的心理上的后遗症，还是蛮有挑战性的。

这是她无论如何也没想到的，她一个劲地点头，什么也说不出来。

要不，你现在就给海燕拍一段呗，以后碰面机会就少了。

也是。小泽打开一个小小的套在手掌上的摄像机。

不要不要,你这么一来我连话都不会说了。

没事的,你就当他不存在。小柳拉了她一把,让摄像机对着她的后背。我知道你喜欢看书,我以后可以给你寄书回来,你想要哪方面的书?

都可以,我什么书都可以看,只要有字,我就可以看下去。

想起来了,我在T镇的寝室里还有一只纸箱,那里面还有一些书,有几本是小泽以前放在那里的,你哪天方便,可以去把它拿回来。唉!怎么办?我到现在还是很怕安静、怕光线不好的地方,只要遇到这种情景,就会想起那天晚上,就会紧张,烦躁。唯一的办法就是不停地说话、做事。

对了,我正好想问你呢,其实你知道钥匙不在金库里对吗?那天不是要介款嘛,我记得我还跟你们说过,我把钥匙跟印章一起放进款箱里,拿到车上去了。

是啊,怎么啦?

没事,就是觉得这个细节跟外面传说中的不一样,外面都说是你们拒绝交出钥匙,但其实是钥匙真的不在你们那儿。

不对,那两个人以为我们有钥匙啊。

那你应该说"钥匙不在我们这儿",而不应该说"不给,就是不给"。

小柳望向小泽,小泽关掉摄像机,走了过来。

林海燕,是这样的,她那天受到太大刺激,有些细节记得不太清楚,她的演讲稿其实是我帮她写的,你知道我对银行是个外行,有些地方可能不大经得起推敲,不过还好,最后都是由各级领导层层把关、再三审稿,才确定下来的,领导不审核,我们也不敢乱讲。不过林海燕,你的心真的蛮细的,所有人都没发现问题,就你发现了,这说明你听得很认真,我们很感谢。走吧小柳,下一站的任务还等着你呢。

两人说走就走,小泽一只手牢牢地贴在小柳后背上。

蓝　图

丁老师兴冲冲地回到家，带回一个好消息，他今天跟自己的大学老师联系上了，聊了下他的专业遇冷，以及家里想要他改行的事。

你听听我老师怎么说的：政治学本来就不是热门学科，但也绝对不可能冷到冻死，我好几个学生都遇到过这种情况，总是拿掉一段时间以后，又恢复过来，没办法，那些人个个都是近视眼，从来不会长远地看问题。他们不让你教，你正好趁这个机会写几篇高质量的论文，说不定你论文还没写完，这门课又恢复了。你不安个什么呢？你是做学问，又不是做生意，做学问的人，就是要有坐冷板凳的思想准备，好好看书，好好思考，写几篇文章，拿来给我看看。这是我老师的原话。

老师的话就像定海神针，丁老师心情大为改观，海燕也不再提转行学法律的事。家里的餐桌上多了一条桌布，是她专门给丁老师收拾出来做学问用的，丁老师喜欢在餐桌上看书，没有桌布的话，再怎么擦，也不如书桌干净。

转眼半年过去了，丁老师论文写得差不多了，他想去趟北京，当面向老师请教。海燕第一次起了旅游的念头，她还没去过北京呢，丁老师心一软，就决定带她去了。

其实她另有目的，她要趁这个机会去看看小柳，看看她学习的地方，最好还要看看她的教材，她的笔记，看看她学得怎么样。

那个金融高级研修班果然就在总行旁边，她之前在一本金融杂志上看到过。一幢看似普通却很有分量的大楼里，除了这个研修班，还有其他一些杂志、报纸和研究机构，进进出出的学生们看起来参差不齐，有的像个读书人，有的看上去身份不明，还有的看上去像企业家。

小柳不在学校里，她的同学们很热心地替她联系上小柳。你的同事大老远过来看你来了！正要细问地址，小柳赶紧让她别动，她马上赶过来。

半个多小时后，小柳过来了，居然是自己开车过来的，说是两个月前刚刚拿到驾照。她问小柳，又不是周末，为什么不在学校上课。小柳大声说：又不是中学，谁会一天到晚在学校啊，再说有很多作业是需要实地调查的，我经常在下面的网点上班，提取数据。

上了小柳的车，她问：小泽呢？

他忙得很！成天在外面跑来跑去，我也不知道他具体在干什么，反正都是跟他那帮拍片子的同行在一起。他来北京第一件事，就是联系他的同行。你知道的，男人嘛，他们需要呼朋引伴。

小柳车上有个帆布包，一摸，里面好像是书，她打开一点，看到一本《金融英语》，翻了翻，曾经的英语基础被唤醒了一些，如果有本词典的话，她是能看下来的，再说，家里还有丁老师呢，丁老师英语很厉害的，看过很多原版书。

见她对这本书有兴趣，小柳大方地说：你想看就拿去看吧，我去找同学再要一本，我们有几个年纪比较大的同学，连二十六个字母都认不出来，他们根本就不会打开这本书。

她谢过小柳，飞快地装进自己包里。

小柳说要带她去吃烤鸭。所有外地来北京的人都要吃这个。

因为收获了一本书，她心情大好，一口气吃了好多烤鸭，号称特别能吃的小柳倒吃得不多。

我刚来北京的时候，跟同学们一起去吃烤羊肉串，妈呀北京的羊肉串实在太好吃了，你猜我那一顿吃了多少根？十八根！把他们吓坏了，以为我会吃出毛病来，又担心我会上火，结果什么毛病也没有，不过，从那以后，我爱吃的毛病就神奇地消失了，也没以前那么能吃了，后来又去吃过一次羊肉串，我顶多也就两三串。

小柳，你现在的状态，是我最羡慕的，说句实话你不要笑我，我真希望那天晚上我也在值班室，我也不怕疼，我也会拼死搏斗，然后我就能像你一样，来这里上学了，不过演讲就算了，那个我做不来，我最喜欢的事情，就是上学。

林海燕，你怎么还在提那件事呢？其实你看到的都是表面现象，有些代价是你根本想象不到的，比方说，我现在到了晚上，根本不敢一个人在家，也不敢关灯，只能开灯睡觉，也不敢看黑黑的人影，不敢看戴面罩的人，有一天我和小泽去看电影，里面突然出现一个蒙面人，我失声尖叫，差点被人从电影院赶出来。你只知道我中了大奖，得了荣誉，你怎么就不想想我付出了什么样的代价。听说你还替大柳抱屈，觉得她才是最倒霉的人，但你知道吗？他们进去之后没多久，大柳被那个家伙一斧子砍昏了，后来补的几刀，她都没什么感觉，而我，我不仅要眼睁睁看着他们杀死她，还要一个人对付两个蒙面大汉，要跟他们斗智斗勇，分分秒秒都会被他们杀死，我所承受到的身体上的、心灵上的折磨，你能想象吗？我希望你不要再说这种话了，我不求你同情我，但你至少要有点公正心，不要总是怀疑我，我虽然得到了一些身外之物，但它们都不是我的主观意愿，我不是为了这些东西才去跟他们拼命的，我根本不知道会有这些东西。我也心疼大柳，好多次从梦里哭醒过来，但有什么办法呢？人死不能复生，不能因为大柳不在了，我也就不活了。

没有没有，我不是这个意思，真的不是这个意思。她低下头去，感到无脸对视小柳的眼睛。

我也不怪你，我知道你是个耿直人、老实人。你刚到办事处的时候，很多人对我们说，你跟别人都不一样，你孤僻，不好说话，还出过业务差错，叫我们当心点，你想想我和大柳是怎么对你的？我们根本没听他们的警告，毫无成见地接纳你，因为我们知道，别人怎么说你，那只能代表别人的态度，别人的心胸，我们不能像个没头脑没主见的人一样，全盘接受他们的观点、他们的看法。

她的头垂得更低了，感觉下一秒就要哭出来了。

好了好了，你也不要这个样子，我是个心直口快的人，这些话，我说过了，也就忘记了，如果你还当我们是好朋友，以后方便的时候，去大柳的坟上看看，代我给她献束花，她喜欢鲜花。大柳是我这一生中，真正跟我同生共死的好朋友，只是我比她命贱、命硬，还能从死里爬出来。

小柳的一番话，像突然而至的大洪水，将她冲刷得七零八落，溃不成军，恨不得变成一只小虫子，沿着窗缝爬出去。

烤鸭上来了,她低头坐着不动,小柳把筷子塞进她手里。好了好了,不说这些了,都过去了。说说你吧,你现在怎样? 一切都还好吗?

我还好。她终于抬起头,无比沉痛地说:其实有句话我一直都想跟你说,我真的应该感谢你,如果不是你跟我调班,没准我现在已经跟大柳一样只剩骨头了。

你知道就好! 小柳咽下一小片鸭肉:小泽也说我命大,你知道吗? 我在医院的时候,他哭了好几场,他以为我活不过来了,不停地跟我爸妈说,如果她活不过来,我也不要活了。我妈还安慰他,没事的,我以前就给我姑娘算过命,她能活到九十八岁。话说回来,我真的就是个打不死的程咬金,我小时候头朝下从车上掉下来一次,结果只摔断了一条胳膊,脑袋、身子都没事。

两人边吃边说,慢慢又开心起来。

望着那一大盘烤鸭,她提醒小柳分出来一部分,给小泽打包回去。

不要,我没告诉他我在跟你吃烤鸭,说实话,他对你的言论有点生气,但我对他说,你要允许别人说出自己的真心话,这是别人的权利。

她一听,又差点吃不下去了,小柳假装要打自己:我这张嘴真是! 干吗又提这个。小柳似乎是真的失言,脸都微微地红了。不管他了,我们在一起,不提小泽,也不提你的丁老师。

这话瞬间又将她救了过来，竟开始回忆 T 镇的日子：还记得办事处阿姨的鱼汤泡饭吗？

记得，怎么不记得，那不是她的手艺好，是鱼好，真正的野生鲢鱼，在北京是吃不到那种鱼的。不过我现在不想那种菜了，我尽找以前没吃过的东西吃。在医院醒来以后我就在想，此后的人生，我一天都不要辜负它，我一定要开足马力，活得够够的，包括穿得精致，吃得精致，当然这就需要好好维持身材，还需要有钱哈哈。

小柳把她送回宾馆，望着小柳急速离去的车屁股，突然有种感觉，别看她们刚刚一起吃过饭，但小柳已经把她这个同事抛下了，她再怎么追都追不上了。

丁老师也从学校回来了，说他本来做好准备请老师吃顿饭，但老师太忙，抽不出时间，只好作罢。

因为暂时难以从小柳带给她的强刺激中恢复过来，她进门就去了卫生间，又羞愧又难堪的感觉虽然被后来的吃喝掩盖了些，但并没完全消失，仍然像蛛网一样若有若无地缠在她身上，她急需洗把脸。

等她出来时，丁老师两手插在裤兜里，正在小小的房间里踱步。

她问起他跟老师的见面，他说挺好，继续踱步。

难得来一趟北京，还有一天就要回去了，她提议出去散步。丁老师答应了，但一路上走得心不在焉，她渐渐感到不对劲。你文章写得不好吗？被老师批评了吗？

他突然转过身来：如果我辞职来读研究生怎么样？

她下意识地回答：好啊。

三年没有收入，只能用你的工资，你会不会觉得太过分？

要多少钱？

大概要用掉你工资的一半，余下的部分我会搞搞勤工俭学。我老师说，毕业以后，争取在高校找份工作，一边教书一边做学术，他叫我不要再去中学了。

她心中一动，想了想说：应该没有问题，我毕业以后，一直向我妈上交一半工资，当然她后来都返还给我了，我的意思是，我一直都是用一半的工资活下来的，我有工作服，不用买衣服，我也不买化妆品，我的生活很简单。

你不要这么快回答我，想想清楚，是三年，不是三个月，我不想你因为我而受苦。

你不也一样在受苦吗？没有工资，学习任务又重。

我觉得你爸妈可能不会答应。

是我们俩的生活，我们俩认可就行。是你老师建议你读研的吗？他看了你的文章以后，给你指的出路，对吗？

是的，他以前就对我印象不错，当年毕业，他就劝过我继续读研，但我那时对有工资可拿的生活充满了向往。

你要是早点认识我,就不会多走这一段弯路了。

他一把搂过她的肩,再没放开过。她心里渐渐升起一股骄傲又甜蜜的感觉,北京就是好,人一到北京,就是各种变化,各种好消息,连街头散步,都有了新的姿势,在L城,一年到头等不来一个好消息,每天都过得跟前一天一模一样。

想一想,要是我们有了孩子,他就可以到北大校园里来找他爸爸,他会有个难忘的童年记忆。

他突然低下头来,吻在她嘴上,她就像接受初吻一样头晕目眩,这是她第一次在大街上和人亲吻,以前她只在电影里看到过。

宾馆房间的布置远离生活,也没有柴米油盐的提醒,只有刚刚画出的蓝图,他们一边画,一边爱,画了又画,爱了又爱,她甚至大着胆子说:原来在陌生的房间,才能做出幸福的感觉。

他也说:现在的林海燕,跟家里的林海燕,根本不是一个人。以后,你一有时间就来学校看我,这样你就相当于在北京也有了一个家。

蓝图上又添了激动人心的一笔。

他们详细讨论丁老师的读研计划。

一旦我们开始实施,你的同事肯定会在你面前说我坏话,说你划不来什么的,你听了,说不定会改变主意,所以我们需要先把这个计划缓一缓,看看你能不能通过议论的检验,能不能最后下定决心,因为我一点都不想勉强你。

不用缓,也不需要通过别人的检验,我已经下定决心了,这是我的生活,我不需要听任何人的意见。

不管怎么说,我还是想让你哪怕再思考一个晚上,如果明天一觉醒来,你的想法还是没有变,我就去找老师,告诉他我的决定。

而她却在想,等回去后,她要马上给哥写一封信,告诉他他们的新决定,即将开展的新生活。她想,哥都还不是北大的研究生呢,丁老师,她的丈夫,也可以说是她的家,终于走到哥的前面去了。这事绝对值得写一封信。

她怀孕三个月的时候,丁老师开学了,他收了一只行李箱,一个大背包,下楼的时候,他双手拎着行李箱,她在后面替他背着背包,尽量平稳地下楼。医生警告过她,有些人只是抬手到挂钩上取个东西,就流产了。

院子里的人不出声地盯着他们俩。经过大门时,门房师傅用他的方式跟丁老师道别:真的就把她一个人撇在这里不管了?

当然不是,我们随时都在一起。他做了个打电话的动作。

哼哼。门房师傅笑了两声。

他接过背包,不让她再送了,她站在大门口向他挥手。两个年轻的保安从她身边经过,因为经常蹭押款车,保安们成了她最熟悉的同事,他们中的一个用鼻音说:林海燕你个大傻瓜!

怎么了嘛? 她笑着问保安。

另一个说:放乌龟喝水!

切! 她懒得理他们,类似的话,父母也说过,真没想到,他们年纪轻轻,却有着老年人一样的思维。

当她走进营业部时,他们正在打赌。

我赌林海燕赢,这么好的人不赢没天理,除了父母,现在还有谁会为别人的发展投资? 注意,站在自我的角度,配偶也是别人。

说得对,她又不是他妈,换成他妈都不一定愿意这么干。我反正赌她人财两空。

照理说,他们的关系是受法律保护的,他不敢背叛,或者怎么样。

婚姻只是一种协议,协议本身就是用来约束背叛的,也就是说,男女之间,背叛是一定存在的,所以要用协议来约束一下。

她看看争执不下的两个阵营,摇摇头说:不明白你们为什么要这样想。

她坐下来,打开抽屉,拿出自己的印章,摆开架势,准备营业。

覃师傅认真地问她:你不担心丁老师在学校找个年轻漂亮的学生妹把你甩了?

这点信任也没有吗?

人心是会变的,你真是胆大包天。

他真要变,留在身边也会变,不如趁这个机会,试他一下。

我的妈! 有些事情是不能试的。

不试怎么知道?

丁老师又急赤白脸地赶回来了,站在柜台外呼哧呼哧地说:我忘了告诉你,楼顶上还有你的球鞋,我昨天晚上给你洗了,别忘了天黑前收进来。

营业部的人集体起哄。丁老师向大家一一挥手道别,叮嘱:我不在的时候,拜托大家多多关照我们家海燕啊。

他一走,打赌的人再次向对方发动攻击:看到没有? 多么情深意切,你输定了。

你才输了呢,他故意回来做给我们看的。

覃师傅也摇头:林海燕,你呀,可能不是丁老师对手。

我们是一家人,本来就不是对手啊。

不管怎么说,这是愉快的一天,她从来没有像今天这样，成为所有人关注的中心，她用力垛着传票，把它们垛得整整齐齐，再唰的一下散开，让它们呈扇形摆在面前，再在印台上蘸一下印泥，以急促而轻快的节奏一路敲下去，红色印章落在每张传票的同一位置，像机器印刷上去的一样。她嘴角上扬：连敲章这样一件简单的事，都藏着小小的快乐呀。

他最终还是被摁在了相亲桌上。相亲地点就在他们家。对方是个有点壮实的姑娘，大腿尤其粗壮，这让她坐下来时显得很局促。

喝过茶，简略地聊过生庚之后，媒人把姑娘邀到外面，指给她看这里的位置，离城市怎么近，交通怎么发达，未来怎么有前途。作为讲解员之一，他也跟着出来了，姑娘扫了几眼他们的房子，就去打量附近几户人家。

媒人似乎看懂了姑娘的心思，说：他们也在准备盖楼房。那些人的房子是前几年盖的，是老款，住起来一点都不舒服，以后小潘肯定要盖最新款，卫生间厨房都要用上新设备。小潘，你们邻居那个房子是哪年盖的？我看外墙砖都发黄了。

没有啊。小潘看了看海燕家的房子说：那房子刚盖好没多久。我们没准备盖房子。

那是你不知道,前几天我听你妈说,已经找人买了一批钢筋囤好了,还请了设计院一个高手画图纸,很快就要动手了。

姑娘看了他两眼,又说:树太多,对房子不好,树根长起来特别快,长到一定程度,能把房子掀翻。

媒人赶紧打圆场:绝对不可能,从来没听说过,除非长到几百年以后。他倒格外多看了姑娘一眼,没想到她还有这个远见。

妈在家里烧饭,姑娘跟媒人在外面嘀咕了一会,媒人进来说:我们不吃饭了,路程有点远,吃了饭就赶不上车了。

一老一少两个人渐渐远去,他责怪妈,不应该自作多情急急忙忙点火做饭。妈微微一笑:你去看看我煮的什么。

揭开锅盖一看,原来只是烧了一大锅水。妈跟进来说:我本想热情招待,又觉察到我儿子完全没有动心。不过你也得抓紧呢,又挑剔又不主动,要拖到什么时候?人家燕子跟你同年的,已经结婚了,都要生孩子了。

结婚了不起啊?生孩子了不起啊?

刚刚还和颜悦色的他,脸一板,扭身朝自己房间走去。

天色变暗的时候,妈想起一件事来,让他接一个灯泡到外面,没个路灯,有些不方便。

正在墙上安装接线板,一扭头,看到燕子出现在他面前。老天！她怀孕了，肚子高高地顶起上衣，看上去有些滑稽。他手中的接线板掉到地上，也不知道说什么，就死死地看着她。

你很忙吗？你妈在不在？我想请她帮个忙。她看出了他的惊讶，有点不好意思，直撩头发。

他点头，她拎着那只大包裹，毫无必要地敲了敲门，不等邀请，径直朝缝纫间走去。

然后，他就听见两个女人在里面寒暄。几个月了？做过Ｂ超不？找个熟人做吧，能提前知道男娃女娃。

他弯腰捡起地上的接线板，故意砸出很响的声音。

燕子没待多久就出来了，妈送她出来，答应做好了就给她送过去，还叮嘱她吃好睡好，保持心情愉快。见他直直地站在院子里，燕子停了一下，慢慢走到他面前来。

看吧，我就说我们很容易碰面的吧，其实我不希望碰到熟人，我现在这个样子，太难为情了。

他说不出话来，却不动声色地后退了一步，似乎担心他们站得太近，会碰伤她的肚子。

现在不用你买菜了吧？他应该知道怎样照顾你的，北大毕业的人，还能不知道这个吗？

现在没人照顾我，他去北大读研了。

去北大？脱产的？你这个样子一个人在家？

没事的，你知道我是怎么长大的，我什么都能自己干。

这是两码事好吧,竟然在这个时候出去读研,说明他还是把自己看得高于一切,起码高过你和孩子。

她没说话,站在他面前,眼睛却看着远处。其实也是我的意愿,有什么办法呢?在共同的目标面前,谁能走得更远,谁就先走,不能走的人,就多承担一些。大家都是这么安排的呀。

希望他是个有良心的人,他要是哪天做了对不起你的事,随时给我打电话。

你还像小时候那样护我呀。我到现在还记得放学时把你的伞给我,自己光头淋雨回家,还有些别的事,我都记得清清楚楚,说真的,你比我哥对我还要好。

对了,你哥对这事有什么看法?

他没说什么。

我说句实话你不要生气,你哥只在乎他自己。

也许他只是不太关注生活小事吧,他现在忙得很。好了,我要回去了,我答应我爸帮他做串串。

有什么需要我帮忙的,随时叫我。

晚饭桌上,妈突然提了一句:我觉得燕子会生女儿,因为她皮肤变好了,女儿打扮娘嘛。

她老公居然在这个时候把她一个人扔在家里,去北京读书去了。

你懂什么,读了书出来,更有前途。她跟我说了,他读书是脱产，自费，所以她才收了那么多旧衣服旧床单来，让我帮她做些小孩的尿片，纸尿裤虽然好，价格也高啊。我总觉得燕子这一步欠考虑，本来两个人很平等的关系，他几年书读完，那就不一样了。估计是瞒着她妈做的决定，否则她妈这么精明的人，怎么会允许。

吃完饭，他悄悄来到燕子家，站在暗处往里看，燕子真的在串串儿，她系着一条大围裙，面前摆两只大铝锅，一片一片往铁钎上串，偶尔停下来，往嘴里喂一勺饭，一边嚼一边串。不一会，她爸走了过来，往大铝锅倒进一些东西。

难怪她会做出那个决定，毕竟有父母做她坚实的后盾。

女儿出生了，他们给她取名丁萌，小名萌萌。

丁老师特地请假从北京赶回来，在家给萌萌洗尿布，晒尿布，忙个不停，偶尔外出买菜，竟忘了摘下腰间那块印满了小兔子的围裙，被门房师傅指出来，才大笑两声，摘下来团在手里。

营业部就在门房旁边，头一抬就能看到外面行踪。打赌还在继续：你输定了，人家丁老师天生的忠诚老实。

你才真的是忠诚老实呢，这是在 L 城，在北京呢？你知道他在北京什么样子？

那不管，反正林海燕的生活在 L 城。

绳子一端着火，迟早会烧到另一端来的。

海燕妈隆重驾到，她带来一个木制的摇篮，说是海燕和她哥小时候睡过的。丁老师下来迎接，大声喊妈，跑到门外雇了一个蹲在街边揽活的工人，把摇篮搬上七楼。刚刚上楼，又飞也似的扑下来，说要去买烟，顺便告诉门房师傅：我岳母抽烟。

但是，当天晚上，七楼传出一阵吵闹，几个人同时大声嚷嚷，海燕妈的声音最高，因为口音的缘故，听不清她在嚷些什么。楼下人屏住气探出脑袋，七楼却砰地关上了窗户。吵架继续。

第二天，海燕妈下楼，是准备回家的装扮。没过多久，丁老师冲下楼来，手上拿着一包未抽完的烟，追上海燕妈，塞给她。海燕妈没接，还把头扭向一边，丁老师把烟塞进她的尼龙布包里。海燕妈回头冲他说着什么，从姿势来看，不是和善的对话，类似于吼。

她下楼的时候，大家都惊呆了，没想到刚刚坐完月子的人不仅没有产妇的臃肿，反而瘦得厉害，下巴尖削如锥子，两眼大得像铜铃，嗓音却尖细脆弱。奶水不够，奶粉好贵啊。她轻轻叹了一声。

刹那间，她们明白了这家人昨晚何以会吵架，她一个人的工资，养一个研究生，现在还要养一个吃奶粉的孩子。

她们纷纷献出自己的发奶小偏方，每个人的配方都不同，每个人都认为自己的偏方效果最好，覃师傅怒喝一声：你们觉得她还能发奶吗？再发下去，她的血都要发干了，路都走不稳了。

我妈也是不同意我发奶。她很感激覃师傅的怒喝，覃师傅跟自己的妈一样疼着自己呢。

昨晚吵架的根由清楚了。

气氛奇怪地扭转了方向，她们不再关注她的奶水，以及被奶水抽干了养分的身体，而是一致地转向覃师傅。到底是师傅最疼徒弟。这才是真正的师徒情深。她们说着走了，留下因为消瘦而显得贫穷的她独自站在那里。

尽管奶水问题仍没解决，丁老师还是走了，他假期满了，无论怎样，求学不能半途而废。他走的当天，海燕家乡来了个老人，一问，有七十岁了，自我介绍说是海燕的姨婆婆。

燕子妈让我来帮帮她，他们都忙，只有我闲着。老人向围观的同事自我介绍。

但她无论如何都爬不上七楼，在楼梯上奋力挣扎了好久，才爬到三楼。好多人在楼下望着，如同看一个刚学会走路的婴儿打算走钢丝。保卫部马经理发话了：这不行，万一出点什么事，我们脸上都不好看。林海燕，你必须向我们保证，以后不许老太太一个人上下楼。她保证过后，一个保安冲出来，三步两步冲到三楼，背起老太太就往七楼爬。老太太不服气:我这辈子什么都干过,就是没爬过楼。保安腾不出空来说话,脸上挣得通红。

老太太和萌萌再没下过楼,下班时间一到,她就像只麻雀一样,扑棱扑棱往七楼飞。

变化是显而易见的,她的白色制服衬衣沾满污迹,头发乱糟糟,太久没有体会过梳子的滋味,有天早上下楼,眼角竟藏着一团白色的眼屎。覃师傅狠狠地提醒她,她伸出一根指头,难为情地挖了出来。

早上太多事了,忘了洗脸。

你的姨婆婆能帮你干些什么?

她帮我抱萌萌,给萌萌冲奶粉,抱着她大小便。

别的什么都不能干?

别的没什么可干的,她不会用煤气灶,不会用电饭锅、洗衣机,所有的电器她都不会用。

有天傍晚,住在六楼的工会主席听到七楼一直有小孩在哭。难道家里没人?出于对职工的关心,他背着手爬到七楼。

敲了好一会,她才出来开门,脸上挂着泪痕。孩子光着屁股坐在地上,眼泪鼻涕糊了一脸。工会主席问她,你姨婆婆呢?

她指了指房门,隔着半掩的房门,能看到床的一角,一堆被子高高隆起,那里面应该是她的姨婆婆。

姨婆婆的美尼尔氏综合征犯了,必须卧床休息,不能说话,也不能动。

工会主席抱起地上的孩子,因为怕生,孩子哭得更大声了。

怎么不给她穿个衣服?

下了两天雨,衣服洗了都没干。

你真是!给她包个毛巾也好嘛。

工会主席帮她把孩子包好,责怪她不该让孩子哭这么久,会把孩子哭坏的。

我在写信,我必须给她爸爸写信,我没办法了,家里奶粉没了,也没钱给姨婆婆买药。

奶粉没了?孩子是饿哭的?哎呀你真是,这些都是急用,你给他写信来得及吗?来,我先借点给你,解下燃眉之急。

主席给了她五十元,问她够不够,她说已经很多了。主席环顾冷清清的家,到处都挂着湿衣服,厨房里冷锅冷灶,水壶盖子翻扣在地上,半干的抹布没有展开,皱成一团,一只奶粉袋子瘪瘪的,扔在灶台上,奶瓶是空的,还没洗,里面残存着一点没喝完的牛奶。

主席突然想起来:一袋奶粉多少钱?

五十八。

主席恼怒起来:那你刚才还说什么已经很多了,一袋奶粉都不够。

我不能要你的钱。

那你要怎么样？让孩子饿死？让姨婆婆病死？林海燕，你是银行职工，你不该过这样的生活，赶紧把你们家丁老师叫回来，孩子都养不活，凭什么自己去读书？他有那个条件吗？他这是在压榨你、剥削你，这是极其不公平的，几十岁的人了，把妻儿扔在一边，不但不给钱，还拿孩子的奶粉钱去读书，他这种行为本身就是不负责任，就是没良心。

她开始抽泣。

林海燕，你知道这样下去会有什么后果吗？孩子还这么小，你的困难才刚刚开始。你等一下。

主席下楼去了，不一会又上来，再次递给她五十块钱。赶紧出去买奶粉，孩子先交给我。

萌萌好像也看懂了这人是来帮助她们的，安静下来，不哭不闹，两只眼睛死死地盯着主席看。这孩子没有遗传她妈妈的大眼睛，跟丁老师一样，眉目细巧，平平淡淡。他有点后悔答应林海燕帮她照看孩子，但林海燕已经出去了，他不能丢下孩子一个人在家。

他抱着毛巾包起来的孩子，一边嗯嗯哦哦地逗着，一边继续打量这个没什么活气的家。主卧床边有张小桌，桌上的小台灯亮着，有几本书，一支笔搁在一沓纸上，大概是林海燕正在写的信。主席刚想转身离开，强大的好奇心又把他拉了回来。

信写得很长，从内容来看，不是一次性写成，而是分期写，像日记一样。搁着笔的那一面是最新写的。

……你说对吗？而且我现在不需要那些，我只有一个愿望，你好好读书，做出点成就来，也不枉我们吃这么多苦。

姨婆婆还是能够帮我很多的，有她在，起码我不担心萌萌的安全，可惜她不能帮我做饭，她不会使用现在的厨房，对电和煤气充满恐惧，又不想学，说学了没用，她家里又没这些东西。人老了真的是一点都不想学习新知识新技能，将来我们老了可不要这样。

萌萌长大了一点，她已经开始学走路了，我打算下个月发工资后，在大门口装一个六七十厘米高的栅栏，免得她趁姨婆婆不注意溜出去了。

又及：现在我们开始全员揽存了，每个月都有揽存任务，任务完不成，就要扣工资，我感到很有压力，自己的熟人朋友就那么多，不可能这个月找别人帮忙了，下个月又去，可是，完不成任务就要扣工资。其他同事可能都比我轻松些，他们认识的有钱人比我多，他们家里的人口也比我多，揽存能力是我的几十倍甚至几百倍，同事之间的收入差距也越来越大了。

希望我说这些不会影响你的情绪,你需要排除一切干扰,好好上课,好好做学问,我知道这很难,但你是我们家最聪明的人,最有希望的人,什么都难不倒你。

再及:下次你回来,可以给萌萌带一点幼儿读物回来,我听说大学里面经常有二手书卖,肯定比我去买新书便宜多了。

光线不够,主席看得有点吃力,他去摸了摸门边的开关,灯居然没亮,但台灯明明亮着,看来是灯坏了。来到客厅,灯同样也打不开。他抱着萌萌,穿过微暗的客厅,来到窗边坐着。借着最后一丝天光,打量这静默如坟的家,忍不住叹了一口气。

她的确一直都没能完成揽存任务,的确每个月都扣了工资,营业部里,她是唯一一个因为揽存任务没完成而扣工资的人。人心真的是个难以捉摸的东西,有些人明明值得同情,但真正面对这个值得同情的人时,内心又会升起一丝鄙夷,甚至是厌恶,否则,他们一定会不动声色地告诉她,用某个办法,某个小窍门,不说超额完成揽存任务拿到奖金,至少可以完成任务拿回本该属于自己的全额工资。他知道那些人的揽存金额都有水分,也知道他们是如何注水的,不过林海燕作为一个柜台上的人，她会不知道那些办法？

他抱着孩子站起来，内心的苦恼让他坐立不安。要不要告诉她呢？要不要巧妙地点穿她呢？

她拎着一袋奶粉回来了，幸好厨房还有灯，主席抱着孩子看她烧水，冲奶粉，完成这些动作后，主席把孩子交给她。

谢谢主席！她深深地给他鞠了一躬，他鼻子一酸，那些话就脱口而出。

林海燕，你也可以完成揽存任务的，柜台上的员工基本完成了，你完全可以跟他们一样完成任务，你听懂我的意思了吗？

她站在半暗的房间里，深重睫毛下，两粒眼珠停止了滚动。

难道她真的不知道？还是她过于自闭，没有关注到柜台上那些心照不宣的操作？工会主席清了一下嗓子，小声地、含混地说：偶尔，把自然增长的，算在自己名下，也没有太大问题，对客户没有任何影响，对你来说，却可以拿回全额工资。

我知道，我知道有些人在这么干，弄虚作假的事，我不是不想干，是不敢，我怕一旦开了头，就会控制不住。

唉，好吧，你是对的。主席下楼去了。

边　缘

营业部开始装修，上面有通知，要打造一批精品营业网点，营业部理所当然是支行的精品网点。

外观装修部分，由于做了严格的保护措施，尚可照常营业，据说那些保护措施的成本，抵得上一半的装修费用。期间正好遇上国庆节，加上调休足足有七天，当机立断，这七天转入内部装修。与此同时，营业部的全体人员被告知不要出远门，随时准备接受一个特别的服务礼仪培训，导师是从上面请来的，既是服务领域的专家，又是退役的舞蹈演员，行领导都将全程参与，还听说这次营业部的服装也略略做了些调整，重新测量尺寸，面料更高档，裁剪更立体。总之，要把精品网点跟普通营业网点区别开来。

但她一直没等来任何通知。她哪里都没去，连下楼都很少，因为担心有人嫌七楼太难爬，又没有她家的电话号码，她专门在门房值班室里留了一个号码作为备用。

七天长假结束，她来到装修一新的营业部，看到同事们经过七天的休息，个个精神抖擞，焕然一新，仅有的两个男同事也新做了发型，女同事们化了精致的淡妆，她有点惭愧，就她什么也没做，头发散乱，黄脸上嘴唇发白，脚上的鞋正在变形。营业部杨主任过来对她说：林海燕，你去一趟人事部吧，他们找你有事。

然后就是那个令人措手不及的消息。

她被调到机关去了。接上级消息，明年将有一次全系统的档案升级检查，要把现有的各部门分别保管的档案，集中到一起，建成一个大型档案馆，规范管理，还要从无到有建立一套电子检索系统，工作量很大，任务很重，因为必须确保升级检查一次通过。人事部吴经理还说，鉴于这项工作具有一定的保密性，领导特别给了她一个优惠政策，她可以不用参与揽存任务考核，也就是说，即使她不能完成揽存任务，也不会扣她工资了。

但她高兴不起来，这样的话，等于让她放弃了自己的专业，她可从来没有想过放弃专业，但她没有选择的权利，她只能被选择。新的营业部精品网点建设计划中，人员名单里没有她，定制服装没有通知她去测量尺寸，礼仪培训也没通知她参加，也就是说，早在国庆节之前，她的去向就已经定好了，她白白在家翘首等待了七天。

闷闷不乐地回营业部来，取走自己的日常用品，谁会坐在自己的位置上呢？她注意观察了一会，原来的格局打乱了，不再是经办复核对面而坐的状况，现在是每个人单独临柜。这是什么意思呢？不相信她的能力，还是不看好她的服务？她并没有被投诉过。

她去问覃师傅：为什么会这样安排，是我做错了什么吗？

你咋这么不知道好歹呢？覃师傅瞪了她一眼。你知不知道你有多幸运？柜台上的人谁不想去机关？又自由，又不用考核存款任务，我就特别想去，但人家瞧不上我。

她几乎要被说服了，但还是高兴不起来。

覃师傅又说：档案室那么大，就你一个人，不忙的时候完全可以把萌萌带到办公室去玩，一天到晚跟老太太一起反锁在屋里，别把孩子关傻了噢。真的是专门为照顾你而设置的一份工作，你还叽叽歪歪不知好歹。

她虽然不相信专门为照顾她而设置的说法，但一想到可以把萌萌带到办公室去，其他隐隐约约说不出来的不舒服马上退居次要位置。萌萌越来越大，越来越不喜欢被姨婆婆控制。

吴经理给了她一份关于档案升级管理的文件，告诉她先吃透文件，再按章操作。她看了下编码，足有二百三十五页。

第一天很不适应，偌大一间房，就她一个人，一张办公桌，一把椅子，每一次呼吸都能听到回声。她越看文件越觉得任务很重，心里开始不安，她打电话给吴经理：如果……她重点强调如果，如果到时候档案升级不成功，会处分我吗？

吴经理在电话里轻轻笑了一下：你怎么会这么想呢？档案升级必须成功，而且是一次性升级成功。

我怕我不能胜任，我从没做过这种工作。

不难，你只要吃透文件，按章操作就行，工作量是有点大，但是，万事开头难。

她还在支支吾吾地找理由，吴经理说：你是领导精心挑选出来的人才，必须全力以赴，已经给你减轻其他负担了，你不用去拉存款，也不用担心有顾客投诉，你就按照自己的节奏来，如果有必要，到时可以考虑给你安排个帮手。

只能硬着头皮上了。

学了整整两天文件，把要做的事一条一条列出来，写在白板上。

第一步，按照文件要求，在电脑上建立文件录入系统。她打算先按照文件自己操作，然后拿去请电脑工程师复核，看看有没有漏洞。一旦进入操作，她反倒安下心来，刚刚做好一个类别的表格，一看时间已过了饭点，她想回去吃点午饭再下来，又一想，已经没必要了，萌萌可以冲奶粉，姨婆婆嘛，冰箱里有剩饭，橱柜里有快餐面，她决定再坚持一下，把第二个类别的表格建好了再回去，这样可能算早退，但她是把一天的工作任务提前完成了，应该没什么问题。

她是四点多到家的，听见开门声，姨婆婆像个孩子一样冲过来，满脸喜悦地望着她：你可算回来了。又对萌萌说：妈妈回来了！妈妈回来了！打开冰箱一看，剩饭丝毫未动，来不及多说，赶紧点火，同时再三道歉。姨婆婆说不要紧，年轻人，就是要以工作为重。

一连三天，她都是从早上一直工作到下午四点多，中午不吃饭也不休息，下楼的时候，才发现肩背疼痛难忍，连抬手都困难。

这次回家，姨婆婆居然坐在沙发上哭，她忙问怎么了，姨婆婆说，要不是为了全儿，我才不来的，我在家至少不饿肚子。

全儿是姨婆婆的孙子，初中毕业就没上学了，现在跟着爸爸学做卤菜。她一边道歉，一边问姨婆婆，您来给我帮忙，跟全儿有什么关系呢？

你爸教全儿手艺，我来帮你带孩子，我不拿你工资，我的工资由你爸付给全儿。

难怪她问到姨婆婆的工资时，母亲让她别管，还说：你哥从来没让我操过心，你怎么一点都不像他。

这样过了两个多月，有天回家，屋里坐着一个面色凝重的陌生人，一问，原来是姨婆婆的女婿。见到海燕，客人只是点了点头，却不准备说话。

姨婆婆站起来，掸掸衣衫说：燕子，我要回去了，正好我女婿今天来了，我跟他一道回去。

她一听就急了：不行不行，您怎么能突然说走就走呢？您走了萌萌怎么办？

全儿跑了，不知道跑哪去了，你爸也没帮我们看住他，人都走了两天了才告诉我们。既然他走了，那我也走。

她苦苦挽留：全儿会回来的，我们都来帮忙找，两家一起找，你无论如何要留下来，继续帮我。

姨婆婆一笑：就算没有全儿这事，我也想走了，一直没好意思跟你说，你这里楼层太高，我坐在家里，不能下楼，像坐牢一样。

楼层是有点高，但空气好，通风好，阳台上也可以晒太阳。

我也吃不好，你一会儿吃一会儿不吃，我有点跟不上你的趟儿。

姨婆婆，对不起，都是因为我最近比较忙，我改还不行吗？从明天开始，我就算再忙也按时回家，给您做饭，我保证说到做到。

你……去找你爸吧，当初是他叫我来的，如今弄成这个样子，你看他怎么说。

可以，在我找他之前，您不能走，您一走，我就没法上班了。

无论她怎么求情，姨婆婆不为所动，当天就跟着她女婿走了。

屋里一下子空旷了许多，萌萌张着两手趔趔趄趄走到妈妈身边，扯她的衣襟。怎么办呢？就算马上找保姆，也没这么及时，何况她没法支付保姆费，丁老师那边，前不久还在说，要是能出去租房就好了，两个人的寝室真的很不方便，那个人要做实验，常常搞到后半夜才回来，回来还要稀里哗啦地洗漱，他的睡眠本来就浅，这么一搅，整夜翻来覆去没法入睡，而晚回来的人，早已鼾声如雷。

他一讲他学校里的情况，她就兴趣盎然，即便他仅仅只是诉苦，她也陶醉于他的讲述，那些人的生活多有意思啊，做实验做到后半夜是什么感觉，肯定不是晚上才去做实验，肯定是白天没做完，只好晚上接着做，不分白天黑夜地做实验，做起来连觉都不想睡的实验，那是一种什么样的忙碌啊，而且他们的忙碌多么有意义，她也忙碌，但跟他们相比，她的忙碌简直就像一头关在栏里饿得嗷嗷乱窜的猪。她本来想跟他商量，这个月能不能少寄点生活费给他，因为萌萌生病，她手头实在太紧张了，但他一开始讲述，她就被他的语言带了进去，觉得自己何其幸运，仅仅通过一根电话线，北大校园就在她眼前徐徐展开，她说不上是自卑，还是羡慕，总之，她咽下了想要克扣"供奉"的话。

再想想别的办法吧，其实她已经找父亲偷偷要过三次钱了，第四次被妈发现后夺了回去。不能养成这种习惯，你又不是没有工作，又不是养不活自己，你要供别人读书那是你的事，别把我们拖进去。

萌萌不知道带她的奶奶已经走了，她开始喃喃地满地找：奶奶，奶奶。她其实不该叫她奶奶，应该叫她太奶奶，但孩子不会发奶奶这个音。

她心里一动，要不，把萌萌送给她的真奶奶怎么样？她知道妈不会同意，她很珍惜她的妇幼保健院保洁员工作，上至院长，下至护士，她全都熟，她们也全都关照她，有病人送来答谢礼品、水果鲜花点心之类的，只要见到她，都会分一份给她。她不是在乎那些东西，她是喜欢那种把人当人的感觉。看在这些东西份上，妈是绝对不会轻易退出她的福地，回家帮她带小孩的。那么，爸呢？她见过很多做小生意的人，把家里的孩子带出去，放在婴儿车里，支起车上的遮阳伞，孩子在里面睡得很舒服，还有人背在背上，只不过那通常都是女人。不管怎样，她得回去试试，也许爸看到萌萌的样子，心里一软，就同意了。

她抱着萌萌去了车站，一下车就直奔爸的摊位。卤菜品种更丰富了，爸添了一个锅子，加进了肉类。包装也换了，定制的小碗印上了"林家热卤"的标签。

荤的素的给她装了满满一碗，爸才腾出手去逗自己的外孙。萌萌！我的乖孙！她从碗沿上抬起眼睛，盯着爸：姨婆婆走了，说是全儿走了，她也不想在我那待了，到底是怎么回事啊？

走就走吧，当初就是个交换，现在她的孙子走了，她当然也就不想在你那里干了。

全儿为什么要走？是你没看住他？

我怎么看住他？他那么大的个子，随便走两步，我这个瘸子就追不上了。他干不了我这个事的，吃可以，做就没兴趣了。

那怎么办？我请不起保姆。

快要上幼儿园了吧。

还有一年呢，一天我可以坚持，一年我真没办法，我要上班。爸你帮帮我！

叫他家里人出来帮忙嘛，不能什么都不管。

别说了，两个病号，来了我更麻烦。我把萌萌放在你这里吧，你们以前总是说，小孩都是在大人背上长大的，你帮我背背她嘛，我那里是不允许，如果允许我肯定背着她上班。

我背是没问题，但我负不起责啊，我这里人来人往，情况复杂，人贩子脸上又没写字，万一哪天有人把你女儿偷走了怎么办？

你们以前养我和哥的时候怎么不担心被人偷走呢？

那不一样。

有什么不一样？

实在是……真的负不起这个责。

那你帮我请保姆！就一年，一年以后她上幼儿园了就不用请保姆了。

我跟你妈讨论过这个问题，她死活不同意，说不能太便宜那个姓丁的。

他现在不是"那个姓丁的"，他是我的丈夫，你们的女婿，萌萌的爸爸，怎么还在把他当外人呢？

你妈担心，他一旦把书读完就会变心，她说她一眼就能把他看穿。

那些事先不管，你们现在卡的不是他的脖子，是我的脖子，你们不帮我我就没法上班，就要失业。

你妈说，再帮你就是害了你。

你们帮我，将来才看得清是不是害了我，你们不帮我，明天就能看得清是不是害了我。

这个说法让爸爸为难死了。

燕子啊，我们何尝不想帮你？你也要体会我们的一番苦心，你人老实，我们不护着你谁护着你？你看看你现在，要是没有工作服，你连衣服都没得穿，现在哪个年轻姑娘不是衣服多得穿不完，只有你，上次你妈去你那里，回来哭了一场，说打开你的衣柜一看，叫花子都没你寒酸。

你们不要总盯着那些无聊的东西，我又不是没衣服穿，再说，人家有衣服，我家有北大的研究生，哪个更有价值？

叫他写个保证书给你，在他做出不变心的保证之前，我们不会改变态度。

别丢人了，我才不要这种保证书。

你不要我们要！他上学之前，你妈专门找他要过，他不写，这才把你妈搞烦了，他连走个过场都不愿意。

啊？还有这事？我怎么不知道？

当然不能让你知道。他还算守信用，没有告诉你。

你们当我是什么？傻子？弱智？

你得承认，你的确不是那种精明强干的人。

你们太虚伪了，说是想帮我，保护我，其实呢？你们是怕自己吃亏。我知道姨婆婆为什么要走了，你肯定没给全儿工资，你剥削全儿，才把全儿气走的。

你这孩子！你帮谁说话呢？我凭什么要给他工资？我传给他技术不是钱？教他怎么做生意不是钱？照你说

的，我既要教他技术，还要给他工资？我又不是他爹！

连吵带哄跟爸磨了个把小时，终于达成一项协议，孩子留在父母家，期限半年，半年后，孩子就差不多两岁了，可以就近找个托儿所了，早送晚接，什么都不耽误。

她走的时候，萌萌竟然没哭，也许是因为外公外婆家有太多她没见过的东西，外公手边又总是有那么多好吃的，家里还有一只老猫，外婆的声音虽然有点大，但帮她洗澡穿衣弄得她很舒服。

晚上，她给丁老师打长途，说了她把萌萌送走的事，丁老师说：太好了，很多家庭都是这么安排的，这样你就可以安心上班了。

你都不问问我为什么送走她吗？

不管是什么原因送走的，你这一步都是对的，对你，对我们，对你父母，都是正确的一步。

一点都不正确，她应该跟我在一起，应该由我来带她，都是因为你，付了你的学费，就付不起她的保姆费，你抢占了她的资源，你损害了她的权益。这是她第一次大声抱怨。

他在那头沉默了一会：这就麻烦了，当时你说没问题，我以为真的没问题，现在你要我怎么办？去办退学？其实我压力也很大，从不外出，不是在教室就是图书馆，我写的文章数量最多，连老师都说，用不着太拼命，留点余力为以后着想。另一方面我又确实不忍心，如果你觉得实在坚持不下去了，我还是去退学吧，毕竟家庭很重要，毕竟那也是我的责任，只是有点遗憾，还有一年多就毕业了。不管了，我明天去跟老师说说看吧。

他一说退学，她马上就慌了：没说叫你退学，就是想让你知道，我这边真的很困难，我爸妈不想带萌萌也有他们的道理，他们都有工作，边工作边带孩子风险的确挺大。

我知道，我什么都知道，等我毕业了，等他们老了，把他们接到我们家来，我来给他们养老，我来尽心尽力服侍他们。

那倒不需要，我哥说不定会把他们接到深圳去。

那我们负责他们的生活费，总之不会让他们白白帮助我们。

他们不会要的，他们俩比我们有钱多了。

说到最后，竟变成了她开始安慰他：也不要太有压力，我们这边毕竟人多，总会想出办法来的。

那你记住我的话，一定要吃好睡好，保重身体，你的身体垮了，萌萌就要受苦了，所以千万保护好你自己，你现在就是我们这个家庭的心脏。

最后告别的时候，她已经烦恼全消，甚至很愉快了，还叮嘱他：碰到有意思的书，给萌萌寄几本，也给我寄几本。

他在车站看到了燕子的女儿，现在是外公在帮她带孩子了。

他久久地看着那个孩子，眉眼小小的，五官平平常常，完全不像她浓眉大眼，看来那个北大的家伙在遗传方面占了上风。他妈的，他什么都占上风。

他照例点了一碗热卤，海燕爸照例一边手脚不停一边跟他闲聊。

请不起保姆不说，连孩子的日常花销都付不起了，我都没脸跟你细说，我们燕子就是太老实了！又老实又犟，拿她一点办法都没有。一个女人，又要养孩子，又要供孩子爸爸读书，她哪有这个能力呢？我看她还能扛几天。

燕子我了解她，她不看重物质生活。

你这话说的！你不如直接说她是傻瓜。

不，她才不傻，她只是……她追求的东西跟我们不一样。

有什么不一样？不还是吃喝拉撒养孩子吗？我早就说过，负担太重可能会影响工作，果然，她被安排到机关去了，管档案去了，在银行不搞业务，那就是丢了主业，就是降了。

是升了吧？进机关了嘛。

升什么呀，档案室就她一个人，整个五楼就她一个人，负谁的责呢？

没什么不好，好歹也算部门负责人了。

就像有鬼在指使他一样，不知不觉间，他又来到了她的银行，他想看看她现在是什么样子，当丈夫和孩子都不在她身边的时候，当她吃苦受累的时候。

正好那会儿一楼值班保安不在，他一路顺畅地来到五楼，果然静悄悄的一点声音都没有。他推开一扇虚掩的门，一眼就看到了她。

她很惊讶，给他指了指旁边一把办公椅，仍然保持着输入的姿势：你怎么来了？

我路过这里，顺便进来看看。

她相信了，因为她的目光已回到电脑上，片刻，大概觉得这样不妥，把转椅往他这边侧了一点，手还是放在电脑桌上，问他：找我有事吗？

我看到你的女儿了，不太像你，是随了她爸爸的长相吧？

这有什么奇怪！你也快点结婚吧，也生个女儿，让她们一起玩。

她爸爸，毕业了还回来吗？

她愣了好一会才反应过来：还早呢，我都还没想过。

如果他不打算回来，等他毕业的时候，你的生活可能要面临一次新的变动。

没想过,顺其自然吧。

如果他毕业后留在北京,会把你也调过去吗?

她哈哈一笑:那应该很难,不过还是那句话,顺其自然。

这说明你还是很期待能去北京的。

切!做梦虽然不花钱,但花力气。

不管怎么说,我们海燕还是挺有谋略的,你爸完全跟不上你的思维,说你又老实又犟,太吃亏了。

你的意思是,我在策划让他去上学这件事?你也把我想得太聪明了,实际上,是他主动提出来要去上学的。她忍了又忍,没说出学校取消了政治课,丁老师变相失业的事情。

他肯定知道他在你心目中的分量,所以才会提出这种要求,一般人可能说不出口。

等你结了婚你就知道,被人需要,也能体现你的价值。

他突然垂下眼皮,一脸奇怪的表情,搭在膝头上的手无意识地振动着手指。

长久的沉默。她终于意识到不妥,不该无礼地冷落她的客人,转过脸来,问他要不要喝水。

他却说:你是不是很讨厌我,我刚才反思了一下,我真的是在你面前蠢事做尽,还记得上小学的时候吗?每次上下学，我总是不远不近地跟着你，你又不爱搭理我，为了引起你的注意，我就吹口哨，吹麦管，可你从来看都不往后看一眼。你上高中的时候，我和一个同学走了三十多里路，翻院墙到你们学校去看你，也不敢告诉你，就躲在教室外面的窗户底下，真的看到你了，你正在黑板上做题。

她眼珠子都要掉下来了：高中？真的？我一点都不知道。

后来你工作了，我去你们营业部去看你，发现只有在你手上办业务才能跟你说上话，我就跑到外面去换了几十块钱的硬币，一大包，傻傻地拎回来，排队，以零换整。还记得吗？想起来了吗？中午想请你吃饭，你说你们有食堂，我说那我能不能去吃你们的食堂，你说你又不是我家属。没办法，我就乖乖地回去了。

她笑得都快坐不住了：真的吗？我真的说了你又不是我家属这种话？

是啊，满脸严肃地说的。

她笑得眼泪都要流出来了，好不容易才收住笑，故作严肃地说：你不是在我面前蠢事做尽，而是你的整个少年时代，就是蠢事做尽。我也一样。你想听听我做过的蠢事吗？

难以想象你还会做蠢事。

我高中的时候追过一个学霸，不相信吧？现在想来，那也不叫追，只是不由自主地被吸引，他是走读生，我竟然打着请家教问题的幌子跑到他家里去找他，他很害羞，不大理我，他妈妈倒是理我的，但也要看他的脸色。我总共去了两次还是三次，后来，他妈妈出面做了点动作，我就再也没有去过了。很多年以后，我才明白，人家不理我根本就不是害羞，而是瞧不起我。现在想起来，真正让我受伤的不是那个学霸怎么对我，而是他妈妈的笑脸，他妈妈长得很好看，笑得也很美，但我一想到那张脸，就恨不得……我宁可自己没有出生过，真的。

他妈妈到底做了什么？

不想说，一说就唤醒当年的难过。

又是一种沉默，他说：我不一样，我虽然在你面前做了许多蠢事，但我没觉得受伤，更没有疼痛，回想起来，反而会想笑。

我们是在比谁更蠢吗？其实做蠢事本身并不坏，它的营养最终是被发起方吸收到了，至于被挑战的一方，什么也得不到。这是我最近才想通的。

好吧，就拿你的蠢事来说，你吸收了什么营养？

我觉得他在我心里埋下一颗不服气的种子，这也是后来我为什么会在那么短的时间内就认定萌萌爸爸的原因，学霸不止他一个，对不对？

他的笑突然变成一张面具，尴尬地挂在脸上，最终无力地掉了下来。

你对他会不会太崇拜了？

没办法，我就是喜欢聪明的人，会读书的人，成绩好的人，首先是我哥，我从小就羡慕他，恨自己不如他。他现在在深圳。你看看他待的地方，不是北京，就是深圳，再看看我……

深圳没什么了不起，我也可以去深圳，我爸爸早就去了。

是吗？你爸爸在深圳什么地方？我哥在地王附近。

他突然答不上来了，过了一会，站起身来，丢下两个字：走了。

机关大楼人气最高的楼层在二、三层，因为信贷部设置在这里，来访客户终日络绎不绝。大厅保安是初级接待员，渐渐混熟的客户边登记边跟保安唠嗑，同时掏出点小玩意塞到保安手里，一包烟，一只好玩的打火机……保安也会及时回报最准确的情报：某行长刚刚上楼，某厂长刚去找某科长，估计还没谈完。保安常常纳闷，有些人明明已经五六十岁了，噔噔噔拾级而上的时候，轻快的脚步连他这个年轻小伙子都望尘莫及。

轻快也罢，沉重也罢，留在台阶上的重量不会变，白色云朵纹大理石明显发黄，不是因为脏，而是过于频繁地摩擦导致大理石表面的哑光消失所致。

四楼是人事部、工会之类的办公室，访客稀少，里面的员工多是女性，除了偶尔响起一阵有节奏的高跟鞋声，走道里始终安静而整洁，透出一丝丝冷淡。

海燕从进入大楼开始，就只顾盯着脚面，她害怕碰上别人的眼睛，如果是普通员工还好说，既可轻轻点个头，也可假装没看见，要是行长迎面而来，且不幸跟她视线相接，她不知道是该打个招呼，还是停下来侧身低头，让领导先走，又或者，紧走几步，抢在领导前面迅速消失，以免妨碍领导的视线。与中层干部的相遇更加尴尬，他们不像行长，可以视她如无物，他们根本不想放弃打量她的机会，一边打量，一边在目光中得出评价，那种评价往往犀利如刀，令她瞬间破碎。

一进五楼她就松了一口气，出气也均匀多了。五楼除了有一间不怎么使用的小会议室，剩下的房间都归档案室使用，但目前还空着，没有任何装置。和二三层的办公室相比，这里简陋得像没有一丝生气的囚房，但她在这里感到自在。

现在要去各部门收集档案了，没想到比她想象的困难得多。

首先是信贷部门的档案。先去信贷一部，这边主要是中小企业的档案资料，负责内务的信贷员小周把她领到一只铁皮柜前，打开柜门，里面的资料分装在鼓鼓囊囊的牛皮纸袋里，歪七扭八地摞成一堆，像邋遢女人的衣柜。随便打开一只，脑壳里嗡的一声，那些资料整理得太没有章法，有订着订书针的，有别着曲别针的，因为闲置时间太长，那些钉子都生锈了。她叹了一口气，拿出档案管理细则，让小周按照细则规定重新归整。小周只瞄了一眼，就拒绝了：这不是我的工作，我只负责一户一袋，资料无遗漏，无缺损。当然，我可以帮你分批次搬到五楼去。

她打算收集一类，往电脑里输入一类。首先从信贷一部开始，但是，输入第一笔业务时，她就遇到了难题，按照规定，每笔贷款的录入都有固定格式，包括企业名称、企业代码、项目内容、贷款金额、贷款理由、经办人、责任人、批准人、还款日、展期日、逾期时间等等，可送来的档案袋里，这些内容并不在一份文件里，需要她扒开那个邋遢的牛皮纸袋，一页一页去搜寻。一笔业务还没输完，她已累得头昏眼花。中间还发现了一个大问题，有个项目责任人居然没有签字，得去补签。赶紧来到信贷一部，小周皱起了眉头：怎么办？这个责任人现在已经调走了，不在我们这儿了，我上哪去找他？

一番交涉，最终决定先把这件事作为待办事项记下来，等哪天完成了补签，再继续录入。

从上午一直干到下午三点多，总算把第一笔贷款的相关内容全部输进电脑，并按顺序重新整理了资料原件。

小周上来了，她用蛇皮袋子拖来一大袋信袋资料，说下面还有五袋，她争取在今天之内把它们全部移交到档案室。她让小周看看自己录好的资料，问她能不能按照这个顺序把每笔贷款的详情事先整理好，省得她每录一个数据，都要停下来，去资料堆里翻找下一个数据，不仅特别慢，还容易因为业务不熟，导致错误。

小周看着她，眨巴着眼睛说：那我不成了整理档案的了？那不是你的工作吗？

我还有别的部门档案要整理，我也没法在短时间内熟悉全行的业务，再来整理档案。

如果我都整理好了，再交给你录入，那你就不是档案管理员，而是打字员了，对不对？

小周的话似乎有点道理，但档案升级是有时限的，假如一天只能录入一笔的话，她不知道要弄到什么时候。

她鼓起勇气来到人事部，对吴经理讲了她是如何整理信贷档案的。这样下去我不可能在规定时间内完成任务，请让我还是回到营业部去吧。

吴经理当场回绝：人事安排又不是你说了算的。一天录入一笔肯定不行，太慢了，你得制订个进度，这不是开玩笑的。不要说什么回到营业部的话，你现在只有一条路，尽快想办法提高工作效率。

其实这一笔都还没有录完整，因为有个责任人没有签字，得补签，小周说那个人已经不在我们这了，没法补签。

吴经理来到五楼，察看了她的录入情况，又看了看还没来得及整理的原生态档案，声音低了下去。这不行，我得跟领导汇报一下。

坚持了两天以后，她的速度慢慢上来了，最多一天可整理二十笔以上，如果不需去补签名，或去二楼找小周核实一些情况，她还可以更快一点，可惜，原来的牛皮纸袋式管理太草率了，很多资料不是放错，就是遗失，遗失就得补，否则录进表格里会出现红色的错误警示。

小周给她出主意，让她直接去找部门负责人签字。第一次，负责人很痛快地补签了，第二次、第三次再去的时候，就没那么好说话了。不是我经手的，我签字会有什么问题？他往后翻了翻，放下了手中的笔。我发现这个字我真不能签，出了问题我要负责的。

但这事已经了结了，已经是档案，是过去式了。

谁知道以后会出什么问题？还是按规定来吧，该谁负责就找谁签字。

她去向吴经理请求暂时停下信贷档案录入，先录入其他部门的档案，把最难啃的骨头留到最后来啃。吴经理不同意。那怎么可以？信贷档案是重点，一定要迎难而上，等你做完信贷档案，会发现其他部门的档案整理起来轻而易举。

沮丧地回到五楼。接下来几乎无法进展，因为系统里红色标记已近极限。

中午休息的时候，她来到营业部柜台外面，作为非工作人员，她现在只有站在柜台外面的权利了。她想过来跟覃师傅说说话。

怎么样？舒服多了吧？不像我们这里，就是个机器人。

我倒宁愿做个机器人呢。她说了这几天在信贷一部遇到的烦恼，越说越沮丧，都快要哭了。

拿出点霸气来呀，又不是为了你个人的事去求他们，谁不配合就去找领导投诉，规定期限内不完成任务，人家只会拿你是问，又不会去追究那些不配合的人。你听我的，你管他们有没有时间，把东西往那里一丢，一天不做，一天放在那里，五天不做，就在那里放五天，你看他们着不着急。

她决定试用一下覃师傅的办法。下午两点多，她抱着一摞文件，再次来到信贷一部。

需要补办的地方，我都给你折起来了，我先放在你这，等你办好了我再来拿。她说完就跑，小周似乎没反应过来，等她已经走到门外了，小周才大喊一声：哎！林海燕！你什么意思啊？

她不停，硬着头皮往回走，如果是覃师傅，肯定也会这么做吧。

她坐下来继续新的录入。小周并没有追过来，大概正在对付她留下来的折页吧，看来覃师傅的方法还是管用的。

快要下班的时候，听到外面一阵又重又急的脚步声，正在想这是谁呢，门砰的一声被踢开了，小周抱着一大摞材料，以微微后仰的姿势，直直地冲了进来。

林海燕，你是想让我帮你整理档案吗？想都别想，你是干什么的？干吗把你的工作赖到我头上？谁都别想往我头上加任务，今天是第一次，我给你还回来，下次再这样，我就把它们全都扔进垃圾桶，反正我们已经在档案移交清单上签字了，任何遗失都由你负责。

但是……她试图申辩自己的立场。

没有但是，别跟我说什么但是，好言好语跟你说了那么多次，你不听，偏要来硬的，那我们就都来硬的，下次再送来的话，我会毫不犹豫直接扔垃圾桶，不信你就试试看。

小周的声音很大,在空旷的房间里激起嗡嗡的回音。

小周噔噔噔地走了,她赶紧扑过去检查那些折页,原封未动,她什么都没做。那些回音好像会自我循环,她把它们又听了一遍。

看来覃师傅的办法并不好用。

她知道这样做有点丑陋,但这是她目前唯一可用的办法。

她在吴经理面前流泪。如果他们不支持我,我一个人是没有办法完成的,与其到时候完不成任务让集体形象受损,不如现在就换人,请让我回到柜台上去,那里才是我该待的地方。

你觉得你很适合柜台吗?你知道为什么会把你从营业部调出来吗?并不是因为你表现优异才把你调上来的。

吴经理犀利地扫了她几眼,就垂下眼皮去看自己的指甲,用大拇指挨个按摩其余四个指头,全都按摩完了,才抬起头来说:这本来是你的一次机会,如果挑战成功,对你有百利而无一害。行吧,我会向领导汇报,我们会考虑你的请求。她充满遗憾的语气瞬间让海燕后悔莫及,但话已出口,什么都来不及了。

她来到一楼，正好看到押款车缓缓驶到金库门口，三四个保安全副武装，即使周围全是自己的同事，也端着枪警惕地守在汽车周围。她突然有点怀念以前的生活，每笔业务都是即办即清，不存在事后补办的问题，每人都独当一面，到了下班时间，大门一锁，浑身轻松，没有一桩未了事项会拖到明天，每一个明天都是崭新的、没有负担的开始，不像现在，总是不能干净利索，总是拖泥带水。

覃师傅是最后一个从营业部出来的，她鼓起勇气走过去，说有事要请教。

什么事啊搞得这么严肃？对了，你怎么搞的，跟信贷部的小周吵架了？

没有吵架啊，只是因为工作的事说了几句。

你看，把别人得罪了自己还不知道，人家生气得很，说你居然给她派活。我可提醒你哟，机关比柜台上复杂得多，不要轻易得罪那些人，否则你以后办什么事都不顺。

其实，我正是按照你给我出的主意办的……

瞎说，我又没在机关工作，我能给你出什么主意？

沉重的感觉像铁衣一样笼罩全身，她站在原地，下班的人陆陆续续从大楼出来，经过她身边，又往外走，她能看到每一个人，但没有一个人朝她看一眼。

自我禁言

工会要组织职工卡拉 OK 大赛,地点就在会议室。

她没想参加,她对唱歌不在行,也从没参加过这类活动,要是萌萌在的话,也许可以把她带进去乐一乐。想到萌萌,她想念她喊妈妈时,两片噘起来的薄薄的小嘴唇,她有点心酸。

工会主席专门来了一趟五楼,邀请她参加晚上的卡拉 OK 大赛。她赶紧摇手:不行不行,我是先天性的五音不全。

大家都一样,谁都不是歌唱家,报一个吧,又不是表演。大家一起乐一乐,不要有任何心理压力。我把你名字写上了哈? 工会主席顺便递上一本歌单:在这里面挑一支,如果歌名不在这里面,你就要自己准备伴奏带。

她还是想拒绝。我真的不行,以后有别的活动我再参加。

林海燕,你还这么年轻,要活泼一点阳光一点,人家怎么玩我也怎么玩,人家都向左,我就不要向右,人家都在笑,我就不要装深沉。人只有随大流,从众,才会得到肤浅的快乐。人生在世,需要量最大的就是这种肤浅的快乐啊。

哇！她赞叹一声：你把我说服了，行，我参加。

她看了两遍歌单，挑了一首《春花秋月何时了》，她记得这歌起调不高，估计能应付下来。

就这么定了啊。工会主席下楼去了。

没想到看起来平庸至极的工会主席竟能说出这样一番话来，她有点激动，决定尝试一次。她一边工作，一边调低音量，在电脑里播放《春花秋月何时了》这首歌。

回到家把衣柜打开，一件一件试穿，都不太合适，最后决定干脆就穿工作服。

到了那天，现场一看，几乎没有一个穿工作服的，就连工会主席，都穿了一身平时不大看得到的新衣。所幸现场气氛真的很欢乐，开场的是一位大姐，她原来在歌舞团工作，老功底还在，上去唱了两支民歌，立刻掌声如雷。然后是工会主席带头，唱了一首耳熟能详的流行歌曲，说实话，唱得不太好，走调，吐字错误，架势也有点滑稽，刚一开嗓，大伙儿就笑得前仰后合，同时也没忘记给他鼓着掌打拍子，受欢迎程度甚至超过刚才那位前歌舞团的大姐。

有位副行长也参加了，他开唱的时候，掌声还不如工会主席热烈，因为他唱得太认真，几乎挑不出毛病来。看来，今晚搞笑的魅力胜过实力。

其他人的献唱，除了来自同一岗位的同事会热烈鼓掌之外，一般都是不遗余力的礼貌性鼓掌，透出一股"自己人，必须给予鼓励"的友好。

轮到她了。听了这么多，她已彻底松懈下来，这不是一个展示歌艺的机会，仅仅相当于一个聚会。她对自己有信心，跟他们相比，她的水平应该不是最差，何况她在办公室小声练过几遍。没想到换了个环境，喉咙变得好紧，有点打不开嗓。她死死盯着屏幕，倒也嘟嘟囔囔一咏三叹地把歌唱完了，台下竟然没一点反应，难道他们认为她还没唱完？原地等了两秒，她催促性地说了声谢谢，指望着掌声响起，然而，两秒过去了，三秒过去了，依然无声无息。她定睛往下一看，一些人在交头接耳，一些人呆呆地望着台上出神，还有一些人在专注地吃东西。

她放下话筒，沿着甬道往会议室外面走。你不存在，你就跟空气一样，谁都看不到你，听不到你，你说话，你唱歌，你拿着麦克风唱出你最高的高音，取悦他们，也没人理睬，你连空气都不如，空气被人需要，你呢？谁会需要你？与此同时，她的硬底皮鞋发出丑陋的啪嗒啪嗒的声音，提醒她：你不受欢迎！不受欢迎！你的存在没有意义！

刚一出门，就碰到工会主席整理着裤腰朝这边走过

233

来，看来刚才在卫生间。

你唱了吗？

她不敢回答，此时的她就像一只装满了水的塑料袋，任何动静都会让她瞬间崩溃，一泻千里。

一到楼下，就听见楼上哗的一声，奢华的掌声如潮涌一般响起，又有人唱完了，她扭头望向那灯光闪烁处，他们是一伙的，他们所有人都是一伙的，舞台是他们的，掌声是他们的，欢乐是他们的，友谊是他们的，全都是他们的，整个世界都是他们的，你唱歌也好，提前走掉也好，生气也好，伤心也好，没有一个人在意。

她信步往外走，路过一个小卖店，一个胖女人趴在柜台上跟里面的女店主聊得热火朝天，她经过夜市一角，几个以算命为生的盲人正在讨论他们的业务问题，她碰上几个骑着自行车迎面而来的年轻人，他们说说笑笑，意气风发。如果他们也有卡拉OK比赛，那两个聊天的女人一定会互相鼓掌吧，那些算命的盲人也会给对方鼓掌吧，那些年轻人更不用说，他们一看就是会为对方跺脚、吹口哨的人。任何人都有自己的小团体、大团体，只有林海燕是一个人！

脚后跟传来剧烈的疼痛，磨破皮了，这是她最好的一双鞋，她从没穿它出来长途步行。意识到这一点，她弯下腰来脱掉皮鞋，拿在手上往回走。

既然你们眼里没我，那么，从明天开始，我的眼里也不会再有你们。望得到机关大楼上的霓虹灯时，她停了下来，对着那几个红色的大字默默发誓：从明天开始，你们休想听到我的声音。

第二天，她很晚才下楼。这是她第一次迟到，她一点都不内疚，第一，她不会午休，她可以利用中午继续工作，弥补她的迟到。第二，昨晚的长时间行走伤了她的脚，但那是因为卡拉OK伤了她的心，她有必要使下小性子。

在楼道上碰到了信贷一部的小周，小周在前面，她在后面，拐弯的时候，小周看到她了，但她固执地看向台阶，避开了小周的视线。我不会跟你说话的，你昨天也在不鼓掌的人群里。她对自己说。

小周噔噔噔加快步伐，很快就消失不见了。

然后又碰上了一个小伙子，他从后面冲上来，经过她身边的时候，很自然地哎了一声，她知道他那是在跟她打招呼，他昨晚肯定也在卡拉OK厅，他也是那些人中间的一个，她没必要理会一个指代不清的哎字。她侧了侧身，让他先过。

开始工作。她把小周气呼呼送上来的那一摞材料重重地推向一边，去你的！你先在一边给我等着吧。她开始录入另一个部门的档案。

十一点多，工会主席过来了，他送给她一个漂亮的小纸袋，粉绿底子上飘着几朵黄的红的小花，让人不忍生气。这是卡拉OK大赛的纪念品，人人有份，你走得早，我就帮你领了。

她不吱声，继续录入。

只是两条毛巾，工会没钱，只能给大家买点实用的小东西。

她点了点头，手上的动作更快了。她没想到不说话这么容易。

其他部门陆续上来移交档案，她也不说话。她已经把部门名称按席卡的形式打印出几个纸条，放在不同位置，有人来送档案，她就指一指那个人该送的位置。

吴经理上来看过她的进度，她手上噼里啪啦敲个不停，吴经理见她这么忙，不介意她的沉默，自说自话念叨了一阵，下去了。

中午她不下楼，要么吃早上没吃完的早点，要么泡快餐面，她准备了一箱快餐面放在墙角的纸箱里。午餐过后，她上好厕所，把门反锁，开始度过属于自己的中午。有些时候她会写信，为免在工作电脑上留下痕迹，她的信一律手写，主要是写给丁老师。

我有一个问题，一直没敢说，你研究生毕业之后，能不能考虑换一个城市工作？然后我和萌萌也可以趁机换个环境。我不喜欢在本乡本土的环境中过一辈子，反正是个小人物，与其在熟人当中做一个无足轻重的小人物，不如做一个陌生人中间的小人物。

她写完，读了一遍，把它揉成一团，扔进垃圾桶。他看了这样的信，会有什么想法呢？会不会感觉郁闷呢？
她开始写第二稿。

　　最近好吗？学习忙吗？如果可以，我希望可以带着萌萌来看你，萌萌近期一直跟着我父母，过着枯燥的城乡结合部的生活，我很担心他们只顾忙于工作，忽略了跟萌萌的交流。虽然我每个星期都会回去一次，但那远远不够。每当我看到那些下班的夫妻，牵着孩子一起回家，就很心酸，看看人家，再看看我们，一家三口，分居在三个地方，家里常年冷锅冷灶，存折上每个月末尾都是零……你能不能说点鼓舞我的话，我有时真的很难过。我母亲说我傻，我以前一直不承认，觉得是她太傻，才把别人看成傻子，但我现在有点动摇了，我可能不仅傻，而且笨，否则为什么别人都是越过越好，我却一点长进都没有呢？

她从头看了一遍，好像还是不妥，尤其不能说自己傻和笨，这很可能会破坏自己在他心目中的形象。

她开始写第三封信。

你一定很忙吧？真羡慕你，能在如诗如画的校园里埋头学习，不为无聊的事情分心，我就不同了，我也很忙，但我忙的事情都是毫无意义的琐事。有时我想，我这样的状态到底叫不叫生活？因为我总感觉自己像个站在岸边的人，永远在看别人游泳。对了，你能不能帮我留意下，你们学校有那种在职研究生吗？需要入学考试吗？我也有点想读书了，这些年来，我一直没有中断过读书，只是因为目的不明确，看书流于消遣。这是一种精力的浪费。

她决定采用第三稿。她想，这一稿进了北大校园，才勉强不会形成巨大的落差，因为，你可以过得很苦，但不可以苦得没有追求，否则你的苦就完全没有价值。

通常，成功写出一封信以后，她会处于"创作"的余兴当中，还想继续往下写，写给谁呢？萌萌还不会看信，父母都很忙,很少看文字的东西,除非是表示金额的数字。她决定给哥也写一封。

好久没给哥写信了,写下哥这个字时,喉头竟然一阵哽塞,她提到了所谓的卡拉OK大赛,这事本身不重要,她的歌喉好坏也不重要,重要的是,她进一步得知,她有多么不受欢迎,而且她还不知根由,她从没得罪过那些人,她跟那些人甚至很少有交集,他们凭什么连一点最基本的礼貌都不肯给她?他们对任何人都很礼貌,偏偏对她视若无睹,这到底是什么原因呢?她想起哥的学生时代,身边总是围着一群人,她羡慕得热泪盈眶,她想让哥教教她,怎样才能成为一个受欢迎的人,成为一个走到哪都有人注意你、支持你的人,而不是冷冷清清,走到哪哪就冷场的人。

她很快就写完了第二封信,一气呵成封上了信封,将两封信一起投进楼下路边的邮筒里。这时许多人正准备上班,他们看见了她寄信的动作,也看见了她一瘸一拐的步态,但他们什么也没说。她在路边站了一会,等那些人走得差不多了才转身进入大楼。她还记得她自我禁言的计划。

寄出两封信,如同得到两方面的支持,心中的块垒也得到了两条渠道的疏解,她稍稍振奋了一点,下午的档案录入进展更快了。一直干到四点多,肩部酸疼让她不得不暂停下来，她挺满意这疼痛，它在提醒她，她在卖力工作。

吴经理又来检查进度，她把标有红色字体的部分展示给吴经理看，吴经理一脸讶异：为什么要留这么多空白在这里？难道你还要再来一遍？不行不行，必须一次性完整录入。趁现在才刚开始，赶紧回头补齐。

她摊了摊手，又把信贷资料拿来，打开所有折出痕迹的地方给经理看。

找他们的内务小周，让小周把材料补齐。你跟她说，按照规定，材料不补齐是不能交到你这里来的。

她不吱声，继续敲键盘。

吴经理又说：先别录了，先让他们把材料补齐。

她停下来，但坐着不动。

去呀，这样不行的，别说检查组通不过，我这里先就通不过。

经理推了推她：走，我跟你一起去找她。

她在面前的空白纸上写道：我找过她很多次，她不愿协作，还生气了。

吴经理看看那些字，又看看她的脸：你什么意思？为什么不说话？为什么要写给我看。

她睁大眼睛，平静地看着吴经理。昨天晚上她看到吴经理了，她也没给她鼓掌，但她肯定给别人鼓了掌的。

吴经理弯下腰来，看她的脸：你的嘴有什么问题吗？你为什么不说话？

她觉得这个借口不错，马上抬手捂嘴。

吴经理拿了一沓材料下去了。

这样也好，让吴经理去解决这个问题，她是无能为力了。

临近下班，吴经理才带着材料上来，后面还跟着小周，两个一路说着，笑得灿烂。她站起身，接过材料，吴经理还在跟小周聊，她听出来了，她们聊的是上级分行信贷部一个有点出名的美女，她们在聊她的生活，以及出轨某某同事的传闻。

听说每次他们都是一起上班，为了不让人看出他们是一起来的，在离办公大楼五十米远的地方，她就提前下了车。

真是蠢！干吗不早点下车，这样就不会被人看见了啊。

哈哈哈，看来你蛮支持她的嘛。

她们放下材料，没跟她打招呼，就聊着走了。她打开材料一看，空白的地方仍然空着，也就是说，吴经理并没有解决这个问题，如果是这样，小周为什么要跟着吴经理一起上来呢？仅仅为了陪着她送回资料？

她收拾好东西，来到楼下，看到吴经理跟小周走在前面，她们还在热火朝天地聊着，从她们的手势来看，聊的肯定不是跟信贷档案有关的事情。

还有人在大声吆喝：来两盘吗？

她知道他们说的是麻将，这栋楼里每天晚上都有人在打麻将，麻将推倒的声音堪比钱塘江大潮，每隔十来分钟就掀起一阵狂潮，让不打麻将的人倍感烦躁。在这里，会打麻将的人才会有固定的朋友，但她觉得她没有朋友并不是因为不打麻将。

当她还在营业部的时候，她试图学会他们爱做的一切。她问过覃师傅：麻将好学吗？我也想学。覃师傅说：会从一数到十，就会打麻将。下班后，她来到覃师傅家，一间小屋房门紧闭，推门进去，屋里一张麻将桌，四个人各据一方，四根香烟，四张聚精会神的脸，手里谨慎捻着的那颗麻将仿佛是核弹开关。她强忍着香烟味道带来的不适，鼓足勇气在其中一个的旁边坐下来，她告诫自己，为了成为他们的一员，你必须付出代价。一局结束，他们一边洗牌，一边总结战局，同时嗖嗖地甩出钞票，另一个人看都不看钞票一眼，就往面前的小抽屉里扒拉，完了又聚精会神投入下一轮战斗。她留意到，那个人甩出的钞票，几乎是她一个月的工资。她有点不相信，决定再看一局，十多分钟，长城推倒，又一局结束，刚才甩出钞票的人，又一次甩出了钞票。她大吃一惊，他这是又输了吗？转眼之间，他几乎输掉了两倍于她工资的钱？正要起身离开，输钱的同事说：林海燕你赶紧走赶紧走，你一来我就输钱，看来我们俩五行相克。

就那一次，她便收回了试探的脚步。她合不上他们的节拍，也无法融入他们的快乐，她不属于他们。

丁老师给她回信了。

> 对于你的困扰，我的建议是，少管闲事多看书，趁现在萌萌还没回家，我也不在家，你可以清清静静地看看书。你记住，书，永远都不会白看。至于学历，我觉得顺其自然，不必勉强，你已经有了比较好的工作，你只需要看喜欢看的书，充实自己就行，一个内心充盈的人，是会笑到最后的人，也是不怕孤独的人。

这一次，丁老师的信让她稍稍有点失望，因为丁老师的话，不像是为她专门定制的，像是对某个群体说的，对她没什么冲击力，而且她也没法弄到"喜欢看的书"，这里只有新华书店，那里的书不是她早就看过的，就是根本不想看的。

哥照例没有回信，她之前给他写的信，他也没回，他真有那么忙吗？写一封信，最多半个小时，他连半个小时都不肯给她。似乎是出于恼怒，也许还有报复，她突然决定给哥打个电话。之前，爸在家里声明过，说是哥特意向他交代的，他在那边工作很忙，不是正在开庭，就是正在跟人做重要会谈，为开庭做准备，所以，如果没有特别特别重要的事，尽量不要给他打电话，他会按时打电话回家，一起商量家中诸事。有了这个声明，她基本上没跟哥打过电话。

她满以为哥是不会接这个电话的，没想到，哥竟然接了，他的声音很低沉。嗯，什么事？信？好像没收到，信里说了什么？

她咽了下口水，那封信，根本不适合转化成为口头表述，尤其是现在这种问答式的语境之下，她一个字都说不出口，情急之下，只能说起别的。

丁老师去北大读研了，我不知道爸妈有没有跟你说过。

说过，可以，好事。

咦，你当年为什么没想到去读个研呢？

嗯，现在还说这个干吗？你还有别的事吗？

她心里一凉，更加说不出话来。这是强行让她挂电话吗？这么一想，电话里出现大段空白。

那我挂了？我这边有点事。

这次通话，让她的心情糟糕到了极点。他们之间到底出了什么问题呢？从小就是这样，她怕他，仰望他，而他从不正眼瞧她，她长大的过程，其实是追随哥的脚步的过程，但她永远也追不上，永远只能看见哥远去的背影，到现在，她连哥的背影都望不到了。难道他们生来就不平等？可他们明明是一母所生，同一起点，同一环境。她实在是想不通。

就在这天，她悲哀地意识到，哥其实一直在带给她痛苦，没错，她深深地以哥为自豪，可哥带给她的，只有无法摆脱的痛苦，每接触一次，痛苦就加深一次，而最大的痛苦偏偏在于，她不能放弃跟哥的接触，永远都不能。

两相对比，觉得还是丁老师对她更好，以后真的要听丁老师的话，不要总是我哥我哥的，哥离她已经比相隔的物理距离还要远了。

她又看了一遍丁老师的信，想起从小柳那里拿来的那本《金融英语》，在没有得到更好看的书之前，不如来学英语吧。小柳不是说她压力大，根本学不来吗？如果她能把这本书啃下来，吃透，至少在小柳面前，会很有面子。这么一想，她渐渐有了斗志。

超级助手

她的禁言计划注定短命。

早上,吴经理带着一个满头白发笑容可掬的老头进来。

林海燕,给你找了个专家和指导老师来了,这是财政局退休的李局长,不论是工作经验还是人生经验,堪称顶级大神,林海燕你有福了,等档案升级做完,你会发现你相当于上了一所大学。她马上想到,几天前,吴经理跟她说,为了保证档案升级顺利完成,领导已同意给她找个帮手来,不会就是这个人吧?

李局长始终笑呵呵的:什么局长,什么大神,太夸张了,林海燕,这名字好啊!以后就叫你海燕吧,你就叫我李叔,他们都叫我李叔!

她对满头白发的人有种天然的尊敬,何况李叔身上还有种解释不清的亲切感,就像此刻他们并不是第一次见面,而是早就预约好的老熟人。她只是有点疑惑,干吗找一个财政局退休局长来,难道不应该是档案局退休局长吗?

吴经理走后,李叔一句多余的话都不说,立即开始工作。

听说现在我们的难题是各部门交上来的档案不够规范、整改又不是很积极。李叔观察力十分了得，直接走向她用席卡标记出来的各部门待完善档案堆。我知道他们为什么不积极，日常工作中没有档案意识，事情一了结，就往柜子里、抽屉里一塞，不管不问，就跟小时候上学不爱理书包一样，这种事当时了结是最好的，时间一长，要来补办，会麻烦得多，因为当事人都变了。行，这个任务交给我吧，我们一个部门一个部门地来，今天先对付信贷档案，信贷部门的人我还是认识几个的，我去找他们，缺哪里补哪里，一定把它弄得规规整整地交到你手上。

她倒不知说什么好了，还以为李叔今天会先安顿好自己的办公桌，再了解自己的任务呢。

李叔翻了翻那堆信贷档案，从中抽出待签字的几份。她慌了：这个不能分开拿走，得整套整套地拿，弄不好会破坏档案的完整性。

不会的！李叔顺手在抽走文件的几个地方大手笔地折了一下：我做个记号，等我弄好了再放回去不就行了？哈哈哈。

李叔很爱笑，他拿着几页待签字的文件，在门口笑眯眯地跟她道别，叫她放心，小事一桩。

一直等到中午，李叔还没回来，下午也没听到李叔的动静，她专门找了个机会，去三楼逛了一圈，信贷部三间办公室都不见李叔的身影，他要是没拿到签字，反而把文件搞丢了可怎么办，他拿走的时候可是没有签字的。想到这里，她有点紧张，她最担心的，就是弄丢资料，那里任何一张小纸片都不能弄丢的。

第二天一早，李叔笑眯眯地出现在办公室门口，她问昨天的补签字怎么样了，李叔说：不会那么快的，我已经把它交给信贷部长了，放心，他会想办法的，有些事，只有他们才能完成。

难怪上次她跟小周都急眼了，事情还是没有进展，她讲到那段时间的困难，问李叔：难道小周会想不起来去找他们的部长解决这个问题？

李叔在她旁边坐下来：海燕哪，我告诉你，第一，你说的这件事，不是小周的分内之事，很多事情都是她的前任经手的，她每天的分内之事都忙不过来，怎么会去插手前任留下的麻烦呢？第二，以小周的权限，她不一定做得到，那些要签字的材料，其实很复杂，信贷部长虽然接受了，但他也不敢说签就签，他必须去找行长，找当时的经办人，取得大家的认可，他才敢签。我现在正在做的工作，就是促使他们几方面的人坐下来，讨论，通过，再补上签字，所以你不要急，档案看起来是死的，实际上它随时可以活过来，比方说，一旦将来有某项调查涉及这份材料，那它的价值就体现出来了，所以你的工作非常重要。

她顿时一阵轻松，压在心头的大石块，猛地一下搬开了。李叔，这事真的是非您莫属，不论是我，还是小周，我们都不可能去协调部长和行长。档案室有了您，我突然有信心了。您来之前，我真的快要干不下去了，他们都不肯配合我。

部门之间的配合，是最难的，这里面的学问太大了。慢慢来，你还年轻。

见她一边说话一边还要忙着往电脑里输入档案信息，李叔劝她：休息一下，你不要以为休息会耽误进度，适当的休息也是在工作，射击运动员最懂得这一点，他们永远不会一直把弓拉满。

她就依了李叔，推开键盘开始聊天，李叔问她的家庭情况，得知她老公在北大读研，女儿在外公外婆身边时，李叔立刻一脸严肃：这样不行的，一家人最好不要分开，一家人要永远在一起，否则容易出问题。

但我们的分开是暂时的，等他研究生读完，我们就会重聚。

李叔看了她一会，张开两手，做了个要掏心的动作，伴着一脸的怜悯：听说他的学费也是你掏的，你不是表面的好，是从内而外散发出来的美好，我很少遇到像你这么好的人。

哪里，我也是不得已，他本来没必要去读研的，高考突然取消了这门课，学校也就取消了他的课程，他又很倔，不肯改专业，那就只好去读研。真的是被迫，不得不做出这样的安排。

还是你人太好了，换作别人，宁肯想别的办法，也不会做出这个牺牲。你想过没有？他读了研究生，提高的是他自己，增加的是他自己的砝码，你的能力提高了吗？你的砝码增加了吗？你在家又是工作又是带孩子，节衣缩食供他读书，天平两端，你的重量一直在减少，他的重量一直在增加，严重不平衡。

李叔，我没想过这些，一家人不需要摆一个天平在中间，一家人不是站在天平两端，而是一起站在天平中间。

林海燕，你了不起！李叔伸出两只大拇指：你是我见过的最纯真最善良的姑娘，好人定会有好报。不过，就是对你女儿有点亏欠，跟外公外婆在一起，总是不如跟爸妈在一起。

我每个周末都回去陪她，我会尽快把她接到身边来的。

赶紧接过来，如果你觉得时间安排不过来，晚点来早点走都没关系,办公室里我可以帮你顶着。妈妈一定要多跟孩子在一起,我这把年纪了,还喜欢跟妈妈在一起呢。

您的妈妈?

是啊,她九十二了,只要不下雨,我每天都会陪她一起散步,走不动了就搭三轮车,九十二了,能多陪一天是一天。

她很快就见识到李叔是如何陪他妈妈的。

那个周日傍晚,她从爸妈家回来,刚一下车,迎面来了一辆人力三轮,李叔跟一个头发雪白衣着整齐的老太太并肩坐在车上,她喊李叔,李叔笑呵呵地朝她挥手。三轮车慢了下来。

我刚和我妈从公园出来,正准备回家。

老太太也跟着李叔一起,探身朝她挥手。

她被这情景融化了,这样的母子,真是令人羡慕啊。不禁想起萌萌的哭声,知道她要走,萌萌拉着她的衣服,哭得不依不饶。李叔这么大年纪了,还有妈妈陪在身边,她的萌萌才那么小,却要忍受妈妈义无反顾离她而去的痛苦。她恨不得立刻回到车站,重新坐车回去。

这种感觉一直持续到第二天,李叔来到办公室,拿出一包炸好的豆腐果子，放在她面前。

尝尝，我妈做的，特意交代我"送你年轻的小同事尝尝"。

说是豆腐果子，其实是豆腐和瘦肉泥搓成的肉圆，因为才刚刚炸出来，热乎乎的好吃极了。她马上请教了配方和做法。我要做给我的萌萌吃。

对，还要把萌萌的爸爸也叫回来吃。家最重要的就两个地方，一个是灶，一个是床。吃好睡好，至关重要。

这天真是个好日子，不光品尝到了美食，李叔也从信贷部拿到了补签过后的档案材料，第一个拦路虎总算消灭了。李叔提议，他们应该跟信贷部的人小聚一次，吃个饭，以表谢意。至于吃饭的钱，李叔说，你不用管，我来想办法。

三天后，李叔说，我在稻花香订了一张桌子，中午下班后，我们和信贷部，还有你这里需要补齐材料的其他几个部门的相关人员，一起吃个饭，聊一聊，一是表达谢意，二是请他们以后多多支持档案工作。

稻花香啊？很贵吧？李叔你千万不要自己花钱啊。

李叔摇手：你就不要操心钱的事了，待会儿到了饭桌上，好好致谢就可以了。

稻花香包间，很大的饭桌，足足可以坐十五个人，几乎所有她列出席卡的部门都来了一到两个人，有负责人，也有办事人员，李叔开门见山：谢谢大家给我这个老家伙这么大的面子，我现在在你们的档案室讨生活，我和林海燕两个人，老的老小的小，全靠大家支持……

他话还没说完，就被大伙儿一拥而上按在正席位置。李局长，李叔，折煞我们了，以后有需要，您也不需要楼上楼下地跑，直接打个电话，张三，到我这里来一下，李四，快来快来，有点事给你做，我们保证跑得比兔子都快。

一番客气过后，大家约定饭桌上不谈工作，只谈生活。大家最感兴趣的好像是李叔的两个儿子。一个叫李扬的，现在是大学教授，著名学者。李叔很谦虚：什么学者，就是个教书的。一个李谦，现在在省直机关，前途十分可期。李叔同样谦虚：什么前途，小办事员一个，讨口饭吃。

他们不答应。如果说李扬李谦都是讨口饭吃，那我们就是叫花子。李叔大声说：这我不同意，省里也好县城也好，不管在哪里，工作的难度都是一样的，生活的难度也一样。前几天李谦告诉我，工作上遇到了一点问题，很棘手，问我有没有什么好办法。我告诉他，那就先放下，去吃一顿，哪里遇到问题，就在哪里吃一顿，没有一顿饭解决不了的问题。

又是一阵大笑，笑过之后，话题便落脚到家庭，说到李叔年迈而精致的妈妈,都讲她肯定一辈子不操心,又会保养,才会老得这么优雅。李叔说:才不是,她这一生十分坎坷,什么都经历过,她最可贵的是心态好,一事当前,迅速找个比对来平衡自己的心态。她还有个习惯,对我影响最大,无论发生什么事,都要吃好一日三餐,坚决不许因为生气或是心情不好而不吃饭。其实也没吃个什么好的,有几年家里比较困难,买不起肉,她就去菜场买那个干虾皮,回来跟干辣椒和葱姜一起炒,又下饭又香,那个味道我至今都还记得。一个好母亲,最重要的职责就是把一家人紧紧地团结在饭桌边,吃得好,心情就好,出去办事就顺,干什么都顺,真的,你们记住,胃里顺了,什么都顺。

饭桌上的几个女性听得尤其认真,频频点头称是。

看来我们有必要去练好厨艺。

我也准备马上去练几个拿手菜。

我见过李叔跟妈妈坐三轮车的样子,我觉得老人家看上去就像天使,这是我第一次用天使这个词来形容一个老人家,太阳底下,满头银发发着光,慈眉善目,不胖不瘦,真的非常优雅精致,完全看不出经历过李叔刚才讲的那些事情。

我也看到过,说句不好意思的话,我当时以为是李叔的爱人。

又一波大笑声中，李叔说：我爱人身体不好，走得早，现在就我们母子二人相依为命。

正在聊得深情、吃得尽兴时，李叔突然把话题转向林海燕。

林海燕是个老实人，也是个忠厚人，把爱人放到北京去深造，给他交学费，一个人又要上班又要带孩子，任何一个会打小算盘的人都不会走这一步大险棋，但林海燕就敢，这正好应了那句话：君子坦荡荡，小人长戚戚。看我们海燕，一点都不担心。

换成是我的话，我是做不到的，最不济也要签个协议在这里。林海燕你们签了吗？没有签的话，现在补签一个也来得及。

她有点摸不着头脑：你指的是什么协议？

于是纷纷摇头：你们就别操心了，憨人有憨福，谁说一定会出现你们意料中的情况呢？

你们的意思是，丁老师会变心，会看上别人对吗？我觉得他不会，光是学业，他都忙不过来，天天熬夜到凌晨一两点，再说我也管不了那么远，与其操心我管不了的事，不如先做好我该做的。

这话说的！什么是你该做的？上班带孩子？给他寄学费？太委屈自己了。

应该说，是付出，不是委屈。

好好好，就依你说的，是付出，那你的收获呢？光讲付出不讲收获？

有些收获，不能以物质来衡量。

你就不怕地理上的距离，会带来情感上的隔阂？

所以除了电话，我每天都会给他写信，但不一定每天都寄，通常我会一个星期寄一到两次，为的是让他看到我和萌萌的生活细节。

然后你就认为他读了你的信，走在校园里满脑子都是你和萌萌的生活细节，除了功课什么都不想，就想着毕业了该如何报答你，是吧？

哄笑声中，李叔说：你们放心，林海燕肯定会有直觉的，她的直觉会告诉她，该怎么做，不该怎么做。

我们之所以担心，是因为我们是同事，是一家人，我们不希望她有任何的不开心。

但她还是不开心了，那些人无非是在怀疑丁老师的人品，他们根本就不了解丁老师，也不了解北大校园，那里的女生根本就不是他们想象的那样，那里人人用功读书，做实验做到三更半夜，人家心心念念只有自己的学业，人家不会把自己的青春浪费在那些无聊的事情上面。当然，她不会跟他们争辩，他们都是档案室需要讨好的人，要是得罪了他们，这顿饭就白吃了。这样想着，她低下头去。

他们误解了她的低头,转而开始开导她。

林海燕你也不要被他们的说法吓倒了,丁老师毕竟跟我们一样,出生在小地方,善良忠厚的底子终究是在的,你这么辛苦地成全他,他多少会报答你的。

她的头垂得更低了,这样便于更好地隐藏自己的情绪。

不知谁看了一眼时间,惊呼快要上班了,于是慌忙结束宴席,一哄而散。

她和李叔落在最后面。

李叔,我知道他们是好心,但话讲得真难听,在他们看来,我基本上已经是个弃妇了。其实事情根本就不是他们想得那样。

李叔拍了拍她的背,一脸得意的笑:这你就不懂了,这正是我的用意,我们不是想要得到他们的支持吗?人在什么时候才肯帮助别人?只有意识到自己比对方强大、比对方优越的时候,才肯伸出手来帮一把,所以,适当的示弱非常重要。你不能一边向他们炫耀:看,我的爱人在北大读研究生,我的爱人全中国学历最高,我的爱人将来前途不可限量,一边却还要求他们的支持:这个签字麻烦帮我补一下,那个表格请帮我填一下。谁会帮助一个高高在上、从内心瞧不起自己的人呢?放心,以后我们再为档案的事去找他们,他们一定会积极配合的。

李叔，你这用心真是……不过，这饭钱……真的没有问题吗？

这事就不用你操心了，一切都是为了工作，你只管加足马力往前开就行了。

现在她中午也不回宿舍了，气喘吁吁爬到七楼，就为了浅浅地小睡片刻？不值得，也对不起被迫寄养在父母那边的萌萌。她在办公室放了一床小毯子，再拿出从小柳那里带回来的《金融英语》，她打算每天中午集中精力学习半个小时，相信积累下来会有不小的收获。

没有同事的办公室（李叔在隔壁办公室，而且注定会迟到早退）真是太好了，她可以脱掉鞋子，可以一边吃东西一边看书，累了就定个十分钟的闹钟，放心地打个盹。至于需要其他部门配合的地方，有了那顿饭，的确润滑多了，她现在基本不会碰上困难，只需要划定一个时间线，按部就班地往前走就行。她现在真的有点喜欢整理档案这份工作了。

有一天，李叔不知从哪里弄来一小盒点心，自作主张往她抽屉里塞。刚一拉开，就惊叫起来：呀！《金融英语》，海燕，你在学英语啊？

她请求李叔不要说出去，因为还学得不够好，说出去白白惹人笑话。

李叔伸出大拇指：海燕，现在我知道你为什么对你爱人那么有信心了，你为人正直，无可挑剔，任何人不敢在你面前动歪心思。

没多久，整个机关都知道她在学英语了。人事部吴经理有一天碰上她，叫住她说：进度没问题吧？要进入倒计时了哟。她回答说没问题。

嗯。至于《金融英语》，可以等档案升级完成以后再学，事分轻重缓急哈。

吴经理走远了她才反应过来，这是在批评她吗？再一想，根源肯定在李叔那里，肯定是李叔在到处宣扬她学英语的事情。她有点生气，但也没法为此去指责李叔什么，毕竟李叔也没有恶意。

这事也带来另一个后果，她现在已经别无选择，必须把《金融英语》学好，学出成绩来，学到随时可用的地步，否则就真是个笑话。

于是，除了中午的半个小时，她又给自己加了课时，下午下班后坚持学习一个小时再下楼。这样坚持了一个月，她感到进步不小，内心更加充实，但也带来了一个副作用，她与那些同事间的交流更少，因为她与大家的节奏都不一样了。

没过几天，李叔带来一个消息，打破了她内心的宁静。

海燕，上个月你拿了多少奖金？揽存奖。

没有，我从没拿过这个奖。我在营业部的时候，因为完不成存款任务，还扣过几次工资呢。

怎么会这样呢？我听说每个人都有奖啊，上个月，最低揽存奖一千多，最高两万多，这还只是一个月，这样下去，有些人要发大财了。

她睁大眼睛，差点没叫出声来，两万多！怎么可以拿这么多！如果她能拿这么多奖金，可以办多少事啊，她可以请个保姆，把萌萌接到身边来，或者一次性付掉丁老师的学费。

了解到她拿不到奖，主要是拉不到存款以后，李叔一拍桌子：你一个堂堂正正的银行职工，怎么可能拉不到存款呢？下个月开始，我来帮你，该拿的钱一定要拿到手。

不用了李叔，他们告诉我，正是因为考虑到我揽存能力差，才照顾我把我安排在档案室，存款任务也给我免掉了。

不能免！免什么免！人家做得到，你为什么做不到？我就不相信，你拉来了存款，他们会不给你奖金，制度不是针对某一些人的，制度适用每一个人。

李叔走后，她有点坐不住了，难怪他们从不拮据，甚至称得上富裕，他们每个月都能拿到那么多钱，而她却只有工资表上那点钱，就那一点点钱，还不能全部归她使用，她得拿出一半来寄到北京。她的经济状况跟他们相比，实在是太悬殊了。当然，人家拿得多，那也是人家应得的，谁叫她能力不强，拉不来存款呢？只是，说到能力，她有点不服气，那种能力并不是训练出来的，也不是后天习得的，它带点先天性特质，比如跟某个企业财务负责人关系好，比如家里跟某个能够运作大资金的人物有特别的关系，或者家里人干脆就是那种人，她先天缺少这一块，这正是她拉不来存款的原因。

你会干的人家都会干，你不会干的人家也会干，甚至会越干越好。她在窗边站了很久，意识到她仅剩的出路，也许就在于那本《金融英语》，就她目前所知，他们没有一个人会想到自学这个，或者说，没有能力自学这个。

下午三点多，李叔打电话来，让她赶紧下楼一趟，有好消息。

下去一看，李叔和一个中年女人站在营业部外面。

原来李叔成功帮她拉到一笔存款，竟然是一笔二十万的个人定期存款,这可是揽存中的上品。李叔帮两个人做了介绍,那个人姓古,是个窗帘店老板,李叔让她叫古姐。三个人稍微寒暄了一会,一起来到柜台,李叔对柜台里面的人强调,这是林海燕拉来的存款,你们别忘了给她登记啊。办理过程中,李叔小声对古姐说:你老公的事,我会抓紧办,你放心好了,我一有消息就通知你。古姐连声地道谢。

她明白了,为了帮她,李叔动用自己的某种资源做了交换。

送走古姐,她赶紧表白:李叔,如果这个月有奖金,我全部给你。

瞎说!我要你的奖金干什么?好心好意帮你,你还说这种话,太不懂事了你。

李叔,你这样做,我无以回报,太有压力了。

你呀,你以为我只是想帮你挣那点奖金吗?我想让你借这个机会认识更多的人,总是一个人独来独往有什么意思?要主动去认识人,结交人。这个古姐,你别看她只是一个小店主,她的生意做得非常好,为人也特别好,你跟她结识了,慢慢就会认识一些跟她差不多的小老板,你的存款来源是不是就越来越多?接下来才是最重要的,你要学会维护跟她的关系,今天认识以后,要找机会多去拜访她,比如年底的时候给她送点你们的年货大礼包，过年过节送个贺卡，碰上有机会，给她介绍个做窗帘的客户，这么一来一往，友谊就产生了呀，人与人之间，没有来往，什么都免谈。

她没想到李叔对她如此用心，感动得不知说什么才好。

我再问你，你是不是跟单位的同事也不大来往？这样不好，人这一辈子，除了家人，就是同学同事，同学没几年就散了，同事是最有可能陪你一辈子的人，跟同事搞好关系，人生都是愉快的。愉快很重要啊，那是了不得的润滑剂，有了这个润滑剂，不说所向无敌，起码不会遇上太大的困难。

我也知道愉快很重要，我也非常渴望你所说的愉快，但我就是做不到，真的很奇怪，有些人看上去什么都没做，一出场就莫名其妙大受欢迎，我即便是诚心诚意讨好人家，最后也只能遭遇尴尬，我觉得这种本事是天生的吧，我从小就不是个招人喜欢的孩子。

天生的东西也是可以改的，左撇子是不是天生的？大多数左撇子都改过来了。为了活下去，为了活得越来越好，必须要改，生活不是在你这里就结束了，你还有家人，还有孩子，为了他们，你也得改，否则，你会把你的难题遗留给他们。你想想，萌萌都快两岁了，你为她做过什么？

李叔的话像一盆火,烤得她浑身发热,尤其是说到孩子时,她感到内心有什么东西被点燃了。

李叔,我听进去了,我会改的。正好快要过中秋节了,到时候我会去看望古姐。但同事这一块我真不知道该怎么办?

你觉得症结在哪里?

我不知道,我要是知道我就改了。

我分析呀,你是不是过于专注自己的事情了,工作啊,家庭啊,自己的学习啊,完全没怎么留意别人。这个世界就是这样,你不关心别人,别人也懒得关心你,久而久之,你就相当于在自己周围竖了一堵墙。得找个机会把这个墙打破才行。

我还以为不去注意别人,是在尊重别人呢。

人就是个很奇怪的东西,被人关注太多了会烦,没人关注也会烦,但总的来说,大多数人还是喜欢被关注的。海燕哪,不急,这事急不来,用心就行。我会帮你留意,我们以后尽量不要再错过任何融入集体的机会。

奖金拿到了,她要全部给李叔,被李叔骂了回来。又说分一半,李叔骂得更凶。你不能把人想得这么庸俗。

她第一次觉得上班真好,碰到李叔这样的同事真好。

就在这个周五,李叔告诉她一个消息,营业部杨主任五十岁生日,周六在洪都饭店请客,很多人都会去。

你也要去，一定要去。李叔说。

我，这样的活动我一般都没参加，再说，我现在已经不在营业部工作了。其实她首先想到的是杨主任跟她关系并不是很好，否则也不会在营业部晋升为优质网点的时候把她排除在外。

你怎么能这么想呢？总共就这么几十个人的单位，每个人都要当成珍宝一样去小心对待，你怎么能保证档案工作结束后不会重回营业部？就算你不回去了，大家还在一个大锅里吃饭，不要这么见外，同事家里大小事，能参与的尽量参与。听我的，去！我先帮你把名字报上去。

李叔走了几步又回来：至于红包，你就随大流，送个平均水平，五十就够了，不要多送，今后这样的机会还多呢。

她差点忘了，还得送个红包，工作了这么久，她还没送过一次红包。

幸好有李叔给她带来的揽存奖，否则她会害怕这凭空多出来的开支。如果真像李叔说的，今后这样的机会还多，她决定把这笔揽存奖作为人情专款放在一边。给杨主任的红包，她没有按李叔的指点，包个平均水平，而是包了一个大的。她是这么想的，首先，这笔奖金与营业部的申报有关，其次，她曾经是营业部的一分子。

因为是周末,她把萌萌接了过来,萌萌快两岁了,可以吃一点宴席上的东西了。没想到萌萌大受欢迎,尤其是杨主任,居然亲手抱了萌萌一会儿,萌萌也是出人意料,不哭不闹,面无表情地望着这个人,一副城府颇深的样子。李叔悄悄对她说:你的萌萌,将来会比她妈强得多,你看她那个老成的样子,不哭不闹不慌张,眼睛里很有内容啊,根本不像个两岁的小孩。

散席的时候,杨主任过来送给萌萌一只好看的小书包,里面装着糖果和一只绒毛小熊。萌萌快上幼儿园了吧? 这是叔叔送你的书包。她刚想推辞,萌萌却把书包牢牢地抓在手里。

覃师傅,还有几个营业部的同事,也过来逗萌萌说话,萌萌虽然一声不吭,眼睛却一眨不眨地盯着她们,一点都不怕人。

她感到意外的惊喜,她原来以为萌萌会害羞,会躲闪,会哭闹,没想到她对这一切如此坦然,暗藏喜欢。这孩子,她跟自己多么不一样啊。

从洪都饭店出来,她走在李叔旁边,李叔再次说:你的萌萌,你就等着为她骄傲吧,我虽然不会算命,但我会看人。

她大声笑着,客气着,不知不觉就错过了自己的路口。她忘了拐弯了。

李叔说：干脆，到我家去坐坐？前面不远就是，反正家里就我和我妈，我妈最喜欢小孩子了。她也没多想，就答应了。

李叔家在一个旧得颇有气派的小区里，连楼道都比一般小区要宽。大门是双开的铁门，沉重结实，门一打开，扑面而来的是又高级又朴素的气息，深棕色家具闪闪发亮，放置兰草的花架都倍显结实稳重，木沙发上的靠垫饱满厚实，窗帘却是轻柔得像随时都在飘动的白纱。在她看来，这里豪华又温馨。

将满头白发扎成一根小辫的老太太出来了，一身深色宽衣阔裤，手拿一把小小的折扇，绿玉手镯在小臂滑动，慈眉善目，声音温柔。她赶紧拉着萌萌给老太太鞠躬。李叔介绍：妈，这是我同事海燕，这是海燕的女儿，我们刚刚吃过杨主任的生日酒席，路过这里，让她们进来喝口水。

奶奶笑眯眯的：你们坐，我来烧茶。哎呀你看你，真是让人羡慕呀，这么大年纪了，还有这么年轻的同事。

妈，我跟你说，这个海燕，他们家可是一家子高才生，她爱人是北大的，现在又去北大读研究生了，她哥哥也是北大的。

哎哟，真是太了不起了。你父母都是干什么的？

他们都是很普通的人，我妈在医院做清洁工，我爸原来是工人，后来自己卖卤菜。

哎呀，那更了不起了，他们肯定都很忙，这么忙还没耽误你们的教育，那得多操心啊。遇上这么好的父母，是你的福气啊。

从进门开始，海燕就感到神清气爽，心境开阔，现在听着两个老人的对话，内心更是温暖得一塌糊涂。要是有朝一日，能把自己的家建设成这个模样，该有多好。

萌萌也不拘谨，晃着小身子，满屋子转，最后在鱼缸前站着不动了，眼睛一眨不眨地望着里面的小金鱼。奶奶问她：你有没有给她准备个小宠物？小孩子可喜欢这些了，指了指李叔说：他小时候，我给他弄了一只小乌龟，他一回家就去跟他的乌龟说话，喂它食。养了十多年，后来送给别人了。送完了又后悔，好长时间都放心不下。

奶奶的语气，让人感觉李叔还是个孩子，而不是七十多的老人，再看李叔，的确像个孩子，笑嘻嘻地站在旁边，一双眼睛牢牢地黏在妈妈身上。

茶泡好了，三个大人围坐喝茶，萌萌在茶几边捧着杯子喝老太太给她倒的牛奶。

时间过得很快的，还有两年萌萌爸爸就回来了。妈，我这同事可不简单，她爱人读研，学费生活费都是她供的，她还要一个人养孩子，真的很不容易。就算在这种情况下，她还在坚持自学英语。可惜这么好的员工没有受到重用，有点不公平。不着急，我来帮你慢慢想办法。

老太太望着她，眼神温暖而坚定：你人这么好，一定会有好报的，不要在乎一时一事，眼光放长远一点，我活了这么久，只相信一件事，最终还是心地仁厚的人结局最好。又拍了下儿子的肩：年轻的同事忙不过来，你要记得帮一把呢，你现在又没有家务拖累。

李叔已经帮我很多很多了。

萌萌突然走到大人这边来，冷不丁对她说：外婆叫你付钱，生活费。

三个人都愣住了，接着又都笑起来。老太太说：果然是细儿说实话呢。

她窘得脸都要红了，之前萌萌一直不吭声，没想到第一次出声，竟是跟钱有关。不过，老太太也说：我相信外婆并不是真的想跟你要钱，她只是希望你记得她对你的付出，不管怎样，下次见到妈，记得跟她说一声，就说妈，我记得的，我会加倍回报你的。一句好话暖人心，就算亲妈也是一样。

自 荐 信

五楼的人气越来越旺,而这一切,居然都是满头白发的李叔带来的。李叔到来之前,她总是轻悄悄地进来,打开门,让门虚掩着,除了上厕所,再不出门一步,更不轻易下楼。李叔不大坐得住,他就像个多动症孩子,在桌前坐不了十分钟,就找出各种理由外出,不是找部门拿资料,就是去核实、补签各种材料,有时他拿着材料出门,回来时并无任何补签,她不免怀疑,李叔根本就只是去找人聊天。对此,她毫不反感,反而识破诡计似的独自微笑起来。

有一天,李叔打来电话,在里面焦急地喊:林海燕,快点快点,到营业部来一趟,这里有个外国客人,他们都不懂英语,你肯定行,快来快来,我们都在等你。

她本能地感到害怕,虽然一直在看那本附有磁带的《金融英语》,但一次也没实战过,心里没底,再一想,既然大家都在等她,要是她退缩了,以后岂不是没脸见人?先去看看情况再说。

柜台外面站着一个白人小伙子。她清了清嗓子,凑近窗口，用英语问他需要办理什么业务。这是她第一次在生活中用英语跟一个人说话，她依稀听到了脑子里发出轻轻的轰鸣，但她别无退路，只能打起精神，全力以赴。

她以为她会紧张，会嗓子发紧，像那天晚上令她大受打击的卡拉OK一样，奇怪的是，她听到自己的声音格外的流利、清晰，那个小伙子也及时做出了反应，显然，他听懂了她的话，而且很感谢她在此时出现，这给了她极大的鼓舞，她顿时兴奋不已。接下来，她清清楚楚地听见了他的诉求，原来他想兑换一些美元，而他的卡上是英镑。天哪！看来她这段时间的学习是有成效的，她终于做了件正确的事。她将小伙子的需求翻译给柜台内的同事听，同事摇头：我们这里办不了，我们还没开通外汇业务权限，要到分行去办。

真是令人伤心，她抱歉地向小伙子解释，看着对方越来越失望的脸，她灵机一动，给他画了一幅去分行的路线图，为确保自己的路线图准确无误，她向大厅保安招手，让他替自己检查一下路线图是否正确。

保安一看就笑了：你这个路线图别说是他，就算是本地人都看不懂，帮人帮到底，我给你提供一个情报，二十分钟后，信贷部有人去分行办事，说不定可以搭他们的便车去。

她一听，大为振奋，一边安抚白人小伙子让他稍等，一边联系信贷部，确认是否有车出行，是否未满员，是否可以捎上外国客人。

大功告成，她回过头来告诉客人，虽然这里不能提供他所需要的服务，但二十分钟以后，她的同事将会开车带他到上级分行，他将在那里得到完美的服务，遗憾的是，路上将花费他一个半小时。小伙子不停向她致谢。通过这些对话，她的英语语感一点一点全都唤起来了，索性走出柜台，跟小伙子聊了几句，原来小伙子是四十里外一个水电站的外聘专家，他将在那里工作一年，他另外两个同事，包括他们的家庭，将在半年后到达。

信贷部的公务车提前出发了，她将小伙子送到车边，道别。重新回到营业部时，发现每个人都在用赞许的目光望着她。

林海燕，原来你还藏有这一身绝技！太厉害了！

看你平时无精打采的，关键时刻大展雄风啊。

哪有雄风？明明是雌风。

嘻嘻哈哈中，营业部杨主任走了过来，不知为什么，他比以前消瘦了很多，脸色白里带黄，精神也没以前好了。

林海燕，档案升级的事快结束了吗？快点把档案搞完了，还是回到营业部来吧，听说水电站来了一批外国专家，今后涉外业务会越来越多，总不能每次都去五楼把你叫下来吧？我会去跟领导反应，让他把你重新调回营业部，另外你还要给大家搞搞培训，至少给我带出一两个徒弟来，光你一个人懂点英语不行。就这么定了，快点结束档案室的工作，早日回归营业部。

她有点反应不过来，站在那里发愣，覃师傅一个劲地冲她挤眼睛，做手势，她不懂覃师傅的意思，弯下腰去问，覃师傅急得拍了她一下：快点下来呀！你本来就是营业部的人！

但我那边的工作还没结束。

你管它呢！杨主任都发话了，这里更需要你，他会去跟领导协调的，错过这个机会，可别怪我没提醒你。放着好好的专业不做，跑去搞什么档案！那东西谁不能做？换成是我，赶紧回去把档案室门一关，钥匙往他们面前一扔，直接到营业部来。

她当然知道不能这么做，但还是点了点头。回到档案室，心里还在怦怦跳，刚才发生了什么？要有变动了吗？就凭那两句英语？应该不会那么简单。她看看电脑上已经录入的档案资料，再看看堆了一地的档案袋，还有身后空空的档案架，如果现在就扔下这一切，似乎有点不忍心，就像一个正在孕育的孩子，好不容易受孕成功，发育成形，难道就这么扔下不管？既然接受了这个任务，就是担起了某种责任，就要负责到底，不能半途而废。

事实上，通过这段时间的档案整理，她慢慢了解了各个部门的工作流程，以及必须恪守的章程和原则，也算一步一步摸清了自家的家规和家底。这是有益的。她想：任何工作都是有意义的。

李叔兴冲冲地进来，激动地向她祝贺：听说你一下去，几秒钟内就把问题解决了？干得好！你能办到的事，他们办不到，这就是你与众不同的优势，我告诉你，林海燕，你就要凭这个起家。

她笑了笑，并没停止手里的动作，那些枯燥的录入，此刻突然变得有趣起来。

李叔凑近来：听说营业部打算要你回去？

她停下手里的动作：对了，李叔你怎么看？

李叔直起身子，走了两步：我跟他们看法不一样，既然你有这个本事，何不把目光放长远一点，一个小小的最基层的支行，能有多少外汇业务？这么多年，也就今天来了一个，来了你们还办不了，因为你们没有权限，也许以后可以去申请，但这种事谁说得清楚？所以我认为，你必须到上面的分行去，到能够发挥你才能的地方去。

她大笑两声，重新回到键盘上去。李叔，我虽然很笨，但有些事情我还是知道的，从支行到分行，那是提拔，只有行长副行长才有提拔的可能，普通员工，还是不要做这种白日梦了。

怎么不可能？你们是垂直管理，人员调动起来很简单的，上面一个电话，你就可以拎起行李去报到。

我知道，但我不可能等到那个电话，因为我的名字不可能出现在那个名单上。

是，你说得有道理。一个人站在台上，台下成千上万的人，密密麻麻，根本分不清谁是谁，但是，如果台下有个人突然举起一只火把，他还看不清吗？你的才能就是你的火把，你要把它举起来。给你举个例子，当年，我当局长的时候，有一天，人事部门给我转来一封信，是下属单位一个不认识的女职工写来的，她也不知道要写给谁，所以她的信是写给"尊敬的局领导"，她的意图很明显，她和丈夫两地分居长达十二年，现在他的爱人似乎有被别的女人抢走的危险，为了挽救她的家庭，为了让她的孩子不会失去爸爸，她请求领导考虑她的实际情况，将她调到离城关稍近一点的乡镇。她的信写得很诚恳，也没有提过分要求，经过调查，我们发现她并没有夸大其词，很快就满足了她的愿望。后来她不仅稳住了家庭，工作上也很出色，最后还得到了提拔。我的意思是不要把上级领导想象成没有人情味的冷血机器，领导也是人，也会被打动。你会写信吗？我建议你像这位女职工一样，给上面写一封信，如果你能把这封信写好，未必不能实现自己的愿望。又不是要求照顾，更不是犯了错去求情，只是想更好地贡献自己的才能，完全可以理直气壮一点。退一万步说，就算不成功，也没有损失，更不会有人笑话你，上面的人这点素质还是有的，他们不会把你写信的事说出去。

写信两个字让她怦然心动，其他方面她也许不擅长，但写信难不倒她。但她还是假装不为所动，对李叔说：我还是不要自取其辱了，分行员工的素质比我们高得多，他们肯定有很多懂得金融英语的人，犯不着把我从支行调上去。

永远不要用你的思维去揣度他人，你的想法只是你的。正如你所说的，分行懂英语的人可能很多，但他们有没有去从事国际业务的渴望呢？我觉得不一定，很多人只想工作简单一点，舒服一点，并不想给自己增加压力。

这时她几乎已经决定要去写那封信了，但在李叔面前，她还是腼腆地笑了一下：我想想再说。

下班的时候，在楼下碰到营业部杨主任，有了上午的经历，她笑着迎上去打了个招呼。

杨主任面露难色：你那个事啊，有点问题，我去跟人事部说了，他们说档案升级是件大事，正是紧锣密鼓加油的时候，千万不能让你走，更不能为了一桩可能再也不会有的业务把你从档案室抽走，他们的意思是，以后再有这种业务，还是像今天一样，临时把你叫下去，反正我们又不能办，只能接待一下，告诉人家要去哪里办。你看，只能委屈你了。不过，我觉得你也不要气馁，英语也算是一技之长，留着它，对你没有坏处，总有用得着它的时候。

她说着客气话致谢，心里却在想，还是李叔有远见。既然如此，今天晚上就开始写那封信吧。除了英语，自己另一个长处不就是写信吗？

探亲假

上面突然来了个通知,为了给本次档案升级工作提速,专职档案工作人员可以到邻省分行某个著名的档案管理试点去现场观摩。

她第一时间告诉李叔这个消息,没想到李叔不愿去。

我肯定不去,我一个临时编外人员,还能干几天?你去!学学人家的经验,跟同行聊一聊,正好你也有条件,爱人孩子都不在身边,天赐良机。

她正好有几个程序上的问题想要请教,还想看看别人的档案上架工作是如何做的,目前人事部门送来的几个档案盒样本不是太好,有点软,她担心时间长了会变形。

坐了四个多小时火车赶到参观地点,才发现这个现场观摩会规模真的很大,几乎整个华中区省市分支行的档案工作人员都来了,东道主的接待也很正规,五星级酒店,专业团队接待,她的情绪渐渐高昂起来,就算不认识,也敢于跟迎面碰到的人点头致意,为什么不呢?在这里,没人知道你每个月过得紧紧巴巴,没人知道你过去有过哪些不如意,现在有哪些无可奈何,干吗不大胆塑造出一个新形象来呢？她在房间里换下火车上蹭得皱巴巴的衣服，短发喷上摩丝，梳出一个从来没有试过的大背头，她在镜子里打量自己，发现自己挺适合这种发型，为什么以前从来没有试过呢？

宾馆比家里舒服多了。家里没有这种半面墙的大镜子，家里也没有两米宽的豪华大床，没有胖胖的大枕头，家里两眼一睁，到处都是烦恼，钱总是不够用，灯总是坏，纱窗总是坏，插座也会坏，到处都不太干净，她又提不起精神去打扫。她想，等丁老师研究生读完，家里多一份工资，她想在家里搞一点建设，她要把家弄得像酒店一样舒适，让萌萌在那样的家里跑来跑去，天真烂漫地长大。又一想，其实也可以提前实现这个愿望，比如找个机会先带萌萌出来住一次宾馆，酒店里有游泳池，有健身房，有自助餐厅，萌萌一定会喜欢的。

真正的参观只有半天，但她有重大收获，这里的档案盒不仅硬扎扎结实好看，价格也跟人事部了解的差不多，相比之下，性价比就高多了。她找人家拿了一个样盒，准备带回来向人事部门推荐。

另外半天座谈，交流经验。东道主准备得很充分，行长发言，上级分管行长发言，本地档案部门负责人发言，所有发言完毕，就到了吃饭时间，吃完饭，晚上有休闲娱乐活动。牢记上次在支行卡拉OK大赛上的教训，她坚决不去唱歌，对东道主的邀请就推说嗓子不舒服，人家又说，那我马上让谁谁谁去帮你买药，她一听急了，连忙说自己带了药。太热情也让人为难。

小卡座里还有两个人也不唱歌，一直在议论明天的行程，他们是开车来的，他们问对方，明天要不要去行程表上的风景区游览，那人说，那个地方我早就去过不止一次了，不想再去了。问的人也说，我也不想去，我对风景区没兴趣，我女儿在北京读书，离这里不算远，难得出来一趟，很想趁此机会去一趟北京，你跟我一起去吧，明天周五，后天周末，我去看她一眼，周一赶回去上班完全来得及。那人哈哈一笑：同意同意！看什么风景区都不如看一眼女儿，陪你一起去，路上我们换着开车，从这里过去，六七个小时就刷到北京了。

她心里一动，问他们是哪个支行的，那人一说，她更加心动了，他的支行离她的只有六十多里路，他们能去北京，她也能去呀。当即眼巴巴地问他们的车可不可以再坐一个人，两人异口同声：当然可以。

接下来他们有了更加疯狂的计划，与其等到明天再上路，不如现在就出发，晚上上路的话，不仅不会堵车，还可以在北京多待半天。立刻出发，还是睡一觉起来，明天早上再出发，三个人举手表决，那两个人都选择马上回酒店，带上东西，立即出发，她也只好同意，她本来是想留下来好好享受一晚那个房间的。

她想在酒店打电话给丁老师,告诉他她的临时计划,拿起话筒时,突然想捉弄他一下,按照那两个人的说法,他们赶到北京的时候,天可能还没亮。她想象她使劲敲门,他睡眼惺忪来开门,一看是她,肯定以为自己还在做梦。想到这里,她放下话筒,忍不住独自笑了起来。

三个人出发的时候,还不到九点,他们算了一下,到达北京,可能才早上五点多。她想这个时间丁老师应该还在睡觉,正好。两个男人一个开车,一个坐副驾,她一个人占着宽敞的后座,一上车就有种妙不可言的欢乐气氛。为了方便说话,副驾上的男人采取侧坐的姿势,久久地望着她,一脸的意味深长。

你这个时间去,有点危险啊。

有什么危险?大学校园里安全得很。

她说大学里很安全。副驾上的男人对开车的男人说:你觉得呢?

那你觉得呢?开车的男人专注地盯着前方。

你们结婚几年了?副驾上的男人又问她。

三年多了。

副驾男人问开车的男人:你怎么看?

开车的男人说:你最懂!

副驾男人似乎思考了一会:也不能说是危险,但风险是有的。

她执拗地问他到底是什么样的危险，副驾男人说：我想起来了，你没有风险，你爱人是知识分子，高才生，不在我的认知范围内，所以你放心吧，不会有危险的。

就是！开车男人望着前面说：你以为人家都像你一样？你也就懂你那个层次的人。

我那个层次怎么啦？我那个层次的都是最真实、最性情的人，起码他们喝酒不掺水，打麻将不做牌，外头有情况不……

说啊，说完啊。

……生活嘛，就是这样，既要团结紧张，又要严肃活泼。

别玷污这些好词。

副驾男人被骂，非但不生气，反而笑了起来：你才是真人不露相，反正我是不会陪你去学校看女儿的，随便你去哪，必要时我都会帮你作证，你的确是看女儿了。

这是你的想法。

她再迟钝也知道他们所说的危险是什么东西了，但她不想说穿，不能跟两个刚刚认识的男人谈那些问题，他们不像小潘，她在小潘面前倒是什么都敢说的。她自信丁老师不是那种人，那种人必须有钱，有闲，还要有一颗贱兮兮的心，这些丁老师都没有，他每个月都靠她寄的那点钱生活，她给他算过账，那点钱他应该只够吃饭，哪有闲钱和力气去搞些额外的事。再说他也没时间，几乎每次，他都要跟她聊他的日程安排，周末即使没课，也要参加导师的讨论会，还要写文章，还要适当搞点勤工俭学，他说他忙得恨不得把一天当作两天用，每次聊完他都说，好累好累，又瘦了又瘦了，被人说像鸦片鬼子像影子人。这样的人，怎么可能会有那种危险？眼前的两个男人才是会有那种危险的人，他们是不可能理解丁老师的生活的，他们是在以小人之心度君子之腹。

进入河北的时候，他们一起下车，在加油站上了个厕所，两个男人去抽烟，她在一旁深呼吸，伸懒腰。陌生的环境，陌生的同伴，深邃无边的夜空，这一切都让她兴奋，沿途她一分钟都没有睡过。她开始计划，等萌萌再大一些，她要组织一次一家三口的夜间长途旅行，她发现夜晚的世界跟白天的世界完全不同，简直就是另一个人间，她莫名地兴奋不已，尤其当车载音乐响起，那种心潮澎湃的感觉，她从未有过，有一阵子她甚至感动得流下了眼泪，她想她是多么幸运，繁忙的工作之余，局促的日常生活中，居然得到了一场不花钱的北京之行、探亲之旅。开车的男人说得好，林海燕你应该多往北京跑跑，你们目前分居两地的生活模式，就是在鼓励你多多旅行，你要利用爱人深造的机会，多多了解北京这座伟大的城市。

下车的时候,他们交换了彼此的姓名地址和电话,诚挚地表达谢意。她心想,回家后第一件事,就是给这两个人弄点土特产之类的东西寄过去。

研究生宿舍在一幢灰色的五层楼里,因为经常给他寄信,她早已熟知那个地址。她拎着行李箱爬上四楼,这时楼道里还有点昏暗,借着灯光,她最后确认了一下门牌,轻轻敲了起来。没有动静,他应该还在梦乡吧,因为他不是一个人住,她不敢敲了,不要影响室友。她把行李箱放稳,靠墙坐了下来,走道里打扫得真干净,肯定每天有专人打扫。她拉开随身小包看了一眼,包里有三个橘子,是她临走前顺手从宾馆房间的果盘里拿的,她有点想吃,又想,等下见到他一起吃吧。

过了一会,对面门顶上的小玻璃窗亮了,估计有人起床了。她回头看了一眼丁老师的门,灯还是没有亮。

前前后后有三个房间的小玻璃窗亮了,她决定敲门。这回一定要敲开,邻居都起床了,他也该起了,不是他自己说,早读很重要吗?何况他的卧室离大门近,室友的卧室在更靠里一点,这都是他在电话里告诉过她的,因为说过太多次,她心里早就有画面了。

她听到里面有了动静,就停止了敲门。果然是丁老师来开门的,他小心地拉开一条门缝,眯着还没完全睁开的眼睛,费力地打量门外。当他终于看清是她时,小眼睛猛地睁大了,与此同时,她嘎的一声得意地笑起来:没想到吧?

你怎么来了?等下等下,我让室友穿衣服。

她在外面笑得停不下来,不得不捂住嘴,以免同学听到笑话他。

他终于来开门了,这个室友穿衣服可真慢。

你怎么招呼都不打一个,突然就跑过来了。

来不及了,我不是告诉过你我在出差吗?两个同事决定不参观了,自己开车跑一趟北京,我就跟着他们一起过来了。怎么?你不欢迎我来?

当然欢迎,就是把我吓了一跳,这么早跑来敲门,我还以为是在做梦。

她掏出橘子给他,告诉他酸味可以让他清醒过来。他捂着脸摇头:太早了吃不下去。要不,我先带你去看看清早的校园吧。

不急,我就是穿过校园走进来的,特别美,特别安静,真羡慕你,生活在这么美丽的地方。

还有些地方更漂亮,走,我带你看看去,看风景就是要趁人少,人多了就不好看了。

我先看看你的宿舍。她转了一圈，发现一个问题：不是说是两居室吗？这只有一个卧室呀，你室友住哪？

哎哎，其实是这样的，他，他没在学生处登记，我们的合租是私人性质的，这不是为了省钱嘛，然后他就在我这里睡地板，其实是我和他轮流睡地板。大家都是这么干的，当然，是偷偷地干。

刚才睡地板上的是他？她看到床上有丁老师的衣服，估计这阵子归丁老师睡床。那他人呢？她有点内疚，因为自己这个不速之客，他的室友觉没睡好。

他在卫生间。丁老师指着一扇门说：对了，你赶了这么远的路，肯定饿了吧？我们先去食堂吃点东西吧。

等等吧，我想洗个脸再出去，坐了一夜车，脸上油乎乎的。

挺好的，不用洗了，现在就去吧。

等一下嘛，我还想等你室友出来上个厕所再去。

食堂那边有厕所。

那，至少等我擦把脸，我毛巾应该还是湿的。她把行李箱放平，蹲下去，在杂乱拥挤的箱子里翻找起来。

一个圆圆的面霜瓶子从她的洗漱包里滚出来，咕噜噜一直往床下滚，她慌忙追过去，伸手去抢，没抢到，瓶子滚到里面去了，她跪下来，探头往床底下看去。

就像突然看到一条藏在草丛里的蛇，她惊呼一声，弹簧般从床边弹射回来,但她的眼睛没离开那里。她死死地盯着那里。

屋里突然安静下来,像所有人失去了呼吸。

你出来吧!丁老师低声叫了个名字,她没怎么听清,听那个发音,应该是个女生的名字。

女生爬出来的时候,睡裙上沾着一些床底下的灰尘,顺便将她的面霜瓶子也带了出来。是个很瘦的女孩,睡裙下的小腿几乎没有小腿肚,直直的像一截小棍。

难怪她能藏在床底下。她居然这么想了一下。

她不知道此时此刻该说什么,她受过的所有的教育,她的常识,她可怜的经验,加在一起都不能告诉她,现在她该如何开口,她只能眼睁睁看着女生站起来,以令人眼花的速度,捡起地上的鞋子,取下挂在门背后的外套,把它们胡乱抱在怀里,赤着脚拉开门往外跑去。她连门都来不及关,是丁老师上前一步,提着门闩,轻轻地、悄无声息地把门关上了。

丁老师的脸色看上去平静多了,甚至还有一丝丝愠怒。

僵硬的肢体开始回暖,她意识到厕所里还有一个人,她应该把那个人叫出来,等他走后再来面对丁老师。

敲了敲,里面没反应,厕所门拉开的瞬间,她脑子里轰地爆炸了,里面空空荡荡,根本没有人。

你根本没有什么室友,对吗?你一直都是跟刚才那个女人住的,对吗? 你怎么能够、你怎么忍心红口白牙地骗我! 她以为她会很大声,没想到发出来的声音比平时还要小。

丁老师去扶她:你听我解释,我真的有室友,他只是昨天刚好不住这儿,他马上就会回来的。

别用你的脏手碰我。她用眼睛逼退了丁老师的手。

事情真的不是你想的那样,她只是我的学生,我跟你说过,我在搞勤工俭学,她只是来我这里讨论她的毕业论文。

突如其来的刺激让血液短暂冰冻,但此时此刻,它们正在开始变热、开始奔腾,她抓住被子一角,猛地一掀,一条揉成一团的蕾丝边内裤掉了下来。她指着那东西问他:这就是你们讨论的论文?

丁老师像孩子一样低着头,他这个样子真丑,真难看。

现在该干点什么呢? 她胸口一起一伏,与此同时,另一个自己从脑子里跳出来,对她说:不能大喊大叫,不能撒泼,不能让人家看到你像个下面来的泼妇,声音大解决不了问题,要狠下心,要让他痛,要让他后悔。

我不想跟你吵架,为这种丑陋的事情吵架,很没尊严,很丢脸,对萌萌也不好。

不吵架不吵架,你先听我解释。

我也不想听你解释,一个字都不要听。我自己亲眼看到的,我只相信我的眼睛。

你想错了,不是那样的,你听我解释,真的,请你相信我。

我都亲眼看见了,还要你来解释?我也许不够聪明,但你别把我当傻子。

真的不是你想的那样,我发誓,我以我的生命发誓。

你的烂命不值钱,拿它发誓没有用。

林海燕,我只有一个请求,请你冷静一下,听我解释。

你倒是解释啊!你啰唆了一大堆,一点解释都还没给我,因为证据确凿,你根本无法解释。你想说什么?说她不是人,是我的幻觉?是鬼?是妖精?说你没有撒谎?没有骗我?你真狠哪,我把工资都寄给你,自己缺吃少穿,没钱请保姆,孩子还那么小,就不得不离开妈妈,跟着我的残疾爸爸讨生活,像个小乞丐,你真的不是一般人,你的心是钢铁做的,你欺骗你的妻子女儿,欺骗你的长辈,欺骗整个世界,就为了刚才那个女的。一直以来,我太小看你了,我以为你是个老老实实的读书人,没想到你肮脏无耻到这种地步。我不生气,我告诉你,我不仅不生气,我还很高兴,因为我总算看清了你的为人,幸亏老天爷可怜我,给了我这个机会,把我从梦中惊醒。不用说太多了,我们只有离婚一条路了,我的条件只有一个,萌萌归我,不许反对。对了,顺便告诉你,从今天起,我不会再支付你一分一文的费用,并且你还要把我之前付你的学费、生活费全都还给我,我连给萌萌买衣服都舍不得,全是捡人家的二手衣服给她穿,我如此苛待自己和女儿,都是为了给你搞女人买单,我真的是瞎了眼,我是全世界最瞎最笨的女人。

丁老师耷拉下去的头重又慢慢抬起:你是受过教育的人,为什么也要像那些家庭妇女一样,搞这种突然袭击呢? 突然袭击本质上说,就是断章取义,它根本就不是真实的,连解释都没有意义,没错,你是看到了,但你看到的并不是事情的全部,更不是我的内心。

噢,原来倒是我错了,我不该对你搞突然袭击。很好,就冲你这句话,我们今天就把离婚协议签了,你起草,我签字,快点!

行,我同意,但是请你不要在情绪激动的时候做这个决定,哪怕过了今天再说。

我一点都不激动,相反,我冷静得很。快点吧,办完了我就走,为了不耽误你的学习,我还可以人道一点,等你假期回去的时候去办正式离婚手续,但今天一定要把协议签下来。

你为什么不问问我为什么会做出这种事? 你以为你给我的那几百块钱真的够我在这里读书、生活? 你有没有问过我一学期的学费具体是多少,一个月的生活费又是多少，你什么都不问，你唯一爱问的就是我文章写好没有，导师对我评价如何，为了不让你失望，为了让你感到你的钱没有白花，我只好拣你爱听的说，说我文章写得多好，说导师对我多好。

你还嫌少是吗？那你问过我没有呢？曾经，因为家里没有奶粉，萌萌饿得直哭，吵得楼下的工会主席睡不着，上楼来看了我的情况，发善心给了我一百块钱，如果没有那天晚上那一百块钱，我的萌萌可能已经饿死了。我已经到这种地步了，你还嫌我给你的钱少？

他几乎要哭了：我知道你也不好过，所以我才没问你要。

你休想转移话题，休想找借口，今天的事跟生活费跟学费有什么关系！既然钱不够用，为什么还要搞女人？那不是更花钱吗？看来你不仅不缺钱，还多得没地方花。

我要把话说到什么程度你才明白？这么说吧，人为了活下去，什么事情都做得出来。她家经济条件很好，又想从我这里得到帮助。

得了吧你，难道就你这样的，也能卖淫？编瞎话也不要太离谱。

丁老师捧着脑袋，撕扯头发，片刻，他抬起头来说：行了，我们都不要互相羞辱了，你实在要离，我同意，但我也有条件，萌萌可以暂时归你抚养，一旦我毕业，开始工作，我就要拿回一半的监护权。

想都别想，不要弄脏我的孩子。

她不能没有爸爸。

是的，她是不能没有爸爸，但她不能有一个通奸犯爸爸，一个背叛家庭的爸爸。

我没有背叛家庭，相反，我是在建设家庭。

建设？你好意思说你是在建设？你亲手毁了它！行了，我不想跟你没完没了，快点起草协议吧。

他们从早上五点多一直争论到上午九点多，最终还是她起草了协议。她签了自己的名字，推到他面前。看样子他已完全崩溃了，根本坐不直，整个人萎缩成一团。

她才发现，原来丁老师的外形如此丑陋。她别过脸去，望着墙说：我要是你，我就大大方方签，你是名校高才生，你前途无量，失去我和萌萌这两个拖累，你只会过得更好。你不是说刚才那个女人经济条件挺好吗？去投靠她吧，她会给你付学费，她让你过上好日子。

说到学费，他突然硬气起来：我明白了，你就是不想给我出学费了，才处心积虑策划了这个行动，你早就想甩掉我这个负担了，你早就开始计划了。

你不是说我笨吗？怎么这会儿又把我想得如此聪明？就算我是策划过的，为什么我一动手就成功了呢？可见你的腐烂生活已是常态。

两人最终还是签了字，他刚一签完，她就把协议夺了过来，一秒钟也没多待，拖着行李箱出了门。

不知道是气晕了，还是早上到达的时候天色未明，跟现在看起来有点不一样，她突然找不到出去的路了。但她偏不想示弱，偏不想拉住校园里的任何一个人问路，她凭着直觉，在校园里横冲直撞，行李箱质量不是太好，齿轮滚动时发出轰隆轰隆的声音，像拖着一辆拖拉机。

这人真可怜啊！这北大简直就是她的死对头！她似乎听见一个人在空中议论她：每次她身边出现一个北大人，她就被打击一次，开始是她哥，后来是同学吴为，现在又是丁老师。不管什么事，只要一沾上北大，她必定会失败。

那个声音一直跟着她，她听得泪流满面，依靠仅有的一点自制力，总算没有就地倒下。

一个中年女清洁工远远地看着她。

你这是怎么啦？清洁工轻声问。

她在清洁工面前停下来，转为大声抽泣。

告诉我，请你告诉我，怎么出去？怎么离开这个鬼地方？

跟我来！清洁工走在她前面。

这下她心安了，抽泣也止住了，只有眼泪还在哗啦哗啦流。

原来她就在离校门不远的地方,但她像被鬼迷住了一样,一直在这附近兜圈子。

十个小时的火车,再加一个多小时公共汽车,她没吃没喝,也没睡觉,就直挺挺木棍一样坐着。最后一程长途汽车,把她颠得稍微清醒了些。她提醒自己,回去第一件事,就是去办公室,按照她的事假单,今天正好是出差结束、回来上班的日子。你必须好好工作,把女儿养大,你要做她的靠山,做她的后盾,因为她只有你了,你也只有她了。她搓了搓脸,用力捋了两把头发。

九点多才赶到办公室,一切都还是离开时的样子,看来这些天李叔没有进来过,她洗了个手,打开电脑,开始工作。

敲键盘的时候,她的手一直发抖,她以为是长时间拖行李箱的原因,她决定先去向人事部门汇报一下出差的收获,特别是向他们展示她带回来的那个档案盒。

她注意到,吴经理看到她的脸时,似乎有点惊讶。汇报完毕,正要出去,吴经理说:你还好吗? 路上很累吗? 脸色有点难看呢,要不先回家休息一下吧。

她谢过吴经理,回到五楼,径直来到卫生间。刚才洗手的时候,竟没想起来看一眼镜子,此刻,镜中出现一张黄中带黑的脸，两个黑眼圈，像熊猫一样。还有，下巴怎么会那么尖，显得嘴唇都有点前突了。难怪吴经理会有那种表情。

出差前不是这个样子的，也许有点黑眼圈，但没这么大这么重。她去上厕所，发现裤腰也松了不少，几乎能塞进去一个拳头。这些肉，是在丁老师房间丢的，还是在火车上丢的？

再次来到电脑前，手抖的现象还是没有消除。她把双手按压在桌面上。安静！你给我安静下来。就在这时，电话响了，是爸爸打来的，说萌萌有点发烧，两顿没吃东西了。还把电话交给萌萌，让萌萌跟妈妈说话。

萌萌在电话里大哭：妈妈，我要妈妈。她一听，顿时就崩溃了，号啕大哭起来：萌萌别怕，妈妈马上回来，妈妈不上班了，妈妈这就去坐车。

爸爸把电话接过去，批评她：你急个什么呢？你一急，孩子更害怕了。你妈会抽时间带她去医院的，小孩子头疼脑热很正常。打电话给你，只是想让你知道有这么回事。

但她主意已定，她一定要回家，排除万难也要回家。

奇怪的事发生了，刚一放下电话，她就发现，手不再抖了。

在车站下车后，第一眼就是去搜索海燕爸的卤菜店，这已经成了他的习惯，如果海燕爸忙着招待客人，他就悄悄地走掉，如果海燕爸闲着，他就过去打个招呼，聊上几句。上次他回家，海燕爸还问他能不能搞点便宜化肥，让他拉到农村去卖。化肥厂职工遇到这种问题的机会可太多了，大家都知道怎么应对，所以他一点都不为难，从容回应道：您还缺这点钱吗？就算费力弄到这点小钱，车船来往加上关卡小费，顶多是个不亏，不如您坐在这里，不慌不忙，细水长流。海燕爸夸他越来越会说话了：你小时候可不像现在，小时候你跟燕子有点像，都是不肯说话的人。说到这里，他自然会问一句：燕子还好吧？而海燕爸的回答基本是一个调调：她？不好也得好啊，唉！他知道海燕爸在埋怨什么。

但这一次，海燕爸的小店居然关门了。他问旁边的店家，那人告诉他，他孙女病了，刚带孩子去儿童医院了。

他抬脚直奔儿童医院。能够让海燕爸停业去医院的病，不会是小毛病。他脑子里闪过一些恐怖的画面，锅子翻了，孩子被烫了，或者某个失误，孩子从高处跌落了。越想越紧张，直催前面蹬三轮的男人：快点快点！

一进大厅，就见海燕爸抱着萌萌在输液。还好，孩子完好无损，身上并没有明显伤痕。

海燕爸一见到他就两眼放光。小潘，你来得正好。他让小潘坐好，再把萌萌放在小潘腿上，安慰突然大哭的萌萌：萌萌乖啊！爷爷去个厕所，马上就回来。说完，都来不及看小潘一眼，撒腿就往厕所方向跑。

一脸轻松地回来时，小潘正在教萌萌玩手指游戏：中指搭在食指上，再把无名指搭上中指，再把小拇指搭上无名指。看看，像不像饺子？

像！萌萌挂着眼泪笑了起来。

海燕爸接过萌萌，立即开始抱怨：我快应付不来了，因为她，我现在要少做好多生意，我要去跟她谈谈，这样下去不行，不能因为她家的丁老师要深造，我们全家就不能正常工作正常生活。

对了，丁老师毕业了还会回来工作吗？他想起之前海燕并没有给他明确答案。

谁知道呢？之前就是因为学校取消政治课了，他没办法才去读研究生的，现在并没有听说要恢复政治课，你说他回来教什么呢？

他看着萌萌说：如果丁老师不回来，海燕可能要随丁老师调到别的地方去，对吧？

你说得容易！我是不会放她走的，我自己的孩子，自己心里有数，她就不是那种能闯荡的人，好不容易在本乡本土有份工作，各方面都还算不错，为什么要走？

走到哪里能有这里好?

他也点头:在这里还有您二老照护她,看着萌萌,如果不是您,她一个人根本应付不过来。

可不是吗?出力不说,还要出钱,她把孩子往这一扔,什么都不管,吃喝拉撒,包括看病,全都是我们负责。她妈意见大得很,我说你别让她听见,儿女就是来讨债的,她现在需要你的帮助,说明你欠她的还没还完。

萌萌的药水还没挂完,他也不急着回家,一老一少就坐在急诊大厅里聊这些日常琐碎。

小潘你也不要再拖了,早点成家,早点养个孩子,拖得太久,大人想帮你,都有心无力。

小潘一笑:是啊,我也想呢,但没人看得上我。

缘分说来就来,现在抓紧时间存点钱,等万事俱备,东风一起,一切都解决了。

林叔,我现在才觉得,人生真的好短,短得没啥意思。你看海燕不就是这样吗?突然就听说她结婚了,突然就看到她的孩子了。然后孩子马上又要读书了,过几年又要结婚了,林叔你说,属于我们自己的时间在哪里呢?

时间是个虚的东西,谁看到过时间是什么样?只有当你把时间用到别人身上的时候,你才能看得到时间。你看看我,两个孩子,然后是孙子,他们就是我用掉的时间。所以你尽快上轨道,按部就班往前走吧。

是啊，用掉的时间才是你的时间，有道理。

对呀，你不用它，它就不属于你。

受教了！那，我再问一个问题，比如我一直关注海燕的女儿，她现在快两岁了，她被我关注的这两年，算不算我用掉的两年呢？

这，也算吧，关注某个人某件事，也是你的生活内容之一。不对不对，我觉得不算，因为它毕竟不属于你的生活。

液体输完了，护士走过来拔针头，两人正要抱着萌萌回去，燕子突然出现在急诊室门口。

她明明看到他了，但她没任何反应，就像他是陌生人，是空气。很快他又发现，她对她爸的态度也是这样。她连肩上的小包都没取下来，一把从爸身上抓过萌萌，紧紧地抱在怀里，还把脸扎进萌萌的小身子里。

海燕爸催她：走啦，早点回去，天都快黑了。

他扯了扯海燕爸的衣袖，指了指燕子，她的肩在轻轻耸动。片刻，她抬起脸来，两眼红红的，满脸是泪。

你这是干什么？哪个孩子不生病？已经输过液了，马上就会好的，孩子交给我，你难道还不放心？

他递给燕子纸巾，她接过去，纸巾很快就湿透了。不过，她好歹起身，抱着孩子往外走了。

海燕爸走两步，就看她一眼：我说你真的没必要跑这一趟，我打电话给你，并不是叫你马上回来，只是觉得应该让你知道一下。我知道你的难处，放心吧，不管怎样，爸妈都会全力以赴继续帮你的。

她根本止不住泪。爸，以后，萌萌就拜托你了。

爸这才觉得她不正常。怎么啦？发生什么事情了？

我跟她爸，离婚了。

……瞎说，他人都没回来，怎么离婚？你们是不是吵架了？年轻夫妻吵个架，正常得很，别多想了，走，回家去。

我出差，顺道去了趟北京，看到他跟别人好了。

乱讲！怎么可能……你真是……想到哪说到哪，也不怕人家笑话。转头对他说：小潘你别听她乱讲，她肯定是跟丁老师吵架了，才胡说八道的。

我没有胡说八道，我们已经签好协议了。

你是疯了吗？就算是买包盐，也不好随便退货的，说离就离，也不听听我们的意见，你把我们当人了吗？这对萌萌公平吗？

那你让我怎么办？假装没看见他跟别人在一起？爸你到底是站在我这边，还是站在他那边？

你说我站哪边！你这个糨糊脑壳，你为他付出了多少，就这么轻而易举说离就离了？他也没个说法？还有孩子的问题，孩子归谁？我看你真的是个猪脑壳！

孩子当然是归我。

你去把他给我叫回来，我要当面问他，马上给我叫回来!

他不会回来了，我也不会让他回来。

他不回来是吧? 他不回来我去找他，我把店关了也要去找他，欺人太甚! 他算个什么东西! 居然欺负到老子头上来了。

你不要管! 离婚是我提出来的，是我硬要离的。

我不管是你们谁先提出来的，我都要去找他，我明天就去。

海燕爸甩手就走，越走越快，很快就不见了。

我送你们回去。他抬手拦了一个人力三轮，扶着抱孩子的燕子上车，再小心翼翼坐在她旁边。

不会是真的吧?

我都抓了他们现形了，你说这还能继续过下去?

他怎么说的? 他是过错方，总得有个说法吧。

说我不该搞突然袭击。

他一愣，轻声说:你爸说得对，这事你是做得有点傻。

那你说要怎么办? 他什么都没有，只有一张厚脸皮。

萌萌似乎听懂了大人的对话，突然嘤嘤地哭了起来。

萌萌别怕，有妈妈呢，妈妈要把你接回去，以后天天都跟妈妈在一起，以后我们还要上幼儿园，上小学，上中学，上大学，以后妈妈天天给你做好吃的，下了班带你出去玩，晚上给你讲故事，陪你睡觉，以后我们再也不分开了。

萌萌真的安静下来了，她又转过头来对他说：我现在做得到了，只要不再供他读书，我的工资够我和萌萌生活的。

他们到家的时候，海燕爸还没到，门还锁着，他们只能坐在门口等。

他指着大门前某块地方：还记不记得当年我总是在这个地方玩你们家的狗？

那狗后来死了，老死的，我出生前他就在我们家。

那是一条幸福的狗。所以你放心，你们家很宜居，哪怕是一条狗，在你们家都能活得很好。

但我已经过得一塌糊涂了，我一直都过得一塌糊涂，也许只有小学那段时间勉强还算可以，那时家里有爸妈，有哥，打雷下雨的时候，只要我一哭，就有人过来哄我，就算犯错，也不会真的把我怎么样。还有你，总是不远不近地跟着我。现在想来，那个时候真的很幸福。

幸不幸福，要回过头来看才知道。再过几年看现在，也许一样会有幸福感。

不可能，现在肯定是我这辈子最难的那一段。

天很快就墨黑了，远远近近亮起了灯，只有他的家和海燕的家还是黑的。她往他家望了望,问:你妈不在家?

她在家,在里屋踩缝纫机,外面看不到灯光。

印象中很少听见你妈说话。

她嗓门不大。他突然换了种消极的声音:也许你过分夸大了你在北京看见的事情,我忍不住要向你透露一点隐私,实际上,我爸很大程度上可能是离家出走了,他们之前一直过得不太好,关起门来吵架打架是家常便饭。我不知我妈怎么想,反正我是想过,也许他在南边有女人了,你,也许还有我,我们之所以不能包容这种事,是不是正好说明我们还不够成熟,你看我妈就若无其事,这种状态甚至激发出了她强烈的拼搏精神,从早到晚都趴在缝纫机上忙个不停,俨然成了事业型女人。

我能理解她,因为她是母亲,母亲在孩子面前不能慌,母亲慌了,家里就乱了。

那你今后有什么打算?

全力以赴抚养萌萌呗,还能有什么打算。

其实还有很多种可能。

我知道你的意思,我就跟她相濡以沫过下去吧。

有什么困难,尽管给我打电话,我刚买了个新出的小灵通,你把我号码记一下。我保证随叫随到。

啊!你很新潮呢,用这个东西的人还不多。不过,我暂时不需要你的帮忙,以后吧。

心里烦的时候，跟我诉诉苦、发发牢骚都可以，我当听众很称职的。实在不行，下雨送伞这种事我也乐意效劳。

我会的。她的声音有点哑了：都走了，我哥，你爸，还有……有本事的人都走了，就我们两个没用的一直留在这里。

这话我不同意。

不好意思，我不该扯上你，我想说的是，就我这个没用的一直留在这里。

什么叫有用？你对萌萌来说就很有用，什么叫没用？你哥对你来说，就叫没用。

海燕爸突然快步走了过来，手上拎着一袋东西。

他站起来要走，海燕爸挽留他：一起吃饭吧，今天可是个大日子，我刚才去找过她妈，出乎意料地她居然没觉得燕子做错了。你对他有恩的时候他都这样，以后平等了，或是他比你强了，还不知道会干出什么来呢，这种人，早散伙早好。这是她妈的原话，还说：尽管离，你背后还有爸妈，还有哥，坏人就是坏人，别指望他有一天能变成好人。她马上就回来了，我买了点熟菜，我们马上就吃晚饭。

他有点为难，他没资格见证这难得的家庭时刻。还好海燕说了句：爸你让他走吧。

刚一进门，妈就告诉了他一个好消息，省道将从村里穿过，他们要搬家了，很多人都在没日没夜地种菜栽树，想最后多捞一点青苗补偿费。而相隔不远的海燕家，这次却不在拆迁范围。不过，对他们来讲也未必是坏消息，因为他们的房子将会变成公路边的房子，说不定将来可以开店。

他指着房屋后面那几棵树说：新长出来的？我记得以前好像没有。

是我刚栽的。妈压低声说：我还想挖口井，井的补偿费更高。

井哪是一般人能挖的！他根本不相信一个女裁缝真能挖出一口井来。

你以为是真的井？妈狡黠地一笑：都在抢时间，听说有人一夜之间加盖了一层楼，房屋面积增大了一倍。

然后就聊起了刚刚碰到的海燕。妈很同情她。那个丫头，一看就治不住男人。

什么样的女人才能治得住男人？

得像她妈那样的，可惜她一点都不像她妈，她有点迷迷糊糊的，他们一家都是精明人，就她一个迷糊砣。

见他不吱声，又说：不过我听说迷糊砣才有福气，打个比方，排队买票的时候，精明人都去抢位，去托人，去加塞，迷糊坨只会老老实实站着不动，后来，指挥排队的人看到队伍太长，拦腰一斩，把队伍掐断，拎着迷糊坨重新开了一队，这下，迷糊坨就成了第一个了，这就是福气。

有这样的福气也不错。

所以，你将来找女朋友，不要找那种一看就精明得不得了的人，那种人看似精明，到头来一场空，是要败家的。

聊着聊着他就走了神，妈的生活哲学总是让他感到乏味。他早早地上了床。一觉醒来，发现才早上五点多，这可太奇怪了，他从没在这个时间醒来过。

他翻了个身，闭上眼睛想再睡一会，忽然听见外面传来挖地的声音，细听了一会，发现声音离他很近，坐起来，撩起窗帘往外一看，浓重的晨雾中，妈正在树下挖地。这么早，她就开始干活了。

他躺不住了，平时不在家，周末好不容易回来一次，不该帮帮她吗？他起身漱了个嘴，拉开门出来。

近前一看，发现她在挖一个大坑，已经挖了半人深了。

这就是你所说的井？我来吧！他说。

妈似乎被他吓得不轻，闷叫一声，回过身来，张嘴望着他，好一会才急急忙忙地挥手：走走走！不用你帮忙,回去睡觉,回去回去!

让我来,你回去做早饭。

还早呢,你先回去,我本来是想趁着早上凉快……我马上就结束了。妈都开始顿脚了,生怕他跳下坑来。

我来吧,我的力气比你大。

你知道什么呀!挖井有讲究的,至少今天用不着你。为了阻止他跳下来,她给他分派了一个任务,让他去街上给顾客送货。裁衣板上,做好的东西分成三大包,上面附着地址。他问她:你平时也是送货上门?难道不应该让他们自己来取吗?

一般是自己来取,但这几家是加工窗帘的,要求我送货。你也不用着急,货送完了,可以去吃点东西,顺便给我捎一份回来,省得我还要动火。

他想想也有道理,就骑上家里那辆带挂兜的自行车,先去小吃街上吃了个早点,再挨家挨户去送。一个多小时就完成了任务,又在街上晃了晃,无所事事,只好还是回家。

路过燕子家时,他瞄了一眼,大门紧闭,无声无息,可能昨晚家庭会议开到很晚,今天都还在补觉。他想去看看新公路的规划,发现一里路开外,已经有挖土机开进来了,好好的田地挖成了一片废墟,还有好几栋房子墙上用红漆写着触目惊心的拆字。

他从另一条路回家，准备先进屋放下帮妈买的早点，再去换她回来吃饭。刚一转身，就见妈正在往一只蛇皮口袋里装东西，她好像挖出什么东西来了，就好奇地跑了过去。

听到他的脚步声，妈飞快地扎好口袋：别过来！要来也要换双鞋再过来。

你挖到什么好东西了？

没什么，石头树根之类的。她抄起锄头，往蛇皮口袋上盖土。

她话还没说完，他就轻轻一跃跳了下去，拖出蛇皮口袋，展开一看，随即弹开，片刻，又忍不住探身向前。是人的头骨、肋骨，还有些不知是什么部位的骨头。

妈在他旁边蹲下来。我也吓死了，怕把你吓着，才不敢让你看。都说我们这里以前是坟场，开始我还不相信，看来是真的，难怪风水不好。

这是死了多久的？

不知道，估计下面还有，这里埋人不像我老家，我们都是埋在山上，堆得高高的，这里都是把人埋在下面，没几年骨头就露出来了。我打算把它移到别处去。她对着那些骨头说：别生气呀，我不知道你在下面，我另外给你找个安静点的地方，再给你多烧些钱来。

你确定要在这里挖井吗？

要不然怎么办？我都已经挖了这么深了。

他拿起锄头接着往下挖。又挖出几根小一点的骨头，似乎是手指。他用锄头小心地往外扒拉，最后一刻，一只手掌骨完整显露出来，似乎还跳动了一下，吓得他惊呼一声，差点跌坐在地。

回去回去！不挖了，我也不挖了，我觉得够了。妈在他耳边轻声说：千万别声张，那些搞工程的人特别迷信，传出来人家就不来拆迁我们的房子了。她拖着那只蛇皮口袋，把它藏在墙边那堆柴火里面，再用毛毡和塑料袋盖好。

从看到那些骨头开始，他的心就开始扑腾扑腾地跳，越跳越快，就像那些骨头向他传播了某种毒素，让他的呼吸异于往常。

吃早餐的时候，妈又给他分派了一个任务。我想起来了，我们家没油了，你待会上趟街，帮我买壶油回来，顺便买点盐和胡椒粉。

他忍着心里的不适，漫不经心地嗯了一声。

你去吧，现在就去，再晚一会就热起来了。

我先上个厕所。他敷衍道。

过了一会，妈来到卫生间门口，隔着门对他说：你赶紧去吧，等你买回来我才好做午饭。

马上就去。

妈又去挖坑了。他来到自己卧室，站在窗边往那里看，似乎又挖到什么东西了，她放下锄头，拽住某样东西，一点一点往外扯。

他窜出门，半蹲着像猫一样轻轻地蹭了过去。

是一块长而软的东西，即使裹满了泥土，也能看得出来有点像布条。她把它们装进一只黑色塑料袋里。

他迫切想要去看个清楚，又担心吓着她，就站起来轻轻咳了一声。

妈身体猛地抖了一下，然后就像被人施了定身法，弯着腰一动不动，五秒过后，才慢慢直起身，朝他转过脸来。她的脸白得像石灰。

不是让你去买油吗？为什么还不去？

我正要去买油，看到你又挖出了东西，就过来看一下。

他跳下去，径直打开黑色塑料袋。

虽然破成了几块，又裹满了泥巴，还是能看出来，那是一块床单或毯子之类的东西，一头有两道隐约可见的异色条纹，一粗一细。突然，他想起来了，那是他们家那床用了很多年的毯子，他很小的时候，家里就有这个东西了，有时它被摊开晒在晾衣架上，有时胡乱堆在他的床上，春秋季节，他用它作盖被，到了冬天，它压在他的棉被上，让棉被更加暖和。

这……好像是我们家那床毯子。

这种毯子多呢，家家都有。去！去买油！我等你的油做饭呢，好不容易回来一趟，就不能帮我做点事？她推了他两把，他只好从坑里爬出来。

他回到家，打开橱柜门，准备找个空的油壶，意外发现，一桶5L的油才只用了三分之一的样子，根本不需要等他买油回来做饭。

他站了一会，软软地坐了下来。

她终于喘着气进来了。你怎么还在家里？她横了他一眼，脱掉手套，一遍又一遍洗手。

你橱柜里还有很多油。

是吗？那是我记错了？

你就是想把我支开。

让你去帮我买点油也不行？你就是懒。

那是我爸，对吗？他没有去南方，他就在这里，在地里，用毯子包着，对吗？别以为我看不出来，那是新骨头。

你放屁！

她坐到小板凳上去烧火，他拿掉她手上的水壶。她想煮面条，他直接把火给她关了。

先把这事说清楚。

她索性放下面条：你知道了也好，我本来也没想永远瞒着你，只是在找机会，没想到机会突然就来了。前天晚上我做了个梦，有个人对我说：挖土机还有两天就开过来了，两天！明知道不可能这么快，但就怕万一。我现在谁都不信，只相信我的梦。

他看到她的手一直在轻轻打战。

还记得那年我跟他打架吗？他骑在我身上打，你怎么拉也拉不下来，还记得他的脑袋被南瓜砸了一下吗？还记得那南瓜裂了一大道口子吗？他当时没事，只说头晕，后来还吐了，吐过了就呼呼大睡。我得去忙我的事呀，等我忙了一天回来，他还在睡，我心想，你打了人，倒还赖床上了，心里生气，就没理他，第二天早上，他还是没有动静，我感到有点不对劲，去床边摸他的脸，已经冰凉了。也是他自己命该如此，很多人被人打得头破血流都没事，他只是被南瓜砸了一下，就慢慢睡过去了。我是恨他，但我从没想过要他死，我们都不想他死。虽然拆迁的补偿并不多，我还是举双手赞成这次搬家，这个地方真的住不下去了，我一睡着就做梦，一做梦就是他，头往胸前耷拉，往两边耷拉，流着口水，大着舌头对我说：我头晕，我想睡觉。

是我砸的，是我从墙边抱起的南瓜。你没想过报案？

当然不能报案。这个家已经有人死了，不能再有人坐牢了。我想好了，再过一两年，你就去南方，就说你爸叫你过去的。过几年再回来，就说他在那边得了病，去世了。

他看着桌上的木纹，没有反应。

不回来也可以，听说南方比我们这里好活。我会在这里把这个窝给你守住，有我在这里，他才不会追着你走。我会把这些骨头找个地方重新埋好，我肯定会把他安置好的。

心里藏着这么大的事，你是怎么做到一声不吭的？

幸亏我有缝纫机。机器一响我心里就能安定些，所以我天天加班到深夜，一天听不到缝纫机响就难受。

踩不动缝纫机了呢？

一辈子有长有短。无论如何，总要看到你结婚生子。

是啊，你还有个目标，我呢？一没缝纫机，二没儿子可以牵挂，我要怎么办？

这正是我要告诉你的，自始至终，你都跟这事不相干，认真说起来，你只是个受害者，再说，他根本不知道你参与进来了，懂吗？

他不知道，我自己还不知道吗？

我的儿，你是路见不平拔刀相助，你是为了保护妈妈，保护弱者，你是见义勇为的好青年。

照你这么说，我打死了自己的父亲，还应该得奖？

她回答不出来，张嘴望着他。

他想哭，又不想在她面前哭，就起身往客厅里走。当年的情景清晰再现，那个黄色带暗紫花纹的老南瓜，脖子又长又歪，肚子足有小脸盆那么大，他的双手正好握住南瓜脖子，他连那种手感都还记得。他没想到后果会是这样。

此时此刻起，一切都不一样了。

妈去房间收拾，打包，准备搬家。他听了一会她弄出来的声音，跟了过去。衣柜里的衣服全都搬出来了，他看到了爸的衣服。趁她不注意，他拿起一件爸的棉衣，套在身上，套在短袖T恤外边，并没有爸的味道，反而因为放在衣柜太久，有点难闻的怪味。

来到阳光下没多久，宛如置身锅炉房，汗水汹涌而出，在鼻尖和下巴处汇集，雨滴一样砸到地上，他耐心地数那些"雨点"，很快就数不清了，脚边湿漉漉一片。

他来到刚刚挖出来的"井"边，转悠了两圈，又在房前屋后的树下转悠，汗滴变成了瀑布，流经眼睛，刺激出辛辣的泪水，但他不想擦，汗也好，泪也好，就让它们流吧，全都流出来，最好把自己淹死。

妈发现了他，把他往家里拖，他使劲把她甩开，看她趔趄着扑倒在地，心里有点小小的快意。她爬起来，再次冲向他，剥他身上的棉衣。他不让，死死揪住两片衣襟,使劲用胳膊肘顶她。

你冲我来!都怪我,是我引起的,跟你无关,都是我的错。

罪人!我们都该死!

他也不是什么好人,他也是罪人。

我该怎么办?我要怎么活下去?我有什么资格活下去?

你听我说,我早就打算好了,只要看到你长大成人,只要看到你结婚生子,看到所有这些事的当天,我就去跟他做个了结,我保证不让自己多活一个小时。

我还有什么脸去结婚生子?如果我永远不结婚不生子,你要怎么办?永永远远活下去吗?你不惭愧吗?不心慌吗?

你一定要结婚生子,你不结婚生子,才是真的对不起他,你听懂了吗?

你个死婆娘!你害死我了呀!

有生以来,他第一次骂了自己的妈。

讲妥了,丁老师暑假回来正式办理离婚,之前她供他上学的钱,他会先给她写张欠条。

如果不是爸妈那天晚上在电话里大骂了他一通,威胁要去北京找学校领导,他是不可能答应下来的。爸妈比她强硬多了。

但她知道,这并不意味着她胜利了,恰恰相反,她知道她彻彻底底失败了。当她向办公大楼走过去的时候,突然觉得自己变得好矮,矮得像大门旁边的两步台阶,连系着红绸的石狮子都在撇着嘴嘲笑她。他们又赢了,这些同事,他们都比她聪明,很早的时候,当他决定去北京读书的时候,他们就能一眼看到很远的未来,只有她看不到,她活在自己的逻辑里,一个封闭的通道里,一个劲地往前走,直到咚地撞上南墙。

爬到五楼成了相当困难的事情,必须扶着膝盖,像老人一样一步一顿地往上爬。她也想尽量打起精神,走得轻快一些,但她就是抬不动腿,两条大腿沉重如水泥,双脚却轻飘如棉花,她从来没出现过这种状态。

也没力气打扫办公室,只把工作台上简单收了收,就打开电脑,开始一格一格地录入档案信息。状态仍然不对,感觉屏幕上那些字不是她输进去的,而是在她不太准确的指引下,胡乱飞上去的。差错率高得惊人。她索性推开键盘,趴在工作台上。

一个人轻轻推了推她的胳膊。是吴经理。怎么?不舒服啊?

她不好意思地坐正,揉着眼睛说:是有点。

正好,你休息一下,我们闲聊一会儿。你现在感觉怎样？我指的是档案升级的事情，全都理顺了吗？

顺了，只需要加足马力往前赶工作量了。

喜欢档案工作，还是更喜欢营业部的工作？

她看着吴经理，不知道她是什么意思。

据我观察，你可能还是更喜欢在营业部工作，营业部比较单纯，做了就了了，不像档案工作，一个项目要拖好久，还牵涉很多部门，要去协调，去做很多额外的协调工作，操作起来变数也比较多。档案升级完成以后，其实支行是会考虑让你重回营业部的，毕竟那才是你的专业，你又有比较好的英语基础，营业部的确很适合你。总之，你放心，像你这种专业好，又爱学习的人，支行是一定会重视你、用你所长的，所以，就不要想着去分行了，我们支行更需要你。说到这里，吴经理笑了起来：说实话，我认为你在支行更容易出成绩，分行员工的整体素质比我们要高，你去了那里，未必能迅速崛起，如果长期处于被遮蔽、被忽视的状态，对你个人来说，未必是一条最好的发展道路。

……为什么……要跟我说这些？我做错了什么吗？她猛地站起来，原本虚弱无力的状态顿时无影无踪，脑子里轰轰作响，她隐约知道是怎么回事了，但不敢确认。

没有没有，你没有做错任何事，就是来跟你聊一聊，你不是给分行人事部写过一封信吗？他们反馈给我们了，让我们做做你的工作，就在支行发光发热，眼下基层才是最缺人才的地方。还说，不管是在分行还是在支行，大家都是一家人，都是平等的，每个人都在自己的岗位上出力，我们这个大家才能变得更强大。我觉得他们说得也有道理。

震惊让她目瞪口呆。但是，信件不是个人机密吗？他们怎么能不经她同意就把她的信转给了其他人呢？但她不敢把这话说出来，她现在什么都不敢说。

你也可以继续找他们，这是你的权利，但我看你是个老实人厚道人，就站在个人立场上，而不是人事部的立场上，劝你一句，你真的不如就在支行待着，分行那些人，可没我们这里的人好说话，那里的竞争可激烈了，你知道他们的收入差距有多大吗？中层干部和一线员工最多能相差五倍，我们这里，就算是行长，比普通员工也多不了多少，正是因为赌注大，竞争才激烈，背后使绊子的人也大有人在，经常有败下阵来的人，不是辞职走了，就是坐牢去了，根本不是你我这种智商的人能够生存的地方。

我不是那种人，我没有任何欲望，我只是想找个有国际金融业务的地方……我只是觉得……

分行不光有国际业务部，还有国际一部、国际二部、国际三部，加起来有几十号人，都是分行专程去那些名校挑来的,他们在大学的专业就是国际金融,我有一次因为信用卡的事情去过一次他们那里,他们的工作台上、电脑上,全是英文,没有一个汉字,他们跟自己人说话,都是英汉夹杂的,很少说一句完整的中文,你说你不会比他们更强吧?何必跑到那里去做二等、三等公民呢?你觉得我说得有没有道理。

她已无力说出一个字,先是"阴谋"被揭穿的尴尬,接着就是被鄙视的耻辱,现在她恨不得变成一只小爬虫,从吴经理的脚边慢慢爬出去,只求不被她不小心一脚踩死。

吴经理看了她一阵,继续说:我们希望你继续坚持自学金融英语,L城发展很快的,涉外业务肯定会开展起来,到时候,你就是我们这里的国际金融业务第一人,多好!

她还能说什么呢?只能垂着眼皮,轻轻点头。

吴经理又换了一种拉家常的语调。怎么样?你家丁老师还有多长时间毕业?应该快了吧?你也真是不简单,孩子这么小,就把丁老师送出去进修,工作又这么忙,一只草垛几头拉,亏你还能应付下来,我就不行,孩子他爸只不过出差几天,家里就被我搞得乱七八糟。放心吧,你的努力大家都看在眼里,付出终会有回报,不管是工作上的,还是家庭的。前段时间,一个年轻人,我暂时不说他的名字,过来跟我们说,他工作的地方离家太远，问我们能不能给他调整到一个近点的机构，我就把你搬出来讲给他听，我说你看人家林海燕，一个人承担了多大的压力，克服了多少困难，人家从来不向单位叫苦，也从不要求我们帮她解决困难。当然我并不是说你不能向我们提要求，恰恰相反，如果是你林海燕向我们提要求，我们一定会想方设法帮你解决。说真的，你有吗？不要不好意思提，不要只顾向自己施压，我们是一家人，一家人就有互相帮助的义务，你有什么需要尽管提，工作上有李叔帮你，我很放心，生活上有什么需要帮助的，直接告诉我，好吗？人多力量大嘛，我们肯定能为你做点什么的。

她最怕人家用这种语气跟她说话，就像火焰靠近冰块，她的眼泪被融化了一样成片成片滚落下来。

唉！我就知道你心里有委屈，我们女人都是忍辱负重的命。吴经理上前一步，轻轻拍了拍她的背。没事的没事的，你有任何问题第一时间跟我说，我来帮你解决，我不能解决的，我请求领导帮你解决，好吗？其实我一直想问你，又怕引起你的误会，你……缺钱吗？如果你手头紧，我来帮你申请一点困难补助。

她用力摇头，眼泪流得更凶了。如果非说有什么需要帮助解决的，那就是让她一个人待着，她担心吴经理再待下去，她就会忍不住说出她和丁老师已经签了离婚协议的事，她不能把所有的失败都向她和盘托出，至少在这个时刻，她不让想任何人看到她全盘皆输。

她去卫生间洗了把脸，拍了拍，似乎好受些了，她走出来，捂着脸，只留眼睛在外面，从这里看向远方，看那些灰蒙蒙的房子，以及更远处的山峦。她经常站在这里看，永远都是这个风景，即使风和日丽，也像是蒙了一层薄雾，从来没有透明过，就像她的人生，有时看似即将云开雾散，其实并没有。

下了班，她没有回到七楼的家，整整一天，她都被沮丧和烦躁笼罩着，她感到自己快要爆炸了。她想去外面走一走，最好把自己走到累死过去。

分行那些人怎么会是这种素质呢？难道他们不知道随意公开别人的信件是不道德，甚至是违法的吗？当然，她永远不可能去告他们，她还没傻到那种程度。她现在只祈求吴经理像她承诺的那样，绝对不会把她给分行写信的事说出去。她两腿发软，不得不在街边胡乱坐下，一些人不住地回头，像在谴责她随随便便席地而坐的行径。她只得起身，继续往前走。

前面不远处就是李叔的家门，她突然想起来，给分行写信正是李叔给出的主意，既然她是听了李叔的建议写的这封信，那么李叔就有义务知道他的主意带来了什么后果。

她径直上楼，敲开了李叔的家门。你怎么来了？李叔今天不像平时那么欢乐，拉开门时对她的那一笑明显很客气，他也没有穿他标志性的白色短袖衬衫，浅灰色长裤，而是穿了件家常的老头衫，肥大的短裤像裙子一样飘荡。李叔的妈也没见着，说是已经睡觉了。她这才意识到来的时机不对，对老人来说，可能已经太晚了。但是，来也来了，那就直奔主题吧。

李叔，我完蛋了，我听了你的，给分行人事部写了一封信，结果那封信被转到支行人事部了，今天吴经理专门找我谈了话，大意是叫我要安心本职工作，不要胡思乱想。

从她开口说第一句话，李叔的脸色就变了，接下来，她每说一句，他的表情就更加难看一点，到最后，李叔张嘴看着她的脸，已经不知道是生气还是尴尬了。

我该怎么办李叔？

听到她叫他李叔，他整个人突然一松，哈地笑出声来：你真的给分行人事部写信啦？

咦？不是你叫我直接给分行人事部写信的吗？当时你在办公室说的，就在我去营业部接待外国客人的当天。

我真的这么说了？李叔伸手在没剩几根头发的脑袋上抓了两下：没事哎呀，写就写了，光明正大，总比那些背后送礼又被人把礼物公开的好，对不对？

我真的做错了吗？支行会对我有不好的看法吗？

也谈不上错，就算有不好的看法也不能把你怎么样，选择岗位是你的自由，批不批准是领导的自由。放心，这事对你不会有太大影响，最坏的结局也不过是让你到一线坐柜去，你以前不就是从柜台上来的吗？现在你更应该看清你的优势了，没人敢把你怎么样，因为你进可攻退可守。

但是，大家对我的印象会坏了吧？他们会在背后说，哼，就她，还想高攀到分行去。

……人家真要这么说的话，也没说错，你想去分行，就是在高攀啊，这又不是什么丑事，谁不想高攀？但凡有一丁点可能，就会想着往上爬。这是人的本性。

但我没想往上爬，我只是想去学习国际金融业务，因为我自学了很久的金融英语。

那你说实话，你为什么要自学金融英语呢？你不就是想要显得比别人更优秀吗？不就是想要显得你与众不同，然后得到重用吗？

不是的……她刚想反驳，马上又咽了下去，她不能告诉李叔，她学习《金融英语》的初衷，并不是为自己创造什么条件，她只是不想输给小柳，但此时此刻，她没法三言两语跟李叔解释清楚。

用不了几天，这事就会被淡忘的。首先你自己要把它不当回事，脸皮要厚一点，你越在乎它，它就越像回事。何况追求进步是一个人与生俱来的权利，也是值得鼓励的行为。

她低着头，说不出话来。李叔的话第一次在她面前显得毫无用处。

嘻嘻，没想到你真的给分行写信了。李叔这次笑得跟前一次不同。

李叔，是你叫我写的呀，你还给我举了个例子，那个给领导写信要求调到离丈夫近一点的地方上班的女子，你是忘了，还是根本就是在跟我开玩笑？

那个不一样。不过，我还是那句话，写就写了，真不是什么坏事，让他们对你留下点印象也有好处。

她本来还想跟李叔说说丁老师的事，此刻的情形却让她打消了那个念头，她再也没有信心把李叔当作自己的军师了。

善　意

突然听说，营业部杨主任肝癌晚期了，领导安排他休息，治疗为主，但他不肯，说与其在医院插着管子等死，不如跟大家在一起，说说笑笑地等死。

她正和李叔在档案室里谈着杨主任，冷不防一抬头，杨主任出现在档案室门口。李叔赶紧冲过去：哎呀，你有什么事打个电话来就行了嘛，何必走这一趟。

一定要走这一趟，因为我有话对林海燕说。杨主任的样子看上去很虚弱。

李叔要走，把办公室留给他们，杨主任喘着气拦住他：李叔你别走，正好留下来给我做个证人。

她唰地站起来，在得知他生病以前，她是不会这样客气的。

她把自己的椅子让给杨主任，杨主任说：那我就不客气了。林海燕啊，有件事情我一直没跟你讲，我对不起你，去年十一，营业部搞那个精品网点装修期间，是我把你的名字从营业部拿掉的，我那时太浅薄了，太轻浮了，觉得你不爱打扮，也不太合群，就脑子发热做了件蠢事，我现在郑重向你道歉，我已经向行长反映过了，一旦你的档案升级工作完成，一定要在第一时间安排你回营业部，并且重用你，你有多年的临柜经验，又懂金融英语，你值得重用。

李叔上前握着杨主任的手，感激地摇着、晃着，就像他才是林海燕。感谢感谢！李叔不住地说。

杨主任又说：林海燕，我还有一句话，你的女儿，你要好好培养她，我有一个亲戚，他会相面，他有一次到我这里来，看到了正在院子里玩的萌萌，他说，这个小孩，绝对不会像你我一样蹲在这个小地方，她的将来，不可限量。这是他的原话。

不会吧？她突然开心起来，又不知该如何表达，就很突然地对着杨主任大大地鞠了一躬。

哎哎哎别别！领当不起领当不起。

杨主任说话的工夫，林海燕又鞠了两个躬。直起身来时，她脸都变了，哑着嗓子说：杨主任，你的话极大地鼓舞了我，我会竭尽全力当好萌萌的妈妈。停顿片刻，一阵莫名的冲动最终掀翻了内心的堤坝，令她脱口而出：还要当好她的爸爸，因为，我已决定跟他爸爸离婚了。

她决定守护下去的秘密，就这样被自己不假思索地掀开了盖子。她这样认为，此时此刻，不透露自己最大的秘密，似乎不足以表达对杨主任的感激之情。

两个男人大吃一惊，又不好像女同事那样追问下去，只讪讪地说：这是大事，要想清楚哦，要再三考虑。

我已经考虑清楚了，我们也已经谈好了，只等他暑假回来办手续了。

这个，唉，我们作为外人好像也没有发言权，不过，看你也不是个草率之人，总之，话又说回来，你还年轻。

杨主任突然结巴起来，李叔也不停地抓挠头皮，气氛就这样陡地冷却下来，这倒是三个人都没有料到的，最后还是李叔哈哈一笑救了场：这正好验证了杨主任亲戚的那番话，你女儿将来一定会是个大人物。自古以来都是如此，但凡家里要出大人物了，这个家里就开始接二连三地不顺，这是有科学道理的，一个人必须接受足够的磨难，才能成才。话又说回来，你们毕竟还没有正式办手续对不对？还有余地，没那么容易离的。

杨主任不甘心他的话题被她的离婚决定所打乱，稍等片刻，重新提起：行长已经答应了我的"临终遗言"，说他会考虑，一旦档案升级通过，你就会回到营业部。不过，我也有个请求，你从现在就要开始物色徒弟，找一两个年轻的，学习能力强的，业余时间带带他们，当她们的老师，一起学点金融英语，我们现在是精品网点，没有这个能力，是很丢人的。关于这一点，我也跟行长说了，他说他会专门开个会，来讲讲这个事情，会建立一个奖励机制。

我可不够资格当老师。她突然想起小柳：小柳不是在外面脱产学习吗？等她回来就不缺人了。

杨主任凄惨地一笑：她不会回来了，听说会留在省分行，否则怎么对得起那么多国家级荣誉？

这倒是她从没想到过的，她知道小柳学习期满可能会得到提拔，大概率会在市分行一级，没想到竟然是省分行，不禁有点走神。

杨主任下楼去了，李叔陪他一起下去。

她重新回到键盘上，但很快就不得不放弃，她无法集中精神，眼前总是有些东西胡乱飞舞，一会儿是关于她去营业部的事情，一会儿是关于小柳的，还有关于萌萌的。如果杨主任的话不假，小柳可能已经正式成为省分行的一员，天哪！再看看自己，市分行都是不可染指的山巅，好吧，她是英雄，英雄的待遇是普通人无法企及的。

她起身走到窗边，正好看到信贷部副经理揽着杨主任的肩，亲密地走在一起，他们拐了个弯，朝大门那边去了。难道杨主任对信贷部的某人也有临终遗言？没想到他原来是这么善良的一个人，自己就要告别这个世界了，还在替别人着想，想着把别人变得更好。

三个多月后,杨主任走了,支行给他开了个追悼会,追悼会结束时,吴经理突然出来宣布一个现场投票活动,鉴于杨主任的儿子还小,他的妻子又刚刚失业,为表扬杨主任多年来兢兢业业的付出,体现集体对员工的抚恤之情,根据有关规定,现对杨主任妻子吴小琼申请成为支行合同制职工一事进行投票表决。

沉浸在悲伤中的人全都瞪大了泪水充盈的眼睛。天哪!真是太可怜了,爸爸走了,妈妈又失业了,这么小的孩子,以后可怎么过?海燕更是感动与愧疚交织,以前对杨主任太不了解了,自己家中的妇孺都没安排好,倒愿意全心全意替自己着想,提前替她布局回营业部的计划,老天爷为什么不让这么好心的杨主任多活几年?真是太惨了,太伤心了。

她像许多人一样,透过泪眼,在表格上毫不犹豫地打了个钩。但这个钩仿佛有股了不得的魔力,刚一画完,她突然明白过来,为什么杨主任不惜亲自爬到五楼,对她提出了一个足够诚恳却不一定能够实施的个人发展方案,她猜,杨主任在这段时间里,一定逐个拜访了所有部门,一定跟每个职工的目光都炽热地对接过,一定用自己的真心打动过每一个他主动找到的人。谁不会感恩一个将死之人对自己的善意呢?谁不会同情、支持一个将死之人的遗孀和幼子呢?他用尽最后的力气,为他的家庭挣来了关键的一票。

恍然大悟之际，又悲从中来，原来谁都活得小心翼翼，谁都不曾趾高气扬。

托儿所搞定了，可以立即入学，不用像幼儿园一样要等到九月一日。她利用周末回去接萌萌。

爸说：东西太多，你一个人拿不了，我已经帮你叫了一个帮手。

原来是小潘，每次小潘回家，总会去爸的店前报个到。这次也一样，想到萌萌要搬家，爸果断预定了小潘。小潘当然没有二话。

东西挺多，萌萌的衣服被子，奶瓶奶锅，婴儿车滑板车，各种绒毛和塑料的玩具。小朋友并不知道搬家意味着什么，还以为只是跟平时一样，去车站帮外公看店，妈妈搬出一件东西，她就往屋里送回一样东西，喃喃地说：萌萌的，萌萌的。

一辆白色桑塔纳小心翼翼地开了过来，一直开进院子里，小潘从车上下来。收拾好了没有？我来往车上搬。原来他刚刚出去是去叫车去了。

她大叫：有什么必要？坐长途汽车就可以了，我把东西都打包好了。爸也紧张地问：这一趟要多少钱？

您既然叫我来帮忙,就不要过问细节,我保证把事情给您做到最好就行了。

三下两下,东西收进了后备箱。海燕也不客气了,抱起萌萌,指挥小潘:那边还有一个捉蜻蜓的网兜。

她和萌萌坐后排,小潘坐副驾。上路之后,小潘掏出一个做工精良的小鸡,递给萌萌,告诉她:这鸡会下蛋,你上好发条,把它放到地上,它走几步就会蹲下来下一个蛋。

萌萌一下子就被吸引住了,虽然车上狭小,不能很好地玩这个玩具,但已能大致领略它的妙处,萌萌紧紧抱着小鸡,看向小潘的眼神,不再那么羞怯了。

她说:你不急着回来吧?待会到了,我请你吃饭。

他爽快地答应了。

这是小潘第一次来到她的家,他显然对她简单到清贫的家感到震惊。感觉丁老师是把你们的全部家当变卖了才去读研究生的。他想开个玩笑,话一出口,才觉得不妥。

是不是觉得我特别失败?

有点。说完他们两个人都笑了。

比起他们第一次在T镇吃饭,这一次愉快得多,萌萌在一旁津津有味地玩她的母鸡下蛋,丝毫不影响他们的闲聊。她发现小潘特别负责,眼睛几乎没有离开过萌萌，萌萌只要一走出他们的划定区域，他就忽地站起来，不是盯着她，就是立即出手将她拎回来。最后一次，他索性将萌萌摁在座位上。

你一点都不怕她走丢？告诉你，这是非常危险的，一定要随时随地看紧她。

这里陌生人不多，应该没问题，我爸在车站都没弄丢她。

你说这种话才叫人担心呢，偷走孩子的人，并不一定都是陌生人，熟人更好偷。

被他这么一说，她也紧张起来。小潘掏出一支笔，教萌萌在店家提供的餐巾纸上画画。一开始，萌萌不大会画，他就握着萌萌的小手，教她画了一只气球。很快，萌萌就对画画上瘾了，没几下就画满了整张餐巾纸。小潘鼓掌：真厉害！我们有个小画家了。

她感到意外又惊喜：你连婚都没结，居然会带小孩？
我天生会照顾人呀。

是的，我想起来，小时候，我们去捉螃蟹，我的脚被砸出血了，你……

行了，别再提那件事了。

其实我一直想问你，艾蒿是个什么味道？是不是特别难闻特别恶心？是不是想吐？

你找几根艾蒿嚼一嚼不就知道了。

告诉我嘛。

不告诉你。

谢谢你哦,当时还小,不懂事,没有好好谢你。后来我妈经常在家提到你,说你妈有福气,养了个懂事又孝顺的儿子,不像她,儿子大学一毕业,就跑到那么远的地方,几年都看不到人,等于白养了。

说到妈,小潘突然变了脸,不大吭声了。

听说你们家要拆迁了?那以后我们做不成邻居了,我妈跟别人不一样,别人都盼着拆迁,她就不想搬,因为搬到哪里都不可能有现在的房子大,房前屋后还能种点菜什么的,而且我们的房子刚刚翻修过,新鲜劲还没过。

是啊。小潘看着桌子上的纹路出神。

我妈前阵子还在说:好久没见过你爸了,还说现在不像以前,住在附近的人,几乎每天都能打个照面,现在大家各自外出谋生,难得一见,甚至有些人已经去世了都不知道。

小潘胳膊支在桌上,手捂着半张脸,似乎只想做个听众。她渐渐感到无趣。我忘了,你们男生,对这些家长里短不感兴趣。

对有些家长里短还是有兴趣的,比如,接下来你有什么打算?

我没有任何打算，好好上班，好好照顾萌萌，除了这些，还能有别的选择吗？

既然决定离婚，不妨把后面的生活先考虑起来。

你是说重组家庭？我不要，婚结过一次就够了，我不想再来第二次。

被她爸伤透心了？严格地说，那事不能完全怪别人，你自己也有错，你非要把人家送去接受考验，就像把一个饿得眼冒金星的人送到食品商店去看店一样，他不偷吃一口才怪。

我不也是一个人吗？我不也在接受考验吗？我怎么没有偷吃一口？

他笑起来：你应该没他偷吃的条件好，你身边全是熟人，全是监视你的眼睛，他在那里，毫无管束，只能靠自觉。人的自觉性是最靠不住的。

不说这些了，好不容易才活过来。说你吧，我记得你说过你要去南方的，这么说，过几年你可能会带个广东腔的女朋友回来？

我不去了，不想去了，不会去了。他又去看桌子上的纹路。

你爸要回来了是吧？

反正我不去了。

这么快就改变主意了？我劝你不要这样，既然有了目标，就要坚定不移地往前走。

我没有目标，活一天算一天吧。

为什么？你怎么能说出这种话？用我妈的话说，你还没开始呢。

对我来说，开始和结束，就像双胞胎一样。

她这才觉得他有点反常，话少了，有点莫名其妙，还有点消极。发生什么事了？

不知道，也许早就发生了。

什么事嘛到底？

别管我了，你好好带萌萌，不管大人怎么样，小孩都是新的开始。

你今天奇奇怪怪的，是失恋了吗？

多希望我是失恋了，可惜。

痛痛快快告诉我嘛，讨厌你这种欲言又止的样子。

总有一天你会知道的。

讨厌，懒得理你，过几天我去问你妈。

她更讨厌。

你们俩吵架了？哎呀大人说几句你就听着呗，左耳进右耳出，别跟她计较。

我们走吧。他突然站起来。

他们一起走出餐馆，各自朝相反的方向出发。她牵着萌萌的手，萌萌边走边玩着她新到手的下蛋母鸡，她总是觉得不对劲,走了一会,一回头,看到他还站在他们分手的地方,一动不动地看着她们。不知为什么,她心里沉了一下。

萌萌叫了起来,她的下蛋母鸡跳进了小水坑里,她顾不上小潘,几步蹿了过去。

小柳回来了。

她不是来看望老同事,而是随省分行优质服务工作小组,下来检查工作的。这个消息的轰动程度,堪比当年突然一下成了巾帼英雄回来演讲。

她的样子变了好多。原来的短发变成了大波浪中长发,淡灰色职业套装,衬在里面的粉红衬衣一看就是不错的真丝,脖子里的钻石项链若隐若现。她的五官明显发生了变化,但细一看,又难以断定到底是哪里发生了变化,就连身高,似乎都发生了变化。总之,她整体上脱胎换骨了。

最让她震惊的是同事们对待小柳的态度。为了迎接包括小柳在内的检查小组,行长副行长工会主席三个人穿得整整齐齐,在大门口站成一排,恭恭敬敬地看着一辆黑色小汽车缓缓驶近,车门拉开时,行长上前两步,热情地跟检查组的人逐一握手,轮到小柳时也不例外,小柳丝毫没有不好意思的神色，挺直身体，大大方方地接住行长的手，领受这隆重的礼遇。

所有观看这一幕的人都不由自主地啊了一声，要知道，当小柳还在T镇办事处的时候，跟大家一样，见到行长就像老鼠见到猫，能躲就躲，实在不能躲了，才红着脸现身，小心翼翼地打个招呼。

她一直在有意回避检查组，回避小柳，毕竟她现在的工作跟优质服务关系不大，没有见面的必要，但她的眼睛一刻也不想离开小柳。检查组进门的时候，她躲在廊柱后面观察，检查组进了大楼，她悄悄尾随其后，在他们的声音里捕捉小柳的声音，检查组进了小会议室，那里一般用来接待贵宾，她躲在消防楼梯间，有一次，差点正面撞上了小柳，小柳和检查组另一名女宾来上厕所，那人说：这个支行不错，整体氛围比较好，员工们看上去朝气蓬勃。小柳说：是的，我一直很怀念在这里上班的日子，同事之间就像家人一样。

所以你才有后来那么好的表现，就像充满爱的家庭出来的孩子，总是更加阳光。

谢谢夸奖，跟省分行的同事们相比，我觉得自己还是很不够，还需要加强学习。

你可以啦！听说你上次参加那个系统内的征文比赛，获得了二等奖，真的很优秀啦！

哪里！真有才气的人，应该一挥而就，我为了那篇文章，几乎熬了一个星期的通宵，我是苦熬出来的。

那种天才毕竟少嘛，能苦熬出来就很不简单。

她站在消防楼梯间，默默听着，心里像炸开了锅。小柳会写文章？从来没听说过，至少在T镇的时候，从来没有见识过她的这一特长，那时候的小柳，兴趣只在穿衣打扮和吃喝上。她想起她在电视台工作的男朋友小泽，不会是小泽帮忙的吧？

与此同时，她意识到一个问题，就算是小泽帮的忙，只要她自己不说，只要小泽不站出来揭露她，没有一个人会怀疑她的写作能力。

到底是一种什么样的力量，在裹挟、推动、成就着小柳呢？她坚信，那种力量是存在的，否则她实在不能理解，以小柳那样的文化基础，会在这么短的时间里，既拿下高级金融研修班的学业，又在征文大赛中获奖。

傍晚，检查组的人和领导们分乘几辆车外出，出席接待晚宴，终于可以不再躲了，她长出了一口气，疲倦地走出办公楼，准备回家。

刚到一楼，就见一群女人扎堆在一起，她踮一踮脚，从人缝里看到了小柳淡灰色的身影。她没有跟检查组的人一起出去？正在犹豫，小柳冷不丁朝这边看了过来，她们的视线正好相撞。

林海燕！小柳尖叫一声：正在想怎么没见到你呢。小柳拨开人群，冲了过来，搂着她的肩，一边咋呼一边细细地打量她。

听说你进机关了？好嘛。你可瘦多了，用的什么方法，赶紧告诉我。好像比以前高了，难道还在长个子？不过，脸色好像没以前红润了，要注意身体哦。

终于轮到她了，她的语速比小柳慢一倍都不止。还记得我在北京找你拿的那本《金融英语》吗？我把它学完了。刚一说完就懊恼起来，她本来是想问小柳，还有没有别的金融英语方面的书。

啊？你太厉害了……到底是北大高才生的老婆。

她想接着解释，但外面来人把小柳拖走了。

下次再聊啊林海燕，我刚才是被他们从车上强行拉下来的，现在要赶过去跟同事们汇合了。下次去省分行别忘了找我哦。小柳奋力回过身来跟她道别。

她所说的同事，是指省分行同事，至于她以前的同事，正凑在一起传看她留下来的照片，是结婚照，照片上的小柳穿着露肩的婚纱，手握精美花束，望着新郎甜笑，新郎正是小泽。他们告诉她，小泽现在进了省电视台，进了一个很有名的综艺节目组，经常打交道的不是领导就是明星。

她死死地盯着照片，这时她已没心思去关注发生在小柳身上的神迹，她的注意力只在小柳的婚纱上，多么漂亮，多么梦幻，多么幸福，自己也是结过婚的人，别说婚纱，连一张像样的合照都没有，唯一那张还是为了拿结婚证去拍的登记照，跟小柳相比，自己的婚姻仿佛是假的，尤其是现在，如果没有萌萌，她就跟没结过婚一样。

还有一张照片，一束金色的光从上面直射下来，小柳和小泽沐浴在金色光束里，一起仰头望向光的来处。难道他们自己也清楚，他们的一切都起源于那个黑暗而罪恶的夜晚？那个夜晚一定有某个秘密的开关，一旦他们找到它，并且打开它，黑暗之地就变成了金光大道。

她被自己的胡思乱想弄得心烦意乱。她警告自己：你这是嫉妒！不要嫉妒，嫉妒是魔鬼。但是，老天爷啊，怎样才能管住自己的情绪。

家庭聚会

这天晚上发生了一件不寻常的事,已经晚上九点多了,萌萌都上床睡觉了,爸突然打来电话。

你能不能想办法回来一趟? 现在?

明天就是周末,我明天早点走不行吗?

你哥刚才打电话回来,说明天要回来……

啊! 太好了! 他什么时候到啊?

最早也得下午,或是晚上吧。

爸你不高兴吗? 听起来咋那么沉重呢?

我倒还好,主要是你妈,刚刚才号啕大哭了一场。你想办法回来吧,跟你妈说说话,宽解宽解,她这个样子,明天怎么见他们两个?

两个? 我哥要带女朋友回来吗? 爸你一口气把事情说完好吗? 急死我了。

爸叹了一口气:是的,这是他第一次带女朋友回来,说他们的关系已经定下来了。根本不打算听我们的意见。今晚六点多才打电话回来,你妈接的,本来高高兴兴的,听着听着,你妈不笑了,脸黑下来了。跟你哥,这不能行,我们就你这么一个儿子，这里的人，一个县的人，都盯着你呢，从小到大，你哪点不如人家？你样样都比别人强，为什么偏偏要在终身大事上犯糊涂？不行，我不同意。电话一挂断，她就哭了起来。对方是个离过婚的女人，但没孩子，即便没孩子，你妈也说不能同意。她的意思是，我十全十美的儿子，凭什么找一个离过婚的女人。

这倒是她没想到的，乍一听说，她也心里一沉，过了一会又想，以这种身份，竟然能迷倒哥那种风度翩翩的律师，足见这个嫂子不是一般的出色。

爸，其实，我哥喜欢就行了呗，我哥又不傻，他的脾气，他的眼光，你们还不了解？

但你妈反应很大，她接受不了，还说明天不许他们进门。你回来开导开导她吧，我说什么她都不听。真怕明天弄得不好看。

现在已经没有车了呀，我先在电话里跟妈说两句吧，明天早上我坐头班车回来。

试试看吧，她现在根本不想接任何人的电话。

过了一会，电话里传来妈湿漉漉的声音。

妈，你听我说，这是好事，真的，你这样想嘛，如果你心目中的完美儿媳妇是一百分，那这个嫂子肯定是一百一、一百二，甚至更多，否则哥不会选中她。

还一百一、一百二，我看你就是个二百五，你们兄妹两个都是二百五。

你相信我哥的眼光嘛,他的眼光什么时候出过错,他肯定有他的道理。

他再有眼光,也架不住人家给他下几次迷魂药。

妈,结过婚的人,脸上又没有标记,只要你自己不往外说,谁会知道?我哥这回算是很诚实的,他要是不告诉你她结过婚呢?再说,我们家谁最聪明、最有见识?当然是我哥,你就相信你最最优秀的儿子吧,他看中的人,不会差。

我就是担心他被人算计了,你不知道,现在外面的女人精得很。

精也不是什么坏事,难道你想让他娶个又憨又傻的?再说,人家是爱上了他,是要嫁给他跟他过一辈子的,就算有算计的成分在里面,那也是我哥认可了人家的算计,你还有什么好担心的呢?

妈突然烦躁起来:你别跟我狡辩,结过婚的,跟没结过婚的就是不一样。

妈你这是歧视离过婚的人吗?我也正在跟丁老师离婚,难道你也要歧视我?

妈在那头突然没了声音。她知道她给了妈一个重击。

好了妈,明天见了面再说吧,说不定你的担忧根本就是多此一举,我相信她一定是个特别有魅力、有能力的人，否则她降服不了我哥。

我做梦都没想到，我的两个孩子都婚姻不顺。

我是有点不顺，哥还是顺的呀，你想他该有多爱她才会做出这个决定来。

管屁用！你当时不也一样吗？我要说丁老师半点不是你都不依，结果呢？你把他抬得越高，他就越容易踩你。我把你哥的命算在这里，他越喜欢那个女的，将来就越容易遇上事儿……算了，当我没说。

对了妈，我和丁老师的事，你跟我哥讲过吗？她本能地知道，只有转移话题，才能慢慢改善妈的心情。

我跟他说过一点，他叫我跟你爸都不要插手，先让你们自己冷静一段时间。

他这样说的吗？还能怎么冷静？协议都签了。

他说离婚律师都知道，不可能说离就离，至少来回拉扯一两年。他还说你们那个协议也不能算数，说那只是吵架的一种形式。

不知为什么，她突然抿嘴笑起来，就像一个人捂着痛处一脸紧张地来到医院，结果医生说没事，给你开点药搽搽就好了。

第二天一早，她就带着萌萌赶回来了。妈嘴上表现得不高兴，行动上并非如此，屋里早已收拾得井井有条，焕然一新，是迎接贵宾的架势。

妈上下打量她们母女俩，转身去卧室里拿出钱包。你怎么还穿工作服呢？快去街上买件新衣服，给萌萌也买一件。快去！

我才不要，新衣服会让我不自在。

她来到厨房，爸在烹牛宰鸡，几只锅同时突突突地冒着热气。

这么多啊！吃不了这么多吧。她隔着浓重的雾气对爸说。

不是吃不吃得了的问题，是规格问题。不管怎么样，我们都要拿出这个家的最高规格接待她。

下午四点多，哥和他的女朋友出现在门口。哥向大家介绍他女朋友时，说了个名字，有点拗口，幸好他接着说：你们就叫她小金吧。

她当然不会叫小金，她也不在乎那个没听清的名字，她反正是要叫她姐姐的。

姐姐不像她想象的那么漂亮，典型的耐看型，清清爽爽，文文静静，一开口，言语温柔又果断，有种让人不敢小觑的气场。

爸，妈，让你们久等了，我们是走过来的，海鹰说，我应该把这条路先熟悉起来。

还是爸反应快：还好这边的路修过了，你们从哪里走过来的？

哥说：宾馆，我们已经把房间登记好了，晚了怕没房间。

爸看了妈一眼：你妈一大早就把你的房间收拾好了，家里这么多房间，为什么要住外面呢？去退了吧，我去帮你们退。

不用退，我们这会儿还是可以用我的房间呀，晚上，我们会在宾馆见几个同学，那里方便。

哥要拉着小金往自己房间走，小金反向扯了他一下：我们还是先去厨房帮帮忙吧。

不用不用。爸赶紧追了过去。

她听见小金在厨房说：哇！这才是真正的粉蒸肉，米粉粒粗粗的，被蒸出来的油脂包裹着，看上去好好吃。

哥说：一个北京长大的人，对粉蒸肉这么有感情！

爸似乎格外惊喜：你是北京人？

对，我爷爷三十多岁的时候从哈尔滨迁到了北京，我爸爸妈妈都是在北京出生长大的，我是三年前才离开北京去了深圳。我和海鹰是校友，他高我一届。

哥竖了根大拇指：厉害，三句话就把祖孙三代来龙去脉都交代清楚了。

妈在隔壁房间布置餐桌，耳朵支棱得直直的，她肯定把厨房的对话全都听进去了。

爸过来上了一盘菜,低声对妈说:出身还是很不错的!跟海鹰还是校友。妈转了个身,白了他一眼。

菜上齐了,大家一起落坐,哥说:今年春节,你们都去深圳吧,一起在那里过年,那里暖和,棉袄都不用穿。难得出趟门,在那边多玩几天。

爸说:好啊,听说春节期间物价有点贵。

再贵也不会要你出一分钱。哥说:我们买了个房子,房子还算比较大,你们如果愿意,完全可以长住。

爸探询地看向妈:你想退休吗?退休了住到深圳去?

妈倔强地说:我现在还不想退。

劳碌命!爸说:不过我是可以考虑起来,说不定能把我的卤菜店也搬到深圳去。

那我劝你还是算了,这种小生意,在本地做做可以,到了那边,你竞争不过人家,再加上各种费税,还不如不干。实在舍不得你的店,可以先在这里干几年,等妈退休了,一起到那边养老去。

哥说完,看了看小金。小金接着说:爸,妈,再过两个月,我和海鹰打算搬到珠海去,我们准备在那里开自己的律所,所以,如果你们去深圳,那个房子就交给你们打理,过年过节,我们,再加上妹妹妹夫,大家一起去深圳跟你们团聚。

爸放下刚刚端起的酒杯,睁大眼睛望着哥:前段时间你还在说,现在的公司对你很不错,又提职又加薪的。

提职加薪是因为从我身上可以榨取更多的价值,如果可能,我为什么不能为自己打工呢?

开律所不是那么容易的,你一个外乡人,在当地又没有什么资源……我劝你还是要稳当一点,过几年,条件成熟了再作决定。

现在不像前几年,现在我有了个万能的好帮手。哥的手越过小金的后背,在她肩头揉了揉:她已经提前到珠海帮我开疆拓土去了,那边有个北京帮,那些人都特别够意思。

爸沉吟了一小会,看了看妈:怎样?去深圳吗?冬天去那里是很舒服的。

妈的情绪已明显好转,这时还是很认真地说:还早呢,家里的房子也不能没人管。

爸爸不知怎么突然有了浅浅的醉意:你不去我去,我去深圳,你留在家里,白天上班,晚上回家给我守这个房子。

吃过饭,哥带着小金去自己的房间。

她和爸妈三双眼睛，在后面死死盯着这两个人的后背。

她由衷地说：越看越舒服，气质真好！不是那种肤浅的漂亮，是很有内涵很有分量的漂亮。

爸也说：家庭出身相当不错，估计海鹰正是看中了她这一点。又会看眼色，说不定真的能帮到海鹰，比如刚才提到的那个房子，明明是她的主意，但他让海鹰先说，给海鹰面子。这就是聪明人。爸拍了拍妈：我说你呀，别介意那些事了，普普通通没什么本事的人，海鹰真的看不上。妻贤夫祸少，有她这么个聪明人在他身边，我们也放心，是不是？

妈这时已不大说话了，但脸上没有多少不高兴的神色。

哥一个人出来了，他说小金在翻看他的影集，还有些读书时候的小东西，然后她想小睡一会，因为晚上还有活动，那些同学个个都是爱闹腾的人。

爸说：小金真的很会做人，她这是让你出来听听我们的意见呢。行，我没意见，我觉得这孩子特别聪明，善解人意，待人处事有主见，又不张扬。

妈突然说：她比你低一届？怎么看着并不显嫩呢？

爸马上打断她：你这是废话，一岁之差有什么老嫩的区别。

她是站在爸一方的，也跟着说：我觉得这个姐姐是年轻的时候不会显嫩、老了也不会显老的那种人，这种人最好了，现在比同龄人显得成熟，将来比同龄人显得年轻，有朝气。

哥却话锋一转：你怎么样？跟丁有什么进展？哥发明了对丁老师的简称。

这话提醒了爸，赶紧说：对对对，难得回家一次，说说你妹的事情吧，他们俩闹到这种程度，你这个当哥的有什么建议？

她内心一热，但表面上装作无所谓：我没事，时间紧迫，你们还是先讨论哥的事吧。

我不知道你是怎么想的，我觉得你应该专注于个人发展，丁也好，萌萌也好，你跟他们的关系，都与你的个人发展息息相关，说白了，你发展得好，丁自然会更加重视你，尊重你，孩子有了你这样的榜样，她会为你感到骄傲，言行举止也会更加自信。

是的，你哥这话说得对，千好万好，不如自己好，你是应该把重心落到发展自身上来，为丁老师做了那么多，落了个啥？

爸你这话也不完全正确，有些事情还是不能太短视，就算你们不得不分开，也不能跟他完全搞僵，要让他对萌萌负起责任来，丁发展得好，对萌萌还是有利的，萌萌好了，你也能跟着轻松一点。我觉得丁应该还会有所发展，毕竟在这个小地方，北大毕业的不多。你们现在什么状态？

没联系了。

别再跟他吵了，也不要给他施加更多压力，冷却一段，看看会怎么发展。

我觉得不会有发展了。

总之，先放一放，不急着做决定，离婚有什么好急的，又不是投胎。

爸居然差点笑起来，看一眼妈的表情，赶紧忍住。

妈去烧水泡茶，爸去收拾厨房，剩下她和哥坐在桌边。她不知道该说什么，从小到大，哥都不怎么跟她深谈，今天已经是破例了。

工作搞得怎样？银行那种地方，稍微用心一点，勤奋一点，就很容易冒出来。我本来是想，你进了银行，可以接触到本地比较有背景的人，进入他们的圈子，没想到你跳出那个圈子，选择了丁。

你本来是想？你做了什么？我怎么什么都不知道？

把羊赶进那个羊圈里，用的是鞭子，不是手，所以你不知道。没想到你又跑出来了。

真的是你吗？你到底是怎么把我赶进那个羊圈里去的？

你中专毕业分配工作的时候,我托过一个同学,他爸爸正好是人事局负责新生分配的,他可以决定把你的派遣证开往哪里。

她转动眼珠,突然想起来,当她从教委来到人事局,那个穿两个兜白色短袖衫的干部说过一句话:你就是林海燕?

她有点激动,下意识地拿起桌上一只杯子,杯子是空的,不知为什么,她还是做了个荒唐的喝水动作。

原来哥并不像我想的那样,嫌我笨,成绩差,烂泥扶不上墙,撒手不管,可哥为什么不早点告诉我呢?她明明有点想哭,却又笑了起来。谢谢你,其实我在单位还可以,业务没问题,我还自学了金融英语。

你那些信我也收到了,我觉得没有回的必要,我认为你是在借那些文字宣泄自己的情绪,对你来说,这是积极和有用的,所以我不反对,但我也不支持,因为你越是依赖这种方式,就会越是走向自闭。你得走出去,跟人交流,没有交流就没有信息,没有信息就不好发展。

我就知道跟你说话会大有益处。

以后有机会,你也可以跟小金聊聊,她是个很有智慧的人。我也常常会有困惑有焦虑,都是她帮我排解的。

她在心里感叹,哥已经这么优秀了,运气还这么好。

废墟酒谈

两个月后的周二,是爸的生日,她决定周末带萌萌回去,提前两天给爸小小地庆祝一下。

爸根本没有过生日的概念,提前关店都不肯,坚持像平时一样营业。妈的工作没有周末和节假日,听说她们娘俩要回来,提前跟人换了班,要一口气从早上工作到晚上八点半,第二天才能从早上休息到下午一点。也就是说,她到家的这天,直到晚上九点以前,家里都只有她和萌萌。

放下行李,她牵着萌萌出来散步。突然看见小潘家已经拆得只剩下几面光秃秃的断墙了,心里一惊,她知道这一带要拆迁,但没想到这么快,更没想到拆过的房子看上去如此触目惊心,沉郁的暮色中,上次见到还好好的家,现在像是遭到定向打击的战场。

稍远些的地方,几台挖土机刚刚停下来,挖毁的农田朝天裸露,树木荡然无存,全然不是她儿时记忆中的景象。她牵着萌萌走近小潘家,已没有一块可以舒服站立的地方,地上全是建筑垃圾,只有屋旁几棵树还苍劲地挺立着。她把萌萌抱起来，免得她在跟跄前行中摔倒。

一堵墙下意外地支着一张折叠床，床边还有一只装满东西的大口袋。不像是他们家不小心落在这里的，难道这么快就有流浪者住进来了？

有人从旁边小道上走了过来，光线有点暗，她看不清楚来人的面孔，决定赶紧撤离。

没走几步，就听见有人喊她名字，回头一看，竟然是小潘。

这么巧？我刚回来，顺便过来看看。没想到已经拆成这样了，他们的速度真是快呀。

小潘指了指远处的挖土机：明后天就到我们家了，然后……这里就完全不存在了，你再也找不到我们家存在过的痕迹了。

两人一起打量废墟中的家园：好伤感！以后，一切都只能去记忆中寻找了。

所以我最近几天一直睡在这里，有些东西，不是那么容易告别的。

她大吃一惊：就是那个折叠床？你就睡在露天里？不要这样，会生病的，这么傻呀你。

哎……没事的，就是心里有点难受。

也就我们俩觉得难受，很多人欢庆还来不及呢。说实话，这是好事，你们家马上就会有更好的住宅，各方面条件都只会比这里更好。

有些东西永远地失去了。

别难过了,赶紧回家去吧,会弄出毛病来的。

他蹲下来捏了捏萌萌的小手说:你快带着萌萌走吧,工地上危险。

她回头看了一眼,屋里还没亮灯,估计爸妈还没有回来,便决定在这里多待一会。

从现在开始,你的身份变了,变成我的前邻居了。对了,你爸回来了吗? 再不回来,该找不到家了。

他的声音低了下去:是啊! 他找不到家了。

也没啥,人在哪,家就在哪,你不是说过几年会去南方跟你爸会合吗? 你们一家将来肯定会在南方定居吧。南方很好,冬天很暖和。所以这是个积极的拆迁,你们会变得越来越好。

不可能的。我哪里都不想去,我注定会跟这里纠缠一辈子。他瞥了一眼身后已成废墟的家。

萌萌有点烦躁起来,不住地揉眼睛,哼哼叽叽,她要睡了。她把萌萌抱起来,轻轻晃动。小潘去断墙边把折叠床搬过来,放在她身后。她坐下没多久,萌萌就闭上眼睛,呼吸均匀起来。她又回头看了一眼,屋里仍然没有亮灯,爸妈还没有回来。

我爸妈是世界上最热爱工作的两个人,可惜没有人给他们评个劳模。

小的时候,我一直很羡慕你们家,因为你们家很和睦,灯光也很亮,就连你们家的狗,都是又大又胖又温和的。我们家不是。我小时候,有一次他们吵架,吓得我尿了裤子,还有一次,他们越吵越凶,吓得我从床上爬起来,躲到桌子底下,天亮的时候,我是在桌子底下醒过来的。

真的?为什么我一点都不知道,我从没听到过你们家有吵架的声音。

你听不到的,他们多半是在夜里吵架,你睡着了。

为了什么吵呢?

各种事情,有时也与其他人有关。

不想说就别说了,我想他们肯定有理由非吵不可,我结过婚我知道。

我很想念我爸爸。

那就去一趟呗,又不是特别远。

他出神地望着远处,天已经完全黑下来了,能见度非常低。

你说,他会不会像丁老师那样,在外面被别人俘虏了?对不起,只是说个笑话。

他不会的。

去一趟吧,他肯定也想念他儿子的。

他回头看了一眼:你爸妈回来了。

果然,屋里亮起了灯。她站起来:你也快点回去,别把自己弄感冒了。

他送她们回家,她抱着睡熟的萌萌,他走在一侧小心地呵护着她。

你会再婚吗?

不会的,除非我的工作状况有明显改善。

怎么样叫改善? 得到提拔?

不是。下次跟你说。

走到屋里的灯光能够照得到他们的时候,他停了下来。我不送了,不要告诉他们我在这里住。

你今晚还想在这里? 快回去吧! 别傻了!

他已转过身,往废墟那边去了。

安置萌萌睡下后,三个大人坐在灯下吃饭。

爸为自己开了一瓶白酒:海鹰好几年没跟我一起喝过酒了,上次回来就像点火一样,屁股还没坐热就跑了。

她去拿来一只酒杯:爸,我陪你喝一杯,我祝你生日快乐!

爸拿起酒瓶,给她斟了满满一杯。她不知道自己酒量怎样,因为从没喝过,不过,在自己家里,醉了也没事。

燕子啊,你放心,你眼前是有点小困难,不要怕,马上就会过去的,我现在起早贪黑勤扒苦做,为的谁?还不是你,你哥不用我管他,我只心疼我的姑娘,人善被人欺,那个姓丁的,除非他彻底醒悟过来,改邪归正,否则我们决不原谅他。记住我一句话,有困难找你爸。你妈还想趁着身体好多做几年,等萌萌上学的时候,她就不做了,过来帮你带孩子。

妈坐在一旁慢吞吞吃饭,不点头也不反对。

才喝掉小半杯,就隐隐有了点酒意,说起她刚才见到小潘了,一个人待在老屋场里,说他舍不得离开,心情有点沉重。

他沉重什么?他妈高兴得很,搬家那天,是我帮她找的车,人家喜气洋洋的。

他跟他妈不一样。

有什么不一样?他家得了两套房子,将来都是他的。心真大啊,居然生生挖了一口井出来,一起住了这么多年,谁不清楚他家没有井?光那口井,就补了不少。

你是说他们家造假?

不光是他们家,家家都一样,只要赶上这次拆迁的,都在挖空心思搞这些把戏,国家的钱,不要白不要。我一点都不遗憾我们家没有拆迁,不义之财拿多了不行的,会折儿孙的福。

看你儿孙多有福！妈不满地咕哝了一句。

当然有福，让那些没良心的人离开你，就是福气。说实话，那个姓丁的，我当时真没看上，尖嘴猴腮，走起路来两腿打飘，但你非要看上人家的学历，我也不好说啥。

到现在我还是喜欢高学历的人。

真喜欢自己去弄一个！现在很多人读在职研究生，你要真想，爸支持你。

妈赶紧打断他：少给她出些馊主意，趁早找个人，越往后越不好找。

我不要。她坚定地说：这事不要再提了，二手夫妻，继子女，还有公婆，你们觉得我这种智商，能应付得来这么复杂的关系吗？

爸兴奋地拍了下桌子：我姑娘清醒！反正你孩子有了，什么都有了，不着急，慢慢碰，碰上了算锦上添花，碰不上也没啥。我的老姑妈，三十一岁姑爹就死了，清清净净过了一辈子，老了相当受人尊重。

你还要喝多少？妈突然暴躁起来：明天不想营业了吗？菜洗了吗？一喝就忘形。

爸一听，立刻放下酒杯：当然营业，天塌下来也拦不住我营业。立刻起身下桌，捋起袖子，拎着菜篮子往水槽边走。

她也跟过去：我帮你洗。

爸让了一下，给她留出个位子。

爸，如果你觉得累，完全可以休息一天，你又不是机器，哪能每天这么干？

你不懂，看到你做的东西一样一样卖完，一样一样变成钱，那种感觉，比休息一天好受得多。人哪，心里高兴，身体再累也是休息。

我知道，你说的是成就感。

也可以这么说吧，成就感最养人，由内而外地养人。

爸爸，问你个事，人有了成就感就够了，其他的都不重要，对吗？打个比方，只要你的卤菜卖得好，没有妈，你一样也能很幸福地活着，对吗？

爸下意识地往身后看了一眼，凑近她耳边说：那当然！

气温下降得很快，已经不能说是凉，而是冷了。他尽量侧弯着身子，膝盖都顶着下巴了，还是止不住打起了哆嗦。持久的哆嗦令他浑身疼痛。

一定是来自爸爸的惩罚，他一定还在这里，一定正在冷笑着注视自己。他仿佛听见爸爸在诅咒：你以为你会有好下场？你们都不会有好下场的！爸爸从来都不是一个宽容的人,他一定会拼命报复,直到他厌倦为止。

燕子家的灯光渐渐熄灭,他们睡觉了。远处的灯也都灭了,大地像一口黑锅,睁眼闭眼没有区别。

他拼命回忆那天的细节,那个黄色带暗紫花纹的老南瓜,表面上着一层粉,他们家每年都会收获许多那样的南瓜,他怎么也没想到,有一天它会成为凶器,一只南瓜竟然也能要人命。不过那南瓜的确有魔力,似乎突然一下把爸爸打清醒了,他还记得暴怒的爸爸从地上爬起来,思忖片刻,一脸恍惚地往卧室里走。

他听到了脚步声,有人打着手电筒走过来了。这么晚了,会是谁?他看不清躲在手电光后面的是谁。那人径直朝他这里走过来。

我又给你送饭来啦!

是燕子。他猛地翻身坐起,寒意即刻退去。

我猜你还没吃饭。她从塑料袋里掏出两只饭盒,一个小玻璃瓶:瓶子里面是我从爸的酒瓶里分出来的酒。

太好了!这种时候,喝点酒真是太好了。还是你关心我。

关心谈不上,不过,为什么总是我在给你送吃的?你好好数一数,我到底给你送过多少次吃的?

我们前世一家有缘,不是你欠我的,就我欠你的。

小潘咂了一口:你不喝点吗?这酒不错。

她拿起瓶盖：给我一点点吧，其实我在家喝过了。

你一来我就闻到了。

他提议干脆关掉手电筒，反正也不会吃到鼻孔里去。

关掉手电筒后，周围更加寂静，彼此的声音听得清清楚楚，而且他们看不清对方的脸，仅靠体积和温度感知对方，这样的情景刺激了他们说话的欲望。

我发现人在夜晚，心情比白天好得多。

是的，光线有时候也是一种干扰。

晚上一个人在这里睡觉，不怕吗？

怕什么？这是在自己的家呀，每一寸土地都是我们家的气味。

才发现你很会说话哎，拥有这种能力会很容易找到女朋友。

我不配。

瞎说！快去把她捉过来，别被别人抢走了。她浅浅地啜了一口酒，突然想起爸说过的话，笑着问他：听说你们还临时挖了一口井？

他尴尬地笑了笑。

我能理解，那种感情上的不舍，十口井都补偿不了。明天就回去吧，你也算对得起这个老屋了。新家在哪里？

我不准备住新家，我会继续住在化工厂宿舍里。对了，你不会再回到T镇办事处了吧？如果你回去，我们可以在镇上合租一个房子。

我要是跟你合租了,应该就没人敢嫁你了。奇怪,从瓶盖里喝酒,酒似乎变得好喝了。她咂咂嘴,继续说:我不会再回到办事处了,要么在档案室,要么在营业部。

不会是因为那个案件吧。话说我当时真的被吓到了,我以为你出事了,马上跑去车站,一下车,看见你爸,才知道那天你没有值班。

我倒希望自己当时在场呢。你还记得那个小柳吗?活下来的那个,人家现在可不得了,先是成了英雄,后来上级行高度重视英雄的成长,送她去北京读了高级金融研修班,现在安排她在省分行工作,前段时间下来检查工作,行长都毕恭毕敬地跟她握手。有人说,我们行长奋斗一辈子,也达不到她现在的高度。这事你怎么看?

她这就是典型的坏事变好事,获得重生了。

我有时会想入非非……我从没跟人说过这个想法,希望你不要笑我。我在想,如果当时是我在那里值班,是我跟歹徒搏斗,活了下来,今天的我,会不会变成小柳那样呢?我甚至想,如果我是小柳,我说不定会比她做得更好。她读那个高级金融研修班的时候,我去找过她一次,看过她的教材,有一本《金融英语》,她说她基础太差,完全没法学,就把那本书送给我了,但我很快就把那本书学完了。你知道吗?学完以后我就有点膨胀,以至于萌生了去分行国际业务部工作的想法,我甚至异想天开给分行写了自荐信……算了,不说了。

他们怎么答复你的?

她看不清他脸上的表情,但她知道他朝她转过脸来了,并且他的注意力再没从她脸上移开。她只得不情不愿地讲了事情经过,包括李叔给她的建议,她如何被鼓励,如何悄悄写信,分行人事部又如何把信转交支行,人事部吴经理又如何找她话里有话地谈心。

你是不是觉得我好傻?好蠢?好恶心?

他没吭声,她听到他喝酒的声音。

我怀疑很多人已经知道了这事,他们现在肯定都在背后议论我,嘲笑我,所以我现在根本不想参与任何集体活动,我宁肯躲在家里,躲在办公室里,因为我不想看见他们任何一个人的脸。回顾我短短的一生,我发现我就不能有想法,不能有行动,一动就弄出丑闻,我就应该老老实实干活,什么想法都不要有。

有什么好嘲笑的?又不是什么过分的想法,一没想当官二没想发财,只不过是想做一份自己感兴趣的工作,在我看来,这是值得鼓励的。我觉得,现在唯一能够挽救你尊严的办法,就是把这事给它办成。

不可能的,人家已经拒绝我了,这事不必再提了。

我觉得,也许还有一个办法,比如像小柳那样。

哈哈，这就更不可能了。算了，不提这事了，我们聊点别的。

好啊，只要你不急着回去。

我急什么，这里也是我的家呀，萌萌睡了，就算醒来，家里还有爸妈，今晚真的是难得自由一会儿。

说到萌萌，她爸爸，你们真的彻底分开了吗？没有和好的可能了？

这种事还能有假？我这辈子最后悔的事，就是那次去北京，如果我不去，一切应该还是原来的样子吧。当我看见那个女的藏在他的床底下，我的脑袋真的啪地一下裂开了，一下不知道怎么办才好，刚看见的那一瞬间，我记得我似乎还朝她笑了一下。从来没有人教过我，那种情况下，我该怎么办？等我慢慢反应过来时，她已经抱着衣服和包包拉开门跑了。除了不停地喊离婚两个字，我连怎么跟他吵架都不知道，虽然我不知道怎么吵，我的嗓子还是喊哑了，我知道他很害怕，因为我说要去找学校领导，他抱着我，拖着我，跪在地上求我，我当然不会真的去找学校领导，但我就想折磨他。他还告诉我，那个女的马上就要出去留学了，所以他们无论如何都是没有未来的，他们只是一时冲动，绝对不构成对家庭的威胁。你知道我听了这话是怎么想的吗？你肯定猜不出来，你无论如何都猜不出来。我在想，能跟这么优秀的北大女生看上同一个男人，我似乎感到了某种说不出口的光荣。真的，你不要笑，我真是这么想的，贱吧？我真的很贱。直到这时，我都以为我只是闹一闹，并不会真的离婚。为了安抚我，他开始强迫我，试图分散我的注意力，显示我们的感情并未受到损害，但他没有成功，他一碰到我，我的胃里就翻江倒海，差点吐在他身上。我们都吓坏了，我们突然不争不吵了，我起草了最简单的离婚协议，他签了字，答应暑假回来就去办手续。我以前看过一些电影杂志，里面有些文章会谈明星的情史，具体是谁的情史我已经记不清了，只记得里面有句话，大意是，他们争吵、分离、互殴，多次报警，与此同时，她怀了孕。我开始怀疑那篇文章的真实性，两个憎恨中的人是如何能够怀孕的？反正我是做不到。

也许你爱得不够深？不够纯粹？

她过了好一会才说：他的学历的确先于他本人吸引了我。不说我了，太窝囊了，说说你吧，你理想中的女朋友是什么样子的？

以前想过，现在不想了，因为……老实讲，我不配有女朋友。

这是什么话？发生什么事了吗？

没有，人总是会有变化的嘛，也许过段时间又变回来了，反正，现阶段，我觉得我不配有女朋友。

你肯定会有个不错的女朋友，你人这么好，老天爷自然会厚待你的。我也是在连续栽了几个跟头之后，才知道看人首先要看人品，而不是学历之类的东西。

我们总是错过，以前你看学历，我没有，现在你看人品，我又没有。开玩笑呢！别当真，这黑漆漆的环境，真的让人口无遮拦。

我也这么觉得，有些话，放在平时，我是怎么都说不出口的。

酒瓶里的酒快要倒不出来了，他摁亮手电筒，发现已经见底了。我喝了这么多吗？

我也喝了不少。她任性地说：还想喝吗？还想喝我回去拿。

不要不要。他生怕她走了，就再也不回来了。给你讲讲我的初恋的故事吧。我的初恋发生得很早，那时候，我大概六七岁吧，有一次，几个小伙伴一起玩，因为天气太热，大家都脱了鞋，我的初恋就坐在我旁边，她穿的是塑料底的球鞋，最便宜的那种，她一脱，我就闻到了一股浓烈的脚臭味，有人忍不住大声喊道：谁的脚啊？真他妈臭啊！我看出了她的难堪，就站出来说：可能是我的脚，要不，我们都把鞋穿起来吧。

如果是白天，她肯定坐不住，会找借口抽身走掉，但现在伸手不见五指，她不仅没走，还轻声笑了一下。

她记得那是在河边，所有夏天的故事都发生在河边，他们五六个人一起趴在大石头上玩，石头和草地总是让人情不自禁想要脱鞋，她知道她的脚有点臭，没想到会有那么臭，像死蛇，熏得死人，后来，小潘出来"认罪"，她才知道原来臭味不是她一个人的脚，小潘也有份。现在，真相大白了，小潘当年纯属冒领了本该属于她一个人的脚臭。不过，且慢，他说这是他的初恋的故事，难道自己是他的初恋？但他并没有点名。且看看他往下如何说。

她始终不知道她是我的初恋，有段时间我很想挑明，现在觉得，幸亏没有挑明。

其实，恋爱也好，结婚也好，并没有想象得那么美好，真正的美好可能只在挑明之前的那段时间。

是啊，因为没有挑明，我们的关系从未受到过任何污染，这是我最欣慰的地方。行！就让我继续保持在那段时间那种状态吧。

很远的地方，出现一缕浅黑，像紧闭的窗帘被人用刀锋划出一道口子。

那是天要亮了吗？她惊呼一声：我得回去了，快到萌萌起床的时间了。你也回家去吧，不要把自己冻病了。

天一亮，挖土机就会开过来，一切都结束了。

他不知道她听清了没有，因为她已经端着空碗和酒杯走远了。

丁老师回来了。

她拒绝看他的眼睛。

他的东西她早就给他收拾好了，装在一只红蓝相间的大包装袋里，这时给他连拖带拽地弄了出来。

全在这里，拿走吧。

萌萌！爸爸回来啦！他进屋第一件事就是去喊醒正在小睡的女儿。萌萌睡眼惺忪地坐起来，怔怔地看着他，无动于衷。

你不认识爸爸了？爸爸在北京好想你。

她坐在外间，支起耳朵听里屋的动静。

萌萌，跟爸爸出去玩吧，爸爸带你回老家去看奶奶，然后我们一起去北京。爸爸整个暑假都陪你玩，好吗？

妈妈！萌萌突然哭了起来。

她冲进屋去，一把抱起萌萌。可到了妈妈身上，萌萌又偏着脑袋直勾勾地盯着爸爸。

你拿上东西赶紧走吧。她没好气地对他说。

别忘了我们还没有办手续呢。没办手续我们就还是夫妻。

不可能！另外我警告你，不要在我女儿面前提起那两个字。

你要真的替她着想，就不会这么冲动地做这个决定。我也没错到哪里去，你去做个调查，哪个已婚男人没犯过这种错误。

那是别人，我这里不允许。一个字都不要再说了，再说只会升级，我不想弄出人命来。她朝那个大袋子踢了两脚，把它踢到门边，叫他赶紧走。

你把我赶出去，就不怕没人回来跟你去办手续吗？

如果你耍赖，我会等你开学以后，再去一趟北京，在你们学院领导的见证下办这件事情。

对不起，你去北京没有意义了，我只能退学了，如你所料，没有你的资助，我真的上不了学，我准备马上出去找工作，不管什么样的工作。

她心里颤了一下，咬着牙说：活该！怎么？那个人不愿给你出学费？

懒得跟你说这些，别以为你只是在报复我，一起受损的还有萌萌，她有什么错你让她这么小就面临一个残缺不全的家庭，你以为她长大了会感激你？她才不会像你这么蠢，她自己会分辨，会去找她爸爸，你就等着将来后悔吧。

不用你操心，她将来会理解我。

她理不理解你重要吗？你对她的伤害已经形成了，你让她没有父爱，让她的情感世界残缺不全，她一辈子都会因此自卑……

谁先伤害她的？你跟那个女的鬼混的时候为什么没想到这一点呢？

你不懂，这不是我的错，是人性的错，那些没犯错的人，只是因为他们没机会遇到考验。

真是越来越让人恶心，滚吧，明天上午九点民政局见。

我今天不可能出去，办手续以前，我待在这个家里还是合法的，要走也要等到办完手续再走。

需要我叫保安吗？需要我把你做的事都公之于众吗？

你别以为他们全都会站在你这一方，就算有人假装站在你这一方，也不过是为了更清楚地看你的笑话，难道你还不清楚你在这些人心目中的位置吗？

她突然抓起一只杯子狠狠砸过去，杯子掉到地上，瓷片碎了一地。萌萌张大嘴憋了好一会，才哇的一声哭出来。

滚！滚出去！她也不管萌萌了，也不怕邻居听见了，直着嗓子喊出变了调的声音。他似乎心虚了一下，喃喃地说了句什么，拉开了门，却没拿他的东西。

她追过去，使劲踹了一脚，大包装袋挤着他的腿，和他一起被挤到门外，门好歹关上了。

你就是个疯子！

她屏住气，站在门边听他的动静，生怕他会一直不停地骂下去。还好，他只骂了一句，就没声音了。她把号啕大哭的萌萌抱在怀里,打开冰箱给她找吃的,萌萌的号哭很快变成了抽噎。

萌萌别哭,有妈妈在,什么都不怕。

下楼的脚步声响了起来,脚步均匀,并不沉重,不像是拎着一大包东西的声音。

她想起上次回家妈说的话:你等着看吧,离婚没这么简单的,要脱一层皮。有些人脱一层皮也未必离得掉。

他果然感冒了,咳嗽,发烧,浑身稀软地躺在新家的床上,像一条等待下锅的油条坯子。

他进门的时候,妈做了点小小的仪式,拿一张黄表纸,点着了,对着他上下舞动,念念有词,念完了,才让他进门。

他问这是什么,妈说:杀邪气。

妈很开心,上下左右的邻居全都是她从没见过面的,她去了几趟物业,很快就在小区门口租了一间小门脸,做起了改衣服的小生意。她的生意很好,家家户户都有不合适的衣服要改。

妈给他买来了药,但他不想吃药,他甚至想病得更重。有些方面,他不如妈那么坚强,守着个惊天秘密,表面上竟丝毫看不出来,她到底是怎么做到的? 她不做梦吗？她会被自己的梦吓醒吗？

有人敲门，他艰难地爬起来，拉开门一看，是个陌生人，手里拎着一只饭盒。

你妈让我给你带来的，我就住在这栋楼里，你妈正在给我改衣服，为了不耽误她做事，我代她送饭给你。

他收下饭盒，那人还不走，上上下下打量他，不客气地说：听说你在化工厂还是个小头头？工资不错吧？你恐怕有一米七八哦，对女朋友有什么要求？工厂的工人考虑吗？

他突然意识到，这人可能是妈委派过来的。

不好意思，我有女朋友了。

他说完果断关门，重新回到床上躺下来。不配谈恋爱，不配结婚，不配有自己的孩子，这辈子都不配有这些了，我就应该像只野狗一样在世上孤孤单单、朝不保夕地晃荡到死。

老屋的气息经久不散，他总能闻到一股泥土的气息，还有一丝丝白酒的气息，是那天和燕子摸着黑在地里喝酒留下的。

一起说了那么多话，还喝了那么多酒，这对他们来说还是第一次，但感觉又不是，他们很小的时候就有过类似经历，燕子爸因为在城里上班，条件比他们家要好一些，这一点，从日常吃喝上就能看出来。有一次，他从燕子家门口路过,看见燕子在吃一种奶糖,抿紧的嘴里鼓起一个大包,手里还拿着刚刚剥下来的糖纸。他停下来,盯着她看,她也回看着他。糖的味道传了过来,香、甜,他情不自禁地咽了口口水,问她:可以把糖纸给我吗?

她走过来,从口袋里掏出一颗糖,连同手里的糖纸一起给了他。

他忍着狂喜接过来,才走出五步远,就迫不及待剥开糖纸,把糖块丢进嘴里。天哪!他不得不慢下脚步,闭上眼睛细心体会迅速向身体各处奔涌而去的甜甜的暖流,那种幸福的感觉,他至今记忆犹新。

后来因为各种原因,他吃过各种糖果,但它们不是太软太甜,就是太硬太酸,没有一种比得过燕子当年给他的那一颗。与那颗糖一起铭刻在他心里的,还有那个扎着双马尾的大眼睛小姑娘,齐眉刘海下,她的眼睛足有李子那么大,黑白分明。

他常常这么想,这个大眼睛姑娘,温暖了他的人生,但她毫不知情。

他听到钥匙开门的声音。这么早妈就回来了?他感到奇怪,她平时都是早上出门,晚上七八点才回来。

人呢?妈向来是这样叫唤他的。

他听出还有外人的脚步声,而且不止一个。

他披衣起床,伴着几声咳嗽,来到客厅,是化工厂的同事，一个是普通同事，一个是车间统计员。妈狠狠地剜了他一眼，开始给两个客人倒水。

听说你病了很长时间，又没办理病假手续，我们特地过来看看。统计员拿出一张纸，那上面是考勤记录，显示他已经三天没有上班了，按照厂里的制度，不办理请假手续视为旷工，旷工三天以上，视为自动离职。

妈赔着笑脸道歉：都怪我都怪我，他回到家，突然发病，下不了床，我光想着照顾他，没想到应该先去厂里给他请个假，请看在他实在病重的分上，给他个机会，不到万不得已，不会弄成这样的。

那，可以把住院记录出示一下吗？

我们没去医院，我们找的土医生，用土法治的。

啊？发烧还用土法？多危险呀，为什么不去医院？到了医院，挂一瓶水温度就下来了。

不瞒你说，我们家这些年不太走运，手头总是不宽裕，总是想，他年轻，底子好，扛一扛就过来了，能省一个是一个。

但你这时间也太长了，哪怕电话请个假也好吧，人家报上来，厂里不能不做处理。

都怪我，没文化，不懂规矩，忙糊涂了，他自己又发着烧不清醒，家里又没有别的人搭把手，你看这样好不好，我们也不把你为难，我现在就给你补一张病假条，你拿回去也有个说法。

我只能把看到的情况向厂里做个汇报,至于怎么处理,那是领导的事。

送走厂里的人,刚一回来,门一关,妈就开骂了。

狗东西!三天没上班!你人在哪!为什么昨天才回来?你给我说清楚,不上班的那几天你在哪里鬼混?

我在老屋,一直在那边,二十四小时都在那边。

骗谁?那里什么都没有了,只有四堵墙,你怎么待得住。

你去看呀,我的折叠床和毯子应该还在那里,不过现在也许被人捡走了。他说完,又爬上了床。我的感冒就是这么落下的,明明不冷,但每天清早都是被冻醒的。

你疯啦?跑那去发什么神经?

去告个别也不行?他就在那里,他变成鬼也会在那里,我们就这么一走了之,像什么都没发生过,这能行吗?

你就是个疯子!这下好了,人搞病了,工作也丢了,你满意了?

总得付出点代价吧。

妈就像被人在肩头打了一掌似的,跌坐在椅子上。

你也不要太担心,工作丢了我再去找,说不定这回真去南方了。

你在那待了这么久,有没有被谁看见?

周末晚上,林海燕回家,过来跟我聊过一会儿。

你们聊什么？

放心，没有聊到你挖的井。

母子俩沉默下来。

他抓起被子裹紧自己，望着妈的侧影说：妈你真的好厉害，整天风风火火，该干吗干吗，我做不到，我脑子里全是那些事，我应该去自首的。

话音未落，妈就扑了上来，一手拽住他的头发，一手啪啪直扇他的脸。

给老子清醒点！既有今日何必当初，当初砸他的时候怎么不想想后果。

我把我的命赔给他，行吗？你放心，我不会去自首的，自首会影响到你，所以我自己处决自己，行吗？

妈又要打，扬起来的手，被他架在半空。

我知道你是装出来的，你在缝东西的时候经常出错，有一次你吃饭，你把饭碗放在中间，手里端的是菜碗。你一直都在装。

我们都冷静一下好不好？我知道你是好心，知道你是个好孩子，妈这条命是你救回来的，妈这辈子做牛做马都要报答你。再说你也不是成心的，你只是劝架，你想让他停手，免得把你妈打死了。你没有错，错在他自己，那是他的报应。你听说过吗？有一头牛，实在受不了主人常年对它的暴打，一回身，用牛角把它的主人顶死在水田里。牛都受不了,何况是人。我想他也不想看到你这样,他肯定也指着你给他们潘家传宗接代呢,如果你觉得有愧,唯一的办法就是好好活下去,为他争光,给他生个后人。我也会好好活着,一直活到你不需要我为止。

这就是我们偷生的理由?活下去可以,但我就是不能假装什么都没发生过。

儿呀,没要你完全忘记它,只是要你把它密封起来,到死都不再打开。哪个成年人没有几桩心事,你现在已经成年了,不再是孩子了,该有成年人的脑子了,千万不要把心事写在脸上,更不要把心事告诉别人。

我们会遭到报应的。

妈捋了一把他的头发:就算有报应,也只会落到妈头上,跟你无关。

第二天,他回到化工厂,车间主任老远就冲他挥手:别来了,到人事科去,他们打过招呼的。他掉转头,顺从地朝人事科走去。

接待他的人事科领导是个女的,语速很快:来了?旷工三天,包括今天四天,按照制度,应该直接解除劳动合同,鉴于你的特殊情况,厂方决定暂不解除合同,但你的岗位要调整,先从车间出来,到富余人员小组报到，等待厂内再就业。这是你的报到通知。

什么时候可以再就业？

要看哪个部门缺人。一般来说，部门缺人的话，会先到人事科报备，人事科再去富余人员小组调剂。

也就是说，他失业了。他不由得走了神：这也算是报应的一种吧，要虚心接受。

现在，没地方可去了，只能回家。反正无事可干，他决定放弃乘车，走回去，三十多里路，远远算不上惩罚。走吧，你的自我惩罚，从今天开始。

真正走上公路时，他有了种错觉，脚下的路，明明是平坦的，踩上去却有持续上坡的感觉，每向前一步，都需要用力抬腿。太阳越来越大，光秃秃的柏油路面反射着刺眼的阳光，除了偶尔呼啸而过的汽车，一个人都看不到。

他把双手叉在胯上，半闭着眼睛，浑身放松，信马由缰，这个姿势省力多了。

妈知道了肯定会伤心吧，她最怕家里有人失业，以前爸稍有偷懒的苗头，她就要跟他大吵，生怕人家因为他不够卖力而辞了他。如果想暂时瞒着她，那就不要在她面前现身。去哪里呢？拜拆迁所赐，他们家虽然有了两套房子，但另外一套妈已经把它租出去了，他现在无处可去。

富余人员没那么容易就业的，更不可能短期内解决，他知道那个机构，有些人被富余了一两年，还没得到安排，不得不在外面自谋生路。也就是说，这事根本瞒不住，妈迟早会知道的。

知道也好，应该让她看到，报应正在降临。

很可能失业还只是第一轮报应，接下来肯定还有别的，爸是个暴躁汉子，他不可能就这样轻饶了自己。

去死？倒不是怕死，是有个问题，母亲还没老，他还从来没有报答过她一天，现在死掉的话，恐怕不是还债，而是欠下了更大的债。

他边走边想，不知不觉进入亢奋状态，想得越多，步子就迈得越快，而且不再觉得累。

看哪！这个杀死了父亲的家伙！这个罪人！竟敢没事人一样大摇大摆走在路上。不要试图推脱罪行，你母亲当时可曾求过你？没有，可曾向你呼救过？没有，你父亲可曾说过要把她打死？没有，都是你自己的想法，是你自己起了杀心，起了杀心还想逃避，真是可恶至极。失业算什么？失业能抵消杀人的罪过？想都别想。

他停下来，弯下腰，两只手掌撑在膝盖上，细听汗水自发丛里奔涌而下的声音。

不行，不能懦弱地藏在家里，等待报应的毒箭一支一支找上门来。也许可以干点别的，以别的名义、别的罪行、别的惩罚来一次性取代这报应。但那是什么呢？

该干点什么才能达到目的呢？

他重新迈开大步。心跳又在加速，这是他的身体在报警，自从那天看到妈在屋后挖出一堆骨头和毯子，他心里就装得满满当当，时不时就发出报警的信号。接下来要干的事，一定不能是无耻的鸡鸣狗盗之行，最好高尚一点，干净一点，最好不要给任何人带来伤害，最好不要给母亲脸上抹黑。虽然如此，事情的起因难道不在母亲身上吗？如果当年她不嫁给爸，就不会有后来的一切。如果她发现不对，果断离婚，也不会有后来的一切。为什么她宁肯默默忍受，而不像燕子一样，挺身反抗、选择离婚呢？不过，他没有权利指责母亲，身为儿子，母亲的灾难就是他的灾难，挽救母亲于危难之中，是他这个儿子的分内之事。

燕子两个字一跳出来，就挥之不去。他突然有想法了，如果真要做点什么坏事，不如为她而做。某种程度上讲，为她而做，也就是为自己而做。

她需要什么呢？钱？她应该是需要的，但他没有。事业？她应该也是喜欢的，但他爱莫能助。听她讲过一些她单位的事，以她现在的情况，要想做出点业绩来，除非突然变成一个揽存能手，不断地拉来巨额存款，但这几乎是不可能的，她没有这个资源，他更没有。

等等，也许还有一种可能！他突然在公路上停了下来：比如突然发生一件事，让她像小柳那样？他听到汗珠子砸在地上，发出极轻的啪的一声。

他知道她一直羡慕小柳能有那样的好运气，她居然把那个最坏最坏的运气称作好运气。她还说过，如果她是小柳，她会比小柳更好地利用高级金融研修班的学习机会，她会比小柳学得更好，因为她基础更好，学习能力也更强。没错，她从小就是个爱学习的丫头。

剩下来的路程，他几乎是在没有知觉的情况下走完的，满心满眼都是他的"设计"。他在脑子里搜索所有看到过的、听说过的银行抢劫案，他从小就是福尔摩斯迷，对各种破案的小说和电影感兴趣，就连类似的新闻报道都从不落下。

所有的案例对他来说，借鉴意义都不大，那些人不是有枪，就是有同伙，他什么都没有。唯有一个案例值得考虑，那是发生在日本的至今未能破获的三亿日元抢劫案，那家伙太聪明了，全程一个人干完，别说动枪，连打人的事都没发生过，轻轻松松就把三亿日元抢走了。他至今清清楚楚地记得全过程。他先是给支行行长写了一封恐吓信，要求行长第二天派一名女员工送三百万日元到指定地点，否则就炸掉行长的家。当天警方在指定地点悄悄布置了警力，但那个人并没有出现。四天后，一辆运钞车用三个保险箱装着近三亿日元从支行出发前往东京某公司,行至中途,被一名骑警用摩托的警察从后面追上来,拦住,运钞车司机打开车窗问发生了什么事,警察说你们行长的家被人放了炸弹,刚接到通知,你们这辆车也有,要检查一下。运钞车上的人都知道四天前的恐吓信,于是赶紧下车。警察趴到地上,检查汽车底部时,引燃藏在身上的烟幕弹,大叫:要爆炸了,快跑啊!运钞车上的人慌忙逃窜,警察却飞快地钻进车里,驾驶着运钞车飞奔而去。银行职员们正在赞叹警察果敢的时候,突然发现警察留在现场的摩托车不对劲,只是一辆改装的普通摩托,这才知道受骗上当了。立刻报警,全域进入紧张状态,悬赏抓人,但犯人已在途中换车,搜捕毫无结果。这案子一直到超过民事诉讼年限(20年)都没有破。

这是最让他震惊也最让他叹服的一个案例,没有一个人受伤,不动声色之间,轻松解决,甚至还带点搞笑色彩。

如果要模仿那个家伙来一遍,他必须选择在某个环节败露,因为他并不想真的抢劫,他对那种钱不感兴趣,他一分都不想要,他只需要做出那个动作,然后等着有人将他识破,将他抓捕归案,审判他的罪行。这样一来,他的报应就落实了,他的内心就平静了,将来某一天,如果他和爸在另一个世界相见,他就能坦然直视爸的眼睛、喊他一声爸了。

最最重要的环节,就是识破他的环节,必须让燕子来识破，但又必须让燕子处于不知情的状态，只有这样，才能让她变成一个功臣，一个小柳那样的英雄。燕子的入场一定要好好设计，准确的时间，准确的地点，稍有差池，都可能会前功尽弃。

这个入场处在哪里呢？在哪里呢？

思维受阻，反复思索，仍然停滞不前，恰好这时来了一阵风，吹起他的衣襟，好一阵神清气爽，荡气回肠，不禁心里一荡：难道是在肯定我的计划？

不知不觉间又走出了几公里，他还在脑子里再三排演那个过程，一切都很好模仿，只有那辆押款车的线路和时间必须实地收集，总结规律。别无他法，只能潜伏下来，悄悄跟踪他们的押款车，了解他们的线路，以及每个停车点的时间。另外，也要看燕子的同事们有没有听说过那个案子，如果有人听说过，很可能一开始就会被识破，那么整个计划都是无意义的。

当务之急，是必须打听清楚燕子的同事中有没有人听说过这个三亿日元抢劫案。这一关不过，一切都是妄想。

他越是思考，就越是脑袋发胀，脚下如登云雾。

说干就干，没有时间继续走路了，他拦了一辆过路车，直奔L城。

鉴于他刚刚经历过长途跋涉，形容难看，他先找了个有水龙头的地方，洗了把脸，又抹去了鞋面和裤腿上的灰尘，这才找了个电话亭给燕子打电话。

理由依然是路过这里，想顺便见个面，吃个饭。燕子在那头说：我还没下班。

知道，我在餐馆等你。

既然已经有了那个计划，就要尽量减少在银行那边露面的机会。

她终于来了，制服看着很精神，脸上却很疲惫。这一次，他不想寒暄，直接进入主题。如何不动声色地步步深入，他已经打好了腹稿。

我到你们单位来应聘保安，如何？

你没毛病吧？化工厂多好，保安成天无所事事，也没什么技术含量，你怎么会对这个工作有兴趣的？

说说而已，但留个退路总是没错的，工厂裁员是常态，说不定哪天就轮到我的。

听我的，不要干保安。

有你这话，我心里有数了。对了，你们的保安也像你们专业岗位一样有培训吗？

没有吧，但我听说他们会定期去练枪法。

平时有安全教育吗？比如讲座，关于过去的银行抢劫案什么的。

讲座？谁来讲？反正我从没听谁讲过，我觉得保安根本不需要培训，他们只是早晚押送款箱的时候跟车走一走，网点有特别需要的时候专门跑一趟，其他时间都在办公室里看电视。所以你千万别来，这样的工作，早晚会把你废了。

他放心了，但还是说：其实还是应该搞搞讲座的，听听别人的案例，就知道怎么预防。

上次T镇出了事以后，各个网点都对营业场所、保险柜、金库之类的安保设施升了级，不会再有类似事件发生了。

他渐渐放了心，无论升多少级，跟他心目中的方案都不搭边。

为了不让她起疑，他还是很郑重地提出了请求。你方便的时候，能不能跟你们的保卫部经理提一提，就说你有个身体健康、思想端正的同学，想来应聘保安，问他是否可行，如果可行，我需要做些什么准备。

我可以帮你问一问，但你别抱太大希望，在我们单位，人员进出卡得可严了，保卫部经理根本没有要人的权力。你专门来找我，就为这事？

是啊，我对化工厂的异味，有点不耐受了。

档案升级达标后，在人事部的参与下，她把门钥匙和档案管理系统的密码交给了新的档案管理员——一个刚从外地调过来的中年女人，跟李叔道了个别，就算完成了交接。

她先到营业部主任室报到，让她惊讶的是，新任营业部主任居然就是前T镇办事处刘主任，见面的一刹那，她们俩都有点发愣。

你什么时候调来的？我居然不知道。她说。

是呀，你总待在机关不下楼嘛。

她想说她太忙了，连上趟厕所都是小跑，又觉得没必要为自己辩解，主任那不过是个客套话而已。

这次跟新入职的那次不同，刚进大厅，就听见有人鼓掌。不管是开玩笑的还是认真的，她都感到振奋，希望这是个新的起点。

营业部升级为精品网点后，比以前漂亮了许多，她被分在结算柜，毕竟是新的岗位，需要有个适应过程，刘主任安排她先坐复核位置，熟悉业务后正式临柜。

离中午下班还有一个多小时，刘主任说：干脆你从下午开始上班吧，今天上午就报个到算了。说着就把她拉进了主任室。

刘主任关上房门，给她倒了一杯水，面色凝重起来。

你听说了吗？大柳的妈上个星期去世了，才五十多岁。他们都说，如果不是大柳出事，她是不会走这么早的，大柳的事给她刺激太大了。

天哪！我见过大柳妈，还那么年轻！怎么走的？

正上着班，突然往地上一倒，送医院的路上就不行了。大柳走了以后，她隔几天就来我们办事处一趟，跟我们打个招呼，说几句话，有时也给我们送点吃的进来，每一次来，都比上一次更瘦，最后瘦到什么程度呢？冬天穿着厚毛衣外套，都能看到她两个肩胛骨翘起老高。她就这么一个独生女。所有安慰的话我都说尽了。我说你想开点，对自己好一点，再说你还有个老妈要照顾。她不听，只是哭：我到处找人，托关系，以为给女儿找了个好单位，没想到把她推向了死路，早知道银行还有这种风险，我是万万不会让她进来的。到后来，我已经不知道该说什么了，就出来陪她站一站，走两步。当时我就有预感，她这么撑下去，迟早会出事。果然就出事了。

唉！和她相比，小柳的情况就好太多了。

刘主任突然压低声音：大柳妈对她有意见的，按她报告中说的，大柳应该只是头上有伤，可她后来在殡仪馆看到大柳身上也有好多伤，情况肯定跟小柳讲的不太一样，可惜当时没电，看不到监控。不管怎么说，她觉得自己没听到实情，大柳到底是怎么死的，她至今都不清楚。但她又不好过多地追问，人家现在获了大奖，成了英雄，人家是有光环的，光环是不容怀疑的。

唉！她是妈妈，妈妈怎么想都是有道理的。

但是，没有人支持她的道理，估计她就是这样前思后想，没有出路，又急又伤心，才……

小柳知道大柳妈走了吗？

小柳的家里肯定是知道的，但他们不一定会告诉小柳。何必呢？T镇对她来说，早就是过去式了。

小柳真是很幸运，死里逃生不说，还收获了那么多。

连小泽都沾光调到省电视台去了。说起小泽，他们都在说，小柳的结局之所以有这么好，小泽功不可没，她巡回演讲的稿子是小泽写的，但小泽的功劳并不是最大的，排在第一位的应该是她舅舅，她舅舅在宣传部工作你还记得吗？那段时间铺天盖地的宣传，都是从她舅舅开始的，因为是给本地树形象的事，政府当然也很支持，众人拾柴火焰高，一下子把她推上去了。真的，她这一步太旺了，全都是最好的配置。

我常常会想起当年我和大柳小柳一起上街买锅盔的事，那时我们好傻好快活啊，一人拿一个，当着满街的人，边走边啃。

再也不会有那样的日子了。

小 灵 通

那天早上,她看到几个保安,还有三四名警察,在营业部走来走去。被T镇惊吓过的神经马上又紧绷起来了。

不到中午,一个消息传来,行长收到了一封恐吓信,叫他明天晚上十点整派一个女职工送两百万到江边沙厂码头的台阶上,如果不照办,那么他的家里就会收到一颗定时炸弹。

行长报了案,这就是那些警察和保安在营业部走来走去的原因。据说行长一家已经搬到别的地方去住了。意外的是,大家在传递这些信息时,都笑嘻嘻的,都觉得那个家伙不是傻子就是疯子,哪有这么明目张胆地恐吓,再说定时炸弹也不是这么好搞的。

第二天晚上,所有人都在等着沙厂码头传回的消息,结果是什么事都没有,一个女职工拎着两只装满培训用练功券的大包,按约定时间来到沙厂码头的台阶上,足足等了二十分钟,什么都没出现,布置好的埋伏也鸣金收兵。

大家再次笑翻了,说一定是某个神经病近期发作了。说说笑笑,一切如常。

将近中午，小潘打来电话，说给她带了个东西来，让她下班后到老杜小炒去见他。

老杜小炒离银行略有点远，刚好这天又下雨，她有点不愿去。小潘说：来吧，今天我生日，这是我第一次想给自己过生日。他都把话说到这一步了，她不得不去。

她如约来到老杜小炒的时候，小潘已经把菜点好了，还叫了两瓶啤酒，要跟她一起喝。

你能喝酒的，那天晚上我就发现了你的潜力，你就喝一杯好了，不会影响下午上班。

你不上班吗？又不是周末，还专门请假了？

他从口袋里掏出个盒子，推到她面前。

我帮了别人一个忙，帮他买了几车化肥，那人送我一个小灵通，我已经有一个了，这个就送给你用吧。我已经帮你上好号了。

你帮这个忙，不违法吧？

放心，这点边界感我还是有的。

她不想接那个盒子：送给你妈呗，我没什么机会用。

我妈？给她她都不会要，因为她不舍得出话费，她连座机话费都不想出。你就拿着用吧，只是让你每个月又要多一小笔开支了。

她接了过来。他试着打了一下，通了。有个电话还是方便些，以后遇到什么需要帮忙的，打个电话我随叫随到，平时跟你爸妈联系也方便些。

我会给你钱的。她总算笑了，很认真地谢了他。

我又没花钱，凭什么要收你钱？难道我是在做生意？

这个老杜小炒，名声最大的是那道干煸牛肉丝，据说这道菜反而是最不赚钱的，因为耗材太大，但需要用它做招牌。

吃到一半，小潘问她：听说你们银行收到了一封恐吓信？

这你也听说了？她一笑：那就是个闹剧，他们按照信上的要求，把钱送过去了，结果却没人来接，只好又带回来了。大家都说，肯定是我们平时不注意，得罪了哪个神经病，他现在开始作弄我们，报复我们。要么是真的有人想搞事，结果临阵怯场，溜了。

还是得留意，我有朋友认识公安系统的人，他说很可能还会有后续，说国外有过类似案例，就是从一封恐吓信开始的。

那是国外，我们这里不太可能发生这种事。我个人认为，很可能是某个对行长怀恨在心的人搞的鬼。

但愿如此，我会关注这事的，一有新消息就告诉你。

告诉我有什么用，我又不是保安，现在也不像在T镇还要参加值班。

当故事来听嘛。他突然岔开话题：萌萌还好吗？

她好得很，已经适应托儿所了。有一天我去接她，她已经走出来了，又跑回去，说忘了跟她一个好朋友告别。真的是百感交集啊，才这么小，居然就有好朋友了，跟我完全不一样，我读了这么多年书，一个好朋友也没有。

你就不怕我会伤心？我不是你同学？不是你好朋友？

但你是我邻居呀。

他苦笑，摇手：幸亏我了解你。

又说到萌萌的爸爸。如果他回头来求你，就原谅他吧，毕竟是孩子的爸爸。

我觉得不大可能。

总之，好好工作，好好生活，你过好了，萌萌才能好过，你过得不好，她将来就走得艰难。

说一说当然容易，我能好到哪去？就像现在这样，没有更多突如其来的坏消息就算不错了。

说不定哪天，翻身的机会突然就来了，小柳不就是这样？运气是一方面，也是她自己善于抓住机会，不是每个人都能把坏事变好事的。

她真想跟他说说刚刚听来的大柳妈妈的事，但又一想，有些话不适合跟单位以外的人说，就闭了嘴。

两人已经吃完，就要结账的时候，又上了一盘干煸牛肉，她问老板是不是上错了。他拦住她：是我专门给萌萌点的，你给她打包回去，让她晚上吃，小朋友多吃牛肉好，我相信你的手艺应该还做不出来这道菜。

她有点感动。将来什么样的有福气的人才会嫁给你呀。

应该没有这样的人了。他笑着挥了挥手，走了。

幸亏他在化工厂的时候，跟同事学会了开车。现在，他还有几个计划急待落实。

首先，他需要一件警察制服。想来想去，警察制服比较难搞，也有点不敢搞，他决定先弄一件交警制服碰碰运气。他曾跟随化工厂同事去交警大队处理过交通事故，知道里面的结构，也知道交警们一进办公室，都喜欢把外衣脱下来，挂在墙上的挂衣钩上。希望他们现在仍然保留着这个习惯。此时正是夏季，交警们回到老巢，很有可能会脱下短袖衬衫，光着膀子只穿背心。

到了交警大队门口，一眼就看见门卫室的墙上果然挂着一排短袖制服，胸中一阵跳荡。正在动脑筋该如何进去时，外面来了四五个扯皮的人，他们一路吵嚷着走过来，不顾门卫阻拦，大喊大叫着往里冲。他灵机一动，跟在后面假装劝架，趁机混了进去。

门卫饶有兴致地盯着那几个扯皮的人，他悄悄取下墙上的制服，团成一团，塞进怀里，溜走了。

燃烧弹也顺利地搞到手了。有一年学校搞消防教育，着火现场就是用烟幕弹代替的。立刻开始寻找消防器材商店，很快就被他找到了，真的就叫消防演习烟幕弹，用起来很简单，像个易拉罐，拉开拉环就是滚滚浓烟。

有了这两样东西，基本上就可以实施了。他不需要像那个家伙一样准备一辆警用摩托车，因为他不需要到郊外实施计划，他只需要在银行下班前，埋伏在营业部附近，等钱箱全都装进车里，押款车启动之际，突然冲出来将它拦住，再说出那家伙说过的那些话就行。他的计划暂时只能到这里，后面就任由老天安排了。

确定好动手时间，一切就位，来了几个深呼吸，开始给燕子打电话。傻丫头，她做梦也不会想到送她小灵通是这个用途。

还记得前几天你们行长收到恐吓信的事吗？我有新消息了。他用低沉而缓慢的声音说：你听好，今天下午五点四十，也就是十分钟以后，你们营业部门口会将发生一件大事，押款车会被一个警察模样的家伙拦下，告诉他们车里有炸弹，他要检查一下。等保安们都吓跑了，他会钻进车底下去排除炸弹，车底下会冒起一股很大的浓烟，这个时候，应该有个勇敢的人冲出来，拖住那个警察，坚决不让他上车，因为他一上车，就会把押款车开走，全部款箱也抢走，然后他会换车，再换车，基本上抓到他就很难了。你要做那个勇敢的人，你要做那个英雄,你要在他钻进车底下的时候,拼死拖住他,你要大声喊:他是假警察!那些保安听到后,马上就会反应过来,会赶来增援你。告诉你,他的制服是假的,警察的制服是白色,而他穿的是蓝色,那是交警的制服。你是临柜人员,你见得多,所以你能分辨出来。

你到底在说什么呀?你在发什么神经呀?她在那边低声嚷嚷。

我的情报暂时只到这儿,以后我会告诉你情报是怎么来的,但你必须向我发誓,无论怎样都不要出卖我,不要说我给你打过电话,不要说这些消息是我告诉你的,没有任何人给你消息,因为你正好看到了整个过程。就这样,去吧,去准备迎接五点四十的奇迹。

不等她回应,他就挂了电话。

傻丫头,现在就看你的了。

他穿着偷来的交警制服,戴着摩托头盔,拉好腮托,只留一双眼睛在外面,站在早就选好的位置,死死盯着营业部那边。押款车从各个网点收回钱箱,然后送进金库,营业部是这个环节的最后一站。这是他反复侦察得来的结果。

他站在一个小店旁边,拿着一瓶扭开盖的矿泉水,是辛苦的警察临时小憩的形象。这里离营业部大约三十米,时间越接近那个点,他就越紧张,双腿打战,汗水像雨帘一样从头上挂下来。老天保佑一切顺利,老天保佑她能按他说的做。

押款车开过来了,它在倒车,要让车屁股对着营业部大门。当它刚一掉好头,他就忽地冲了过去,敲开车窗。

我是警察,刚刚接到可靠消息,你们行长家被人装了炸弹,你们这辆车上也有,赶紧下车!让我检查!

因为紧张,也因为准备充足,他说得很快,语气打着战。保安们一看是警察,又听说有炸弹,想起前段时间收到的恐吓信,立刻就屁了,连滚带爬从车里爬出来。

这时他已爬进了车底下,拼尽全力喊:快跑!有炸弹!同时拉开那个消防演习烟幕弹,浓烟从车底下腾腾冒出,保安们跑得更远了。

浓雾中,他在心里狂呼:老天爷啊!让她出来吧!老天爷啊!帮帮这个傻丫头吧!最多半分钟,她要是再不出现,他就只能别无选择地执行B计划,真的把车开走了。后面的事就只能听天由命了。

最后一刻,她出现在营业部门口,她朝车子走过来了,为了激怒她,他猛地一拳过去,她晃了两下,大声喊起来:救命!他是假警察!假警察!

她抓住他的衣服了,他并不急于跑,而是跟她扭打在一起,必须真正地打,狠狠地打,把她打出伤来,打出血来,打出恨来,打出疯狂来。他不担心她会看见他,他把自己遮得只剩下眼睛,加上他买的是大罐烟幕弹,烟雾消失起来比较慢,浓浓的烟雾中,她只能看清对方的大致轮廓。

几个人往这边跑过来,他知道他必须拿出狠劲来了,他使出最后一记老拳,她扑倒在地,不再动弹。保安们一拥而上,很快就把他按在地上。他很高兴他们在打120,他很高兴她昏迷不醒,不会认出他来。真正的警察过来了,他们把他捆起来,扔进车里。

他闭着眼睛,在心里喊:爸,我上路了,我就快到了。

口头表扬

心跳，腿软，是到了医院后才出现的症状。初步检查结果，除了脑震荡，外加十几处皮外伤和瘀青，就是心律失常，医生说那是外界刺激所致，不碍事。

检查过程中，保卫部经理、一名保安、一名警察始终跟着她，连上厕所都在门外守着。护士给她简单处理后，她就被带上车，去某个地方做笔录。

听到笔录两个字，她的心一阵狂跳。车里静默得可怕，她真担心他们听见了她的心跳声。下车后，她要求上厕所，她真的去上了厕所，完事后又用冷水洗了脸和手，完了她对自己说：没事，你看到了什么，就说什么。

她被带到一间简陋而密闭的办公室里，这时她的脸红得像一块布，两只手急促不安地绞来绞去。坐在桌子后面的长官看了她一眼，说：你不要紧张，只是例行公事，你的很多同事都接受过问话。现在我问你几个问题，请你如实回答。

个人信息核对无误后，提问正式开始。

问：你是在什么情况下看到那个人的？

答：当时刚好下班，各个柜台已经扎帐结束，只等押款车过来收走钱箱就可以关门了。我想起家里没水果了，就想在关门之前，从正门出去，到马路对面的市场上去看看。平时我们都是走后门的。刚一走出柜台，就看见一个戴着头盔的交警飞快地跑过来，扑向押款车。

问：你怎么知道他是交警，有些人说他是警察？

答：因为每天都有穿着制服的交警出纳和警察出纳来我这里办业务，刚开始我也分不清他们俩到底是哪一家，所以我特意问了那个交警出纳，她告诉我，警察的上衣是白色，交警的上衣是蓝色。

问：他当时离你有多远？你能一眼分清白色还是蓝色？

答：车就在营业部门口，后轮胎几乎抵着营业部门口的台阶，所以我看得清。

问：你开车吗？你对车很熟悉吗？

答：我不会开车，但我之前在 T 镇办事处工作时，每天早晚都随这辆押款车一起上下班，所以我对它非常熟悉，连它每次停在什么位置都很熟悉。

问：仅凭衣服颜色，你就认为他是假警察？

答：不是的。一开始我只是感到我们的保安不对劲，因为他们全都从车里跑出来了，车门都没关，车里还有钱呢，当我朝保安们冲过去时，一眼瞥见那个交警趴在地上，正从怀里往外掏东西，车底下很快就冒出了特别稠的浓烟。我们的保安却说：警察好厉害，直接进去排炸弹了。我就想，排炸弹不是从某个地方取出东西来吗？他这明明是往里塞呀。

嗯，我觉得那个味道好像也不对，烟雾是很浓，但它有点像化学的味道，平时我们在电影里看到的爆炸，都是爆炸声和烟雾同时出现的，可当时只有烟雾，没有爆炸。那个交警也很奇怪，从车底下爬出来，见到我，二话不说，劈头盖脸就朝我打来，警察怎么会无缘无故打人呢？综合这些因素，我觉得可能有问题，就喊了起来。我一喊，他打我打得更凶了，我更加确信自己的判断。

问：在那种情况下，为什么保安们都吓得弃车逃跑了，你还敢靠近押款车？你为什么不怕？

答：我没想靠近，我是无路可退了，我从营业部正门一出来，自动门就在我后面落了锁，我要么站在原地看，要么冲过去，跟保安们站在一起，我选择去跟保安们站在一起，这就必须得越过押款车。我猜那个人可能以为我是冲着他去的，所以我们才打起来。

问：你喊他是假警察的时候，他没想跑？他是故意在跟你拖延时间吗？

答：我不知道，反正他打我，我也使出吃奶的力气打他，拖延时间？为什么要拖延时间？我不知道我们打了多久，好像没打几下，我一喊，我们的保安就一起跑过来了。

问：你能描述他的样子吗？

答：雾太大，看不清楚，他又戴着头盔，那个头盔很严实，有点像宇航员。

问：除了烟雾的味道、制服，你认为他还有什么地方值得怀疑？

答：具体的我也说不上来，对了，他打人的姿势我也觉得很业余，虽然我不知道真正的警察是怎么打人的，但我总感觉那个人的架势有点像我们小时候的打架，完全没有章法。

接下来，他们还问了她的家庭情况，父母、爱人、孩子、亲戚，都一一问了，透过这些问答，她悟出了他们问她这些的意思，幸好她的亲朋好友中，没有一个人干过坏事，没有一个人有过不良记录，他们全都是有名有姓有工作单位和固定住址的人，他们全都清清白白，无可挑剔。

做完笔录出来，行长、保卫部马经理，还有几个保安，都在外面等着她。行长突然笑了两声：你们一个个还是保安，五大三粗的男子汉，还不如人家林海燕一个女生，既没有观察力，也没有胆量，只会屁滚尿流！

行长，不能这么说，正因为我们是保安，我们心里一直惦记着那封恐吓信，惦记着炸弹，突然看到一个穿制服的说有炸弹，叫我们赶快下车，我们才会大脑一片空白，只剩下本能的反应，林海燕之所以产生怀疑，是因为她当时的位置跟我们不同，她站在那个地方，刚好跟那个人在同一方向，我们隔着押款车，反而什么都看不到。话又说回来，非常感谢林海燕，她救了我们，帮我们避免了一桩巨大的损失，如果真的被那个家伙把装得满满当当的押款车开走了，那我们就惨了，绝对会成为一个大笑话，不光有损失，还丢人。

听我说，这事目前知道情况最多的就我们这几个人，包括林海燕自己，在水落石出之前，这事一个字都不准往外说，这也是公安部门的交代，丑话说在先，谁传播谁负责。

行长放心，这点基本常识我们都有，林海燕，你没在保卫部门干过，需要给你特别叮嘱一下，在结论出来之前，谁来问你都不要开口，包括对你的父母家人都要守口如瓶。

她郑重地点了点头。

她获准在家休息一周。她的理解是，他们担心她一出现在办公楼，就会遭到围观，人人都想听她亲口说一遍当时的奇遇，而她很可能会说些不该说的话。

第三天晚上，保卫部马经理不惜爬到七楼，来到她家里，让她填一份协议。原来，昨天晚上召开了全行职工大会，会议大讲特讲了安保工作的重要性，要求把安保工作细化到各项具体指标，纳入日常考核，要求全行上下加强安保，密切防范，每个部门指定一名保卫干事，与保卫部形成联动，做好每日巡视与安检，防患于未然。会上还对她提出了表扬，要求全行上下向林海燕同志学习，永远提高警惕，勇于捍卫集体利益、国家利益，一事当前，既要冷静机智，又要敢于奋不顾身。

马经理当场拿出两张表格，要她签字，因为她被指定为营业部的保卫干事。

她有点犹豫。我？保卫干事？我能不能不要签这个保卫干事？营业部又不是没有男人，有两个呢。

你也看到了，当时，现场并不是没有男人，反而是你这个女人冲在前面，你说他们还值得信任吗？马经理的目光很有温度，她牙一咬，就签了。

表格一式两份，一份给她，一份保卫部存底。

晚上洗澡的时候，她站在莲蓬头下，还在想入非非，她分析这一次跟小柳那次的相同点和不同点。相同点很好说，都保住了国家财产，银行都没有蒙受损失，不同点就多了，小柳受伤严重，而她只受了一点皮肉伤，小柳身边还有个重大悲剧，大柳献出了生命，而她只有一个人，她用一个人的单枪匹马，衬出了安保队伍的愚蠢（虽然足不出户，她还是听到了一些职工议论，这是他们的原话）。还有一个不同点，小柳出事后，无论是银行还是当地宣传部门，都铆足了劲宣传，又是巡回演讲，又是各级表彰，电视报纸上全是她，但她这事，行长特意交代，"一个字都不要往外说"，"谁传播谁负责"，这是什么意思呢？

洗完澡出来，她再次打量那张表格，看到有这样几句话：保卫干事必须勤查勤防，防患于未然，确保责任期内零事故、零案件。突然明白过来，行长跟上级行肯定也签过类似的责任状，尤其在T镇案件之后，不出三年，他的治下又出了类似案件，行长肯定不好向上级行交代。既然没有造成损失，多一事不如少一事，干脆不往上报。站在他们的角度，这么操作是有道理的，但站在她的角度，似乎有点不公平，如果不是她，现在会是什么情形？那人把整整一车钱箱抢走，何等重大的损失！更何况是在光天化日、众目睽睽之下，传出去该有多么丢脸。

但是，似乎没人谈起她的功劳。

又是周末了，她照例回去看爸妈，下了车，刚一露头，爸就冲她招手。小潘出事了！爸压低声音对她说：谁能想到他居然去抢银行的押款车！

哪个银行的？她突然意识到是怎么回事了，但还是不敢相信。

你还不知道？听说就是你们银行啊！

她松开萌萌的手，人腾的一下就飞了起来。

真是搞不懂，他家刚拆迁过，哪有那么缺钱？这下算是完了，虽然一分钱都没抢到，但情节恶劣，坐牢是铁定了。

你怎么知道的？她脑子里嗡嗡的，充满了无法分辨的噪声。

他妈来找我，她知道你在银行工作，一定要我带着她去找你，要你想办法去跟行长说说情，既然没有造成损失，能不能从宽处理。我说她一个普普通通坐柜的，哪有那个面子？就帮你挡了，不是说你真的没面子，而是千万不能让人家知道你居然认识这种人。

他现在在哪里？脑子里那个嗡嗡声更厉害了。

我也不知道，不管在哪里，肯定是关起来了，肯定有苦头吃了。她妈已经吓得不成人样，来找我的时候，披头散发，两眼发直，走的时候，还冲我笑了一下，不过她那个笑，让我后脑壳发凉。

她把萌萌交给爸，高一脚低一脚地往外走。

你去哪？别让他妈看见你。

林海燕，你真是蠢哪！她骂自己：他都做得那么明显了，你还意识不到就是他，你也不想想，他怎么会知道恐吓信的事？他怎么知道还会有后续？他怎么可能对那些细节知道得如此清楚？

对了，实施前他还给自己打过电话！她突然立住，摇晃了几下，瘫坐在地上：要是我被拖进去了，要是我被抓了，萌萌怎么办？还有，同事们会怎样想我？她还抓假警察呢，原来是个抢劫犯！原来是抢劫犯的同谋！害死人的小潘，我真是被你害惨了。

她居然还在押款车旁边跟他大打出手，直到被他打昏。多少人会冲她吐口水啊：看她装得多像，明明是苦肉计，明明是共犯……太卑鄙！太无耻！

他们一定会这么说。也许他们已经开始怀疑了，难怪他们漠视她的贡献，难怪他们一点都不想启动对她的宣传报道。怎么办？要去自首吗？去争取从宽处理吗？她有理由的，她完全不知情，完全不知道那个人是小潘，她做梦都想不到小潘会做出这种事，还把无辜的自己拖下水。从小到大，她没做过一件坏事，她连想都不敢这么想。小潘你真是太坏了，我没得罪过你，你为什么要这样害我？

不对，不对不对，等等，他似乎提过小柳。你也能成为小柳那样的人。他原话似乎是这样，难道这才是他的目的？难道他策划这事，是为了给她创造一个当英雄的机会？难道他其实是为了帮助她？不可能，他又不是她什么人，她不值得他以毁掉自己为代价出手相助。

不行，要摆脱这一切，要把自己从这无妄之灾中救出来，我不能出事，我还有萌萌，萌萌不能有一个罪犯妈妈。

她的小灵通响了，小灵通？他为什么突然要送给她小灵通？难道他那个时候就在计划这事？难道她一开始就是他的一颗棋子？天哪！她又发现了一个重大罪证，这个小灵通可能会保存通话记录，万一有人去查她的通话记录，重放他们的通话内容，那就完了，什么都完了。

电话还在响，她不敢接，也不敢看，会不会是警察顺着通话记录打过来的？会不会是警察查到电信局，让电信局的人打过来的？不能接，千万不能接。她的手抖得拿不住电话，小心翼翼地把它放到地上，生怕放重了，让对方听出来她就在电话旁边。

电话断了。这东西不能要了，赶紧扔掉，扔到哪里去呢？垃圾桶肯定不行，警察会搜查到的，她突然获得一股莫名的力量，拿起电话就往前跑，一直跑到桥上，跑到桥中间，从这里丢下去，才会落进最深的江中心。电话又响了，她吓得浑身一震，肯定是他们在追踪这个电话，他们肯定查过通话记录了，他们就快找到她了，她毫不犹豫地松开拿着小灵通的手。并没有出现期待中的咚的一声，江面一片平静，没有丝毫水花。它掉进江底了吗？会不会漂在江面上？会不会被某个渔船上的人捡到，上交到警察那里？她死盯着江面，水面太低了，她什么也看不清。要是被人捡到，上交，那可真是弄巧成拙了。她绝望地哭了起来。

天黑之后，她才从桥上下来，她亲眼见到三四只小船从桥下通过，驶向前方，没有人从水面上捞起过什么东西，但愿、但愿它永远不会被人发现。

回到家，爸抱着萌萌，一脸的焦急：你跑哪去了？打你几次电话也不接，萌萌一直在找你。

爸，真的是你打我电话吗？她满怀希望。

是啊，打你两次，你在干什么呀，不接电话干吗带个电话在身上？

我把电话弄丢了。她心里一松，向萌萌伸出手：妈妈抱。

饭桌上，她问爸：你说，小潘会有同谋吗？

爸吃得满头大汗：如果有的话，应该已经抓起来了吧。这事真的很奇怪，他家刚刚拆迁，至少这几年不会缺钱，再说他又不是没有收入，不知道为什么要提着脑袋干这种事。

晚上，安顿好萌萌，她来到小潘家的旧址，四堵断墙已经消失，地上杂草丛生，淹没了小路，之前小潘在这里凭吊故居的折叠床更是不见踪影。在一口干涸的井边，她看到了小潘掉在那里的衣服，是一件胸前有着宽窄相间横条纹的白色 T 恤，一根棍子立在 T 恤左胸口处，棍子将衣服穿透，狠狠地扎进土里。她下意识地捂住左胸，就像那个棍子正好戳在她身上。这是个什么兆头呢？

周一回到单位，又有新的消息传出来，他们说，原来那小子是个探案迷，他在模仿日本的一个抢劫案，只

409

不过，日本那个，至今未能破获，而他，还没开始就被制服了。所有人都在笑他的愚蠢，猪脑子，甚至有人在报纸上写文章，警告家长和学校，要对孩子加以正确引导，提防他们过分沉迷于侦探类小说和电影。

就抓了他一个人吗？没有同谋吗？她小心翼翼地问同事。

没听说，暂时好像只有他一个。

她费了很大力气，才找到他们所说的那个日本的抢劫案。她把那个案件来来回回看了好几遍，觉得小潘的模仿其实很拙劣，尤其他在中间加了很多不必要的情节，比如她的出场，以及他们俩在押款车旁边打架的那一场。毫无疑问，那些情节是为她设计的。

现在回想起来，那场架他其实打得很假，他好几次把她推倒在地，她爬起来的功夫，他完全可以飞身上车，逃之夭夭，但他并没有，他在等她爬起来再跟他打，似乎他并不急于逃脱，而是在跟人搏击，想要一决输赢。可惜，她当时因为恐惧并未觉察。

四个月后，她来到第四监狱，小潘被正式投进了这里。

他瘦了，也捂白了，整个人跟以前很不一样。

她还没开口，他就冲她数落起来：我就不明白了，为什么你的……一切居然没有丁点改变？T镇那次，人家完全改命了，你怎么还是老样子，就像什么都没发生过一样。他的抱怨很隐讳，但她都听懂了。

你太自以为是，你凭什么以为我需要这个？你凭什么强加给我？中间的栅栏起到了类似太阳镜的作用，稀释了她盯着他的刀子般的目光。

他摇了摇头：算了，都过去了。萌萌在幼儿园怎么样？

她看了一眼背对着他们缓缓走动的狱警，意识到他们说话必须谨慎点。

她平静了一会，小声说：我是个老实人，从来没有非分之想。过分的好心，我承受不起。

你知道吗？我对这里很满意，我们主要是做伞，各种伞，雨伞、遮阳伞，沙滩上的超大遮阳棚，质量都特别好，比我们以前买到的好得多。我干得很卖力，我把这里当作修行的场所，我在很认真地修行，希望等我出来时，你看见的是一个干干净净的新人。

她说不出来话了，这还是她认识的小潘吗？至少她所认识的小潘从来不提修行之类的。

很想吃你爸做的囟菜。

提到爸，她又想起来一件事：你爸知道了吗？你以前说要去南方找你爸，顺便在那边找个工作，要是早点过去就好了，就没这回事了。

411

他一笑:谁知道呢? 也许我爸已经死了。

哎? 好好的咒你爸干什么?

见他不肯继续往下说,她只好说起别的:二十三年快得很,不要有什么后顾之忧,大不了,到时候像我爸一样,去开个卤菜店,自在得很。

我现在只有一个想法,在这里好好做伞,好好修行。你的任务就是用心养育萌萌,过好自己的小日子,不要总是那么沉重。

我没有沉重。

我还不知道你吗? 你从小就是个沉重的人,在你们家,在学校,在你们单位,每个地方你都活得好沉重,总是有人压你一头,总是被人压得死死的,我说得没错吧? 其实那是有原因的,你的环境对你不利,家里,外面,到处都一样,你永远处于一个谁都比你强的环境当中。

"谁都比你强"几个字深深刺激了她,她突然爆发了:沉重怎么啦? 一定要像你那样轻浮才对吗? 你做出那种事就是轻浮! 轻浮到极点! 幸亏失败了。她一边怒斥,一边在心里劝阻自己:不要再说啦,你错啦,已经错得很远啦。可她就是控制不住自己。

等你冷静下来,我们再见面吧。他突然起身,对后面的狱警说了句什么,探视结束了。

丁老师到底中断了学业，他决定不去北京了。

她既生气，又心痛:就因为我不再出学费，你就辍学？你就这点能耐？我要是你，就算是卖血，也要把书读完。

你以为我有多少血可卖。

活该！早知今日何必当初。

是啊，你胜利了，但你的胜利并不彻底，我被一个民办中学聘上了，学校离这里六十多里路，也不算太远，周末可以回家，比北京近多了。

回哪个家？这个家你回不来了，说好的马上就去办离婚。

学校对犯错误的学生，都会给一个留校察看期，我也可以申请一个，我反正平时都不在家，周末才会回来，跟留家察看差不多。

我们家没有什么察看期，我们明天就去办手续。

来不及了，明天一早就得去新学校报到，事有轻重缓急，过段时间再说吧。

不行，得定个日子，老拖着不是个事。

他开始走来走去收拾自己书柜里的东西。林海燕你真没必要赶尽杀绝，你不要以为你还会遇到比我更优秀的男人，尤其在这个地方。

我不管他优秀不优秀，我只管他对我好不好。话说到这里，小潘的模样跳了出来，小潘对她的那种好，丁老师永远都做不到，虽然她并不需要，但至少小潘有那个愿望，而且敢去做，她现在觉得，人生中仅有的那点幸福感，其实是小潘给的，虽然他并没真正给过她什么。

我都跟你结婚了，跟你生孩子了，我把自己的一生都交给你了，还对你不好？

把一生交给我了？那我在北京看到的是什么？

你以为你就完美无缺？你也出过差，你跟人家才处了一天，就敢坐人家的顺风车，天知道你们发生过什么？如果你不反应过度，如果你能冷静下来处理问题，一切本该不同。算了，说再多都没有用，你的格局在这里，你认为好，就是一百分，不好，就是零分，你永远不会换个角度来思考问题的。丁老师突然停下手里的动作：你跟你哥说了我们的事了吗？肯定说了吧，他让你马上跟我离婚？

他才懒得管别人的这种事情。

丁老师似乎看到了某种希望：把他电话告诉我，方便的时候我可能会跟他联系一下。

她仍然倔倔的：你少打扰他，他们很快就要搬到珠海去了，他们要开自己的律所。他和嫂子。

那我更要跟他联系了，他会接受我的贺喜的。

她心里想着应该拒绝，手却下意识地把通讯录递给了他。哥并没说马上跟他离婚，哥说的是，冷却一段时间看。

借着周末去看爸妈的机会,她打听到了小潘家的新住址。她拎着一只包裹,里面是给小潘准备的一套睡衣,两双棉袜,还有一些牙具、糖果之类的东西,她不可能频繁地去看他,她想托小潘妈把这些东西给他捎过去。

门打开的一瞬间,她惊呆了,小潘爸的黑白照片装在镜框里,挂在墙上,镜框四周裹着黑纱。小潘妈头发全白,双眼红肿。

这是刚刚发生的事吗?小潘知道吗?她望着相框问。

小潘妈只顾擦泪,摇头,说不出话来。

小潘一直说他爸在南方,还说他很快就要去南方找他爸,没想到……阿姨,你自己也要保重身体,我会经常来看你的,我也会尽量抽出时间去看小潘。时间过得很快的,他很快就出来了。

他这一生算是完了,都怪我,是我害了他。

阿姨你不要过度自责,他是成年人,他应该对自己做的事负责。

小潘妈突然捶胸大哭:你不知道,是我害了他呀,我把好端端的儿子毁了,我不配做他的娘啊。

她有点听不懂,也找不出更多的安慰之词,就两眼湿湿地望着她。

海燕，你们从小就是同学，你帮我劝劝他，让他见我一面，不见他我死不瞑目啊。

为什么呀？他为什么不肯见你？您得告诉我原因我才好劝他。

阿姨慢慢止住了哭，擦去眼泪鼻涕：你要是见了他，就跟他说，他不见我也可以，希望他好好爱惜自己的身体，我会帮他打理好家里的一切，等他出来的时候，会有一份家业在等他，我也会自动消失，保证不让他看见我，不让他心里不舒服。

为什么呀阿姨？

阿姨现在不想跟你说，阿姨心里插着一千把刀，阿姨快要疼死了啊。

她只得把包裹带回来。

她回来告诉爸妈，小潘的爸爸死了，他们都很惊讶：没听说过呀？不是去南方了吗？肯定是最近才死的，肯定是被小潘气死的。可怜住在那种地方，连个院子都没有，估计也没地方做法事吧。听说不做法事的人，到了那边会迷路。

她没有向父母转述小潘妈哭喊对不起儿子的话，因为小潘妈并没细说缘由，也许她在悔恨自己没教育好儿子，也许心痛使她乱了方寸，总之她无法向父母转述。

她带萌萌去小时候捉螃蟹的河边，河道比以前更细了，河水也不再清澈，岸边的艾蒿却还是那么多。她心里一动，摘下两株艾蒿，将顶端的部分塞进嘴里，上下牙还没合拢，已差点呕出来，她捂住嘴巴，闭上眼睛，强迫自己咬下去，它们粗糙、恐怖、韧性十足，仿佛在跟牙齿搏斗。她总算嚼烂了它们，她尝到了又腥又苦的汁液，她继续咀嚼，直到它开始变得柔软，变成当年的饼状，这时，她嘴里已经只剩冲天的苦味，苦到极点，苦得令人无法睁开眼睛。他那时候是怎么做到的？那个赤手赤脚瘦筋筋的小男孩，是何种动机驱使他用自己细嫩的口腔为她炼制"仙药"？

萌萌皱着眉头，龇牙咧嘴看她：你很难过吗？

她眼眶一酸，紧接着又笑了：妈妈很小的时候，有一个最好最好的朋友……

过了一段时间，她收到一封信，怪异的是，信封上没有寄信地址，她有预感，可能是小潘寄来的。

果然。他写得不多，一张信纸只填满了一半。

如果一个人无意中犯下说不出口的弥天大错，除了用另一个错误来覆盖它，用另一种惩罚来代替它的惩罚，别无他法。这是我这辈子的宿命，别人的命运是只知起点不知终点，我的命运是起点终点和过程全知。别了,我们老了见。

她不太明白,难道他之前犯过什么错误?除了学生时代成绩较差,她想不出来他还有什么别的错误,如果那也算错误的话。她去找出初中毕业合照,他那时个头还没长开,细细瘦瘦的,跟女生差不多,站在最后一排右手第三的位置,昂着头,目视前方。因为光线太强,他几乎没有眉毛。

她想在回信里问他,他究竟犯过什么弥天大错,又觉得不宜追问,因为他已经"用另一个错误覆盖了它",他把它的出口封住了。

两年过后,好运终于降临到她头上。

行长把她叫到办公室,告诉她支行正在申请开办国际业务的权限,审批基本没有问题了,现在需要送一个人到省分行去培训三个月。

除了你,我想不到还有哪个人更合适。

她简直不敢相信自己的耳朵,自从被分行打回那封自荐信以后,她就强迫自己彻底断了那个念想,她想她再也不要自说自话地做些可笑又狂妄的举动了。

知道为什么这个人一定得是你吗?行长的眼睛难得

地柔和起来。

因为我自学过《金融英语》？

这只是原因之一，我更看重你的正直和勇敢，上一次，你挺身而出抓住抢劫犯的行为，我一直没有忘记，出于各种原因，没敢大张旗鼓地表扬你。现在，属于你的机会来了，抓住它，相信你的勤奋，加上你可贵的品格，一定能把我们的国际业务红红火火地开办起来。

震惊如同一记重锤砸在她背上，她呆怔片刻，不安地结巴起来：我没有……那样的品格，我只是……那只是……只是一种应急反应。

品格正是在紧急关头的无意识体现，平时它可能并不怎么发光。

如果没有那件事呢？我的意思是，如果没有那件事，我还是个正直和勇敢的人吗？我还值得接受去省分行接受培训、接受这么重大的委托吗？她急切地问。

当然值得！你跨出校门就到了我们这里，你是在我们眼皮子底下一步一步成长起来的，我们对你的了解可能超过你自己，你单纯，业务能力强，值得大家的信任。

她两眼一热，视线模糊起来。

行长显然误会了她的意思：以前我们可能对你重视不够，但你还年轻，前面的路还长，一切都还来得及，这次去省分行好好学，回来好好干，我们的国际金融业务就指望你了。

她飞快地下楼，回到营业部，回身关门的时候，她又朝那个地方望了一眼。寒来暑往，天晴下雨，有人无人，只要她看向那个地方，那天的景象就活了过来：小潘戴着头盔，吓走保安，小潘穿着过于肥大的制服，爬到车底下去排除炸弹，小潘跟她肉搏⋯⋯

不行，她得去看他，把这个消息告诉他，属于她的改变虽然有点迟，但终究还是来了。

这个周末，她爬上了通往第四监狱的长途汽车。路上，她接连收到几条信息，首先是省分行国际金融培训班关于预订教材的通知，她只需要打几个勾即可。过了一会是丁老师发来的消息，他说他已经跟哥联系上了，哥建议他去南方一些私立中学试试看，他觉得那是个好建议。她既不支持也不反对，所以没回。又过了一会，是爸发来的消息，说萌萌刚才一口气把九九乘法表全都背出来了，她望着窗外一掠而过的田野，情不自禁地笑了。

天地越来越高远、辽阔，心情也开始飞舞，一切终于开始好转了吗？

从长途汽车站到第四监狱还有点距离，得打车过去，她站在路边等车的时候，天上飘来一朵云，头顶上突然一暗，这块云似乎也压上了她的心头，她突然想起来一件事，她去见小潘，等于是跟小潘一起庆祝关于去省分行培训的喜讯，等于承认了她和小潘合谋的事实，而且他们达到了目的，可她明明没有合谋，没有参与他的任何计划，她甚至一点都不知情。但是，这个结果实实在在与那个事件是有一定的因果关系的，这一点无法否认。她下意识地从路边退回来。不，你需要想一想，真的要跟他一起庆祝吗？真的需要提醒他，他跟这个喜讯有关吗？不妨设想一下待会见到小潘，她会怎么开口。

嗨，我有个好消息……

如果他说祝贺，这一天终于来了（他大概率会这么说），很明显这正是他期待的结果，而她专程前来汇报无疑是认可了他的策划。

这一想象有点伤她的心，它抹杀了她这些年来的努力，虽然她的努力不一定能换来这个结果，但没有她的努力，这个结果也不会凭空而至。

想来想去，她迟疑了，这是属于你的结果，是你多年沉抑后的伸张，你应该独享你的阶段性胜利，而不是把它与某个暗影相连。她转过身，果断回到了汽车站。

今天晚上又有信可写了，她要把这个好消息告诉哥，学校没有教给她《金融英语》，全是她自学出来的，她没有吃老本，她连书信体语言都有了：哥，我的努力终于被看到了。

附录

假如飞不过大海

岳　雯

小时候学课文，印象最深刻的名篇之一是高尔基的《海燕》。直到现在，多少记忆被磨损，我还能背诵《海燕》的全文："在苍茫的大海上，狂风卷集着乌云。在乌云和大海之间，海燕像黑色的闪电，在高傲地飞翔。一会儿翅膀碰着波浪，一会儿箭一般地直冲向乌云，它叫喊着，——就在这鸟儿勇敢的叫喊声里，乌云听出了欢乐。在这叫喊声里——充满着对暴风雨的渴望！在这叫喊声里，乌云听出了愤怒的力量、热情的火焰和胜利的信心。"或许是因为过于烂熟于心，那只高傲的、勇敢的、自由自在的在暴风雨中展翅飞翔的"海燕"几乎成了我们这一代人的底色，我们毫不怀疑地相信，只要足够勇敢无畏，就一定能战胜狂风和暴雨，飞过怒吼的大海。只有许多年以后，当我们在人世间打了个滚儿，历经沧桑、一身疲惫，才不免生出几分世故与后怕，假如那只勇敢的海燕一直飞一直飞，怎么也飞不过沧海呢？它会不会翅膀被风雨浸透,跌落在茫茫大海?或许是出于同样的疑惑,姚鄂梅创作了这部《海燕》,意味深长地给她的主人公取名叫"海燕"。

这个叫海燕的姑娘,有着让人一眼就可以识别的主性格,用现在的网络流行语来说,就是"卷"。如果说,在她面前也有一个茫茫大海,这大海的名字就叫"北大"。于她而言,"北大"不再是一所名校那么简单,而是构成了她的目标她的信仰。甚至,我可以断言,在她的人生分类里,只有考上北大和没有考上北大的区分。而究其缘由,这信仰倒也不是从她身体内部里长出来的,而是来自她的"参照系",一个聪明的轻而易举飞过大海的哥哥,姚鄂梅给他取名叫"海鹰"。看看,这名字几乎就预言了一切。于是,我们这个可怜巴巴的海燕,将海鹰的命运认领为自己的命运,不屈不挠不止不休地在海面上飞啊飞,数度被命运的暴风雨击中。《不会飞的海燕》讲的就是这么一个令人悲伤又莫名令人感奋的故事。

那么,海燕到底有多"卷"呢?作家征用了两个富有表现力的细节。一个是"小台灯"事件,另一个是"《金融英语》"事件。我们当然都记得路遥在《平凡的世界》里写到的孙少平带着累累伤口在烛光下聚精会神地看书的细节。可以说,这一细节几乎令所有《平凡的世界》的读者难以忘怀,为孙少平赋予了神圣的光环,让他成为一个时代的精神象征。某种意义上，海燕几乎就是个女版的孙少平。为了最大限度地延长学习时间，她点亮了一盏小台灯，在深夜无人的教室，在保洁员的寝室，她试图为自己创造一个小小的学习天地。这也是海燕的展翅之举吧。即使在有了一份稳定的工作以后，她依然因循着学生时代建立的路径，寄希望于读书改变命运。见到一本《金融英语》，她就眼睛发亮，并暗自下定决心，一定要每天学习半个小时，把这本书啃下来，吃透，仿佛如此，她的人生就能柳暗花明一般。她坦言，她最喜欢的事情就是上学。是啊，这是成年人多么痛的领悟，只有上学，不仰仗其他任何外在的条件，亦不需要社交和关系，是真正的一分耕耘一分收获。这只不怕吃苦也不惧付出的海燕，多希望凭借修炼来的一身本领飞过大海啊。

然而，与孙少平凭着"卷"获得立身之本不同，对于海燕而言，"卷"并没有通达命运的坦途，而是屡屡碰壁。深夜亮起的小台灯没有照亮海燕前方的路，反而点燃了他人心中的嫉恨——上升的道路是那么狭窄，凭什么你想越过众人攀缘而上。这个世界上，大部分人以为自己是"木秀于林"的那杆笔直的木，事实上却往往汇入了"风必摧之"的风。集体的恶念让恶仿佛穿上了隐身衣，不必为之承担责任也不会陷入良心的谴责。同样地，

《金融英语》亦无法改变海燕的命运，反而让她显得格格不入，让她的所有努力都显得那么烫手。由此可见，虽然《海燕》发生的时间与《平凡的世界》相差不远，但姚鄂梅改写了路遥所认同的二十世纪八十年代的奋斗改变命运的逻辑。作家显然更认同我们这个时代的意识形态，即"卷王"是没有出路的。这没有出路，倒还不是今天人们常说的阶层固化，而在于偏远小城里的空气沉闷得让奋斗者窒息，让人无路可走。从这个意义上说，《海燕》倒是折射出了当下一种精神面向。

海燕飞不过大海，除了奋斗逻辑的失效以外，还在于她性格中的另外一面——诚实。她似乎天生缺乏灵活的身段、腾挪的本领。她对于诚实有着一种远远超出其他人的至高的追求，而更可怕的是，她本人却对此一无所知。有几个细节可以佐证这一点。比如在她幼年，她完全不懂得看人脸色，当大人情真意切各种表演时，她总是直不棱登地揭开事实的真相。许多孩子都是如此，这也是许多书本里把孩子称为"纯净的天使"的原因。姑且不论对错，就我所知，天使长大以后都不免坠入人间，并染上了人间一样的颜色。说来也奇怪，海燕仿佛就不会长大，不会变一样，小时候什么样，她就一直什么样，显得不通时务与世故，甚至将自己带入生计无着的窘迫境地。同事们纷纷通晓"揽储"的法门，不动声色地将自然增长的部分算作自己的工作量，只有她明明知道这一切却始终做不出来。用她自己的话说，"弄虚作假的事，我不是不想干，是不敢，我怕一旦开了头，就会控制不住"。海燕是一个知诚惧的人。她也一厢情愿地相信，这世间的人都如她这般行事，所以才会全心全意地相信他人，即使全世界都警告她，她对人毫不提防的信任会将自己的生活震成碎片。

事实也是如此。正是因为拥有了奋斗和诚实两项美德，海燕岂止是不会飞，她几乎是被生活的潮水淹没，艰于呼吸。她是我们这个时代典型的"社恐"人格。关于这一点，姚鄂梅有着极为精彩的描写。"从进入大楼开始，就只顾盯着脚面，她害怕碰上别人的眼睛，如果是普通员工还好说，既可轻轻点个头，也可假装没看见，要是行长迎面而来，且不幸跟她视线相接，她不知道是该打个招呼，还是停下来侧身低头，让领导先走，又或者，紧走几步，抢在领导前面迅速消失，以免妨碍领导的视线。与中层干部的相遇更加尴尬，他们不像行长，可以视她如无物，他们根本不想放弃打量她的机会，一边打量，一边在目光中得出评价，那种评价往往犀利如刀，令她瞬间破碎。"可以说，这几乎就是我们这些人的真实写照。海燕也试图融入集体之中，比如，在联欢会上唱首歌，可是，无论她怎么努力，她始终被无视，她永远是人群中的另类，是不一样的他者。

　　作家姚鄂梅一定像我一样对海燕有着深切的同情吧，作为文本世界的上帝，她愿意给海燕一个小潘，作为补偿。虽然《海燕》是穿插、接力讲述海燕和小潘的故事，小潘也勉强算得上共同主人公，但是我们心知肚明，小潘就是为海燕而存在的。因为，海燕有自己独立的全部人生，而小潘只呈现与海燕相关的部分。从小潘眼里，我们可以确证的是海燕的善良。至于小潘本人，除了他对海燕一往情深的爱，我们其实对他一无所知。哪怕是他介入了父亲对母亲的家暴，为了护卫母亲失手致父亲死亡这样的极端性事件，也基本上是为此后小潘试图自我牺牲以拯救海燕作心理上的合理化铺垫。从这个意义上说，小潘其实是海燕的人生"奖赏"，是作家对于读者的温柔安慰。可惜的是，自始至终，海燕的全部注意力都被"大海"所吸引，她殚精竭虑的是如何飞过大海，她根本无暇分出心神看看身边的同伴。即使是走进婚姻组建家庭，她也将飞过大海作为唯一的标准。于是，小潘的热情与陪伴就只能成为单向度的暗恋。这让我们对海燕的同情中又包含了隐隐的怒意，说到底，一个人的性情里包含着他全部的命运，海燕的悲剧中，又何尝没有她性格的影子。

　　倘若停留于此，《海燕》是一个专注于庸常生活的文本，堪堪位于"新写实主义"的延长线上。不过，今天的作家大抵不会像他们的前辈这么处理，他们需要戏剧性来打破日常性的沉闷，又以日常性的沉静来调和戏剧性的波澜。他们就像技艺高超的平衡木选手，懂得如何在日常性和戏剧性之间求得一种小心翼翼的平衡。《海燕》这部小说的戏剧性正来源于一起银行抢劫案件。老实说，促使我动手写这篇文章的起因也正是这起案件。案件的原型正是二十世纪八十年代末发生在我的家乡湖北枝江的英模事件。1989年12月，枝江县董市镇桂花信用分社会计潘星兰和同事杨大兰在信用社金库值班室值夜班。半夜，两名蒙面歹徒潜入值班室，用匕首威逼她们说出保险柜的密码，她们同歹徒进行了殊死的搏斗，最终保护了保险柜，杨大兰同志光荣牺牲，潘星兰也身负十几刀，倒在血泊中，经抢救脱险。这两个姑娘因为名字里都有一个"兰"字，被称为"两兰"英雄，和高尔基的《海燕》一起在我的记忆深处扎下根来。没有想到，时隔多年，她们会以小说虚构的另一种面目来到我面前，唤起我多年前的回忆。

姚鄂梅有意将海燕放置在离英雄最近的地方，观察一个普通人的心灵因戏剧性事件而生出的波动与震颤，又以戏剧性事件进一步推动她的命运。因为调班，本该海燕承受的命运被转移到了大柳和小柳身上，特别是大柳还因此丧命。初闻噩耗，海燕满心歉疚，认为自己对不起她们。然而，面对小柳随之而来的命运的改变，海燕的反应是"大概有四五秒钟，她没法吸气，整个世界都停止了，耳朵里嗡嗡作响"。于困顿在人际关系中的她而言，这是一个因为意外飞过了大海的故事，她的全部想象仍然是一个好学生的想象："这期间小柳会遇上全国各地的同学，遇上各种好老师，听好多在这里没法听到的讲座，活泼泼的小柳，要是在肚子里装满一肚子学问，会是什么样子呢？"她甚至愿意交换命运，来获得这样的人生。可是，一旦发现了英雄在讲述过程中修改的小小细节，那个诚实的她又忍不住出来质疑。这些复杂的情绪通过一颗简单的心灵表现得淋漓尽致。

有意味的是，如果说，海燕的生活最终发生了些微的变化，有了丝丝希望，这变化完全有赖于对这一英雄事件的戏仿。小潘以冒充劫匪的方式让她成了想象中的英雄。尽管，她并没有因此像小柳一样飞过大海，依旧陷在琐碎的生活泥沼中，但是，在事情发生的两年以后，她终于获得了一次省分行培训的机会。而无论她意识到没有，这次机会恰恰是从小潘所创造的事件中诞生的。小潘所实行的高度戏剧化的"抢劫"事件，让人们意识到不善交际、沉默寡言的海燕所能具有的美好品质。真，却是来自某种情境假设。这是怎样的生活的悖谬。

被喜悦裹挟的海燕大抵是来不及想这些的。这颗简单的质朴的心灵一心只想给她自小崇拜的哥哥写信——"哥，我的努力终于被看到了。"小说收束于此，仿佛海燕自此就能展翅高飞，像高尔基写的，在怒吼的大海上，在闪电中间，高傲地飞翔。果真如此吗？不再年轻的我却愿意就此相信一小会儿。就让我们与海燕一起被这点亮色鼓舞着，继续飞吧，即使永远飞不过大海。

作者简介：岳雯，文学博士，研究员，现任《文艺报》社副总编辑。著有《爱的分析》《沉默所在》《抒情的张力》。获唐弢青年文学研究奖、《中国现代文学研究丛刊》年度优秀论文奖等。

图书在版编目（CIP）数据

海燕 / 姚鄂梅著. -- 北京：人民文学出版社，2025. -- ISBN 978-7-02-019233-5

Ⅰ．I247.5

中国国家版本馆 CIP 数据核字第 20258VT888 号

责任编辑　徐晨亮　王昌改
责任校对　李　雪
责任印制　苏文强

出版发行　人民文学出版社
社　　址　北京市朝内大街166号
邮政编码　100705

印　　刷　涿州市京南印刷厂
经　　销　全国新华书店等

字　　数　227千字
开　　本　850毫米×1168毫米　1/32
印　　张　13.75　插页1
版　　次　2025年5月北京第1版
印　　次　2025年5月第1次印刷

书　　号　978-7-02-019233-5
定　　价　56.00元

如有印装质量问题，请与本社图书销售中心调换。电话：010-65233595